Dear Readers,

Thank you for picking up *The Dutch House*, the story of a brother and sister trying to make their way in the world. I hope you enjoy it.

I send greetings from Nashville, Tennessee.

Ann Patchett

親愛的讀者們，

謝謝你們選中《倖存之家》這本書，
這故事是關於一對姊弟
試著在茫茫世途找到他倆的道路。
希望你們會喜歡。

從田納西納許維爾送上祝福。

安．派契特

The Dutch House

倖存之家

Ann Patchett

安・派契特 著

李靜宜 譯

各界好評

這本小說宛如感恩節大餐，豐盛精緻，你一翻開，就會深深陷進去了。

——史蒂芬·金

安·派契特是個巨人、強人，亮麗、熱情、聰明，彷彿用力掀開隱形斗篷後，女神本尊即將現身。

——伊莉莎白·吉兒伯特，《享受吧，一個人的旅行》作者

我最愛的當代作家之一，我讀完她的每一本書，都會連續幾週思索低迴不已。

——吉莉安·安德森，知名女演員

擾動心弦、暖入心底的故事，會讓你一秒都捨不得放下，即便看完了也一樣。

——美國公共廣播電台

下筆流暢、簡約、直率、透徹又無畏無懼的直面生命，派契特的筆簡直令人嫉妒。

——君子雜誌

派契特總是能夠把最豐富與最複雜的感情完完整整編織到她的文句裡，令讀者讚嘆，令我們不斷想再多看一點。

——歐普拉雜誌

你跟蹤過一棟房子嗎？《倖存之家》就是這麼個淒美、動人，卻也爽朗幽默的故事。

——華盛頓獨立書

書寫繁複秀麗、情感豐厚動人的超棒小說。

——波士頓環球報

一如既往，派契特輕巧優雅地引我們進入故事深邃的核心。

——華爾街日報

派契特下筆如行雲流水，看似樸實簡約卻又精巧輕靈。

——紐約時報

在這本賞心悅目的小說裡，派契特說故事的功力熠熠生輝。

——美聯社

本書對執念與寬恕給予深度的描寫與同理，精心細數人們緊抓不捨、失落、放棄與遺落身後的點點滴滴。

——出版人週刊星級好評

文采燦然的書寫，明晰洞徹故事中人的生命內涵。

——科克思書單星級好評

安·派契特這回講了一個引人入勝的黑暗童話故事。

——娛樂週刊

超凡不群、細膩動人，家庭親情故事再難有超越本書的了。

——哥倫布電訊報

派契特引我們看到一個眞相，生活即文學。

——衛報

罕見珍品。一入手就會攫住你心、吸引你，拽你跌進故事裡。

——標準晚報

有如遙向亨利·詹姆斯致意，本書悄然邁向破敗的敘事，時而神祕又優雅，使人讀來感傷動容。

——觀察者報

本書再次證明了一點，安．派契特筆下必有好故事。

——書單雜誌

等著見證奇蹟吧，看派契特的故事就是這種感覺。

——紐約時報書評

《倖存之家》雍容寬厚、格局恢宏，置身其中有如再次享受狄更斯小說的美妙風華。

——Chapter 16 文學社群網站

幽微的神祕感，帶點心理驚悚的刺激度，派契特的這本新書像是個驚悚故事。

——華盛頓郵報

謹以本書獻給派崔克・萊恩

第一部

第一章

我們爸爸第一次帶安德莉亞到荷蘭大宅來的時候，管家珊蒂到我姊房間叫我們下樓。

「你們爸爸希望你們見見他的一位朋友。」她說。

「工作上的朋友？」梅芙問。她比我大，所以也更了解朋友有各種不同交情。

珊蒂想了想。「我覺得不是。妳弟弟呢？」

「他在窗台座位。」梅芙說。

珊蒂必須拉開窗簾才找得到我。「你幹麼非把窗簾放下不可？」

我在看書。「隱私。」雖然年僅八歲的我，根本不懂什麼叫隱私。我喜歡這個字彙，也喜歡拉起簾子關在裡面的感覺。

至於客人，還眞是個謎。我們爸爸沒有朋友，至少是沒有星期六下午這麼晚還登門造訪的朋友。我走出我的祕密基地，到樓梯口，趴在平台的小鋪毯上。從過去的經驗裡，我知道只要趴在這裡，就可以透過樓梯杜和第一根欄杆之間的空隙看見客廳。我們爸爸站在壁爐前面，身旁有一名女子，我看得出來他們正在欣賞范胡貝克夫婦的畫像。我爬起來，回姊姊房間，報告我的偵查結果。

「是個女人。」我告訴梅芙。珊蒂早就知道了。

珊蒂問我刷過牙沒。她指的是早上有沒有刷牙，因爲誰會在下午四點刷牙啊。今天珊蒂什麼事都得自己來，因爲喬塞琳星期六放假。珊蒂要生爐火、開門、上飲料，更重要的是，現在還得管我的牙齒。珊蒂休星期一，而星期天，她和喬塞琳同時休假，因爲我們爸爸認爲星期天所有的人都不該工作。

「刷過了。」我說，因爲我應該是刷過了吧。

「再去刷一遍，」她說，「還有，梳梳頭。」

她是叫我姊梳頭髮。我姊的頭髮又黑又長，而且濃密得像十四馬的尾巴綁在一起，再怎麼梳看起來都不整齊。

梅芙和我打理整齊得可以見人之後，就下樓，站在玄關寬闊的拱門下，看著我們爸爸和安德莉亞欣賞范胡貝克夫婦肖像。他們沒注意到我們，又或者，他們只是沒和我們打招呼——很難說——所以我們就等著。梅芙和我都知道怎麼在屋裡保持安靜，免得觸怒爸爸，但他只要覺得我們偷偷摸摸從他背後冒出來，就會更生氣。他今天穿藍色西裝。爸爸星期六向來是不穿西裝的。而這也是我第一次看見他腦後的頭髮開始變得灰白了。站在安德莉亞身邊，原本就高的他顯得更高大。

「有他們在，你一定覺得很舒心。」安德莉亞對他說。她指的不是他的兒女，而是他的這兩幅畫像。我只知道他們是范胡貝克先生與夫人，並不知道他們叫什麼名字。畫像上的他們年紀已不輕，但也還不算眞的很老，一身黑衫，站得挺拔，展現屬於另一個時代的莊重儀態。儘管他倆各在自己的畫框裡，但怎麼看都密不可分，怎麼看都是緊密結合的一對，我老是覺得很有可能是某人把一張大畫對半裁成兩張。安德莉亞頭往後歪，仔細研究那兩雙靈活靈現的眼睛。這兩雙眼睛平常總是盯著個小男孩看，不管他選擇坐在哪張椅子上，他們都用不以爲然的眼神瞪著他。梅芙默默用手指戳我肋骨之間，希望我叫出聲來，但我忍住不叫。還沒有人把我們介紹給安德莉亞認識。從背後望過去，穿著束腰洋裝的她看起來嬌小俐落，盤起的淡金色頭髮上夾了頂小得像茶碟的暗色帽子。學校裡的修女教導我們，不可以隨便大笑，害客人尷尬。但安德莉亞不可能知道畫裡的人原本就在這屋子裡，這屋裡所有的東西，都是和大宅一起買下的。

客廳裡的范胡貝克夫婦是眞人大小的精采作品，栩栩如生留下隨時光消逝的人們。他們嚴肅冷漠的面容，透過荷蘭人的精準筆觸與對光線的獨特了解，如眞如實呈現。但大宅裡還有數十幅較小的畫作，掛滿每一層樓——走道上有他們子女的畫像，臥房裡有祖先肖像，還有他們所欣賞的不知名人物畫像，掛得一屋子到處都是。同時也有一幅梅芙十歲時的畫像，雖然比范胡貝克夫婦肖像略小一些，但論及精采程度，絲毫不遜色。我們爸爸從芝加哥請了一位知名畫家搭火車遠道而來。據說，他原本是要替我們媽媽畫肖像的，但媽媽事前不知道這位畫家要在我們家待兩個星期，於是斷然拒絕。畫家只好改畫梅芙。畫像完成、裝裱之後，我們爸爸就把畫像掛在客廳，和范胡貝克夫婦肖像面對面。梅芙老愛說，她就是在這裡學會低頭瞪人的。

「丹尼，」爸爸終於轉身，一副他早就知道我們會站在這裡的模樣。「過來向史密斯夫人問好。」

後來我始終確信，安德莉亞看見梅芙和我的那一瞬間，臉微微垮了一下。就算爸爸沒提起兒女，她肯定也知道他有小孩。艾爾金公園的每一個人都對荷蘭大宅的動靜瞭若指掌。也許她以爲我們會待在樓上。畢竟，她是來看這幢大宅，而不是來看他的小孩。也或許她的表情只是針對梅芙，因爲十五歲的梅芙雖然穿網球鞋，卻還是比穿高跟鞋的她高一個頭。最初梅芙發現自己比班上所有的女生、甚至大多數的男生都還高時，總是彎腰駝背。我們爸爸不厭其煩地親自糾正她的姿勢。「抬頭挺胸」簡直成了她的另一個名字。幾年來，他每回在屋裡碰見她，就用掌心使力拍打她肩胛骨之間的後背，造成的意外後果是，梅芙現在站姿挺拔得像女王身邊的近衛兵，甚至像女王本人也說不定。連我都感覺得到她有多讓人望而生畏：她的身高，她烏黑閃亮的濃密黑髮，還有那脖子彎也不彎地垂眼看人的神態。而當時才八歲的我則令人寬心，因爲個頭比我們爸爸未來即將迎娶的這個女人來得小。我伸手握她的小手，報上自己的名字，接著梅芙也依樣畫葫蘆。雖然後來大家都說，梅芙和安德莉亞從一開始就看彼此不順眼，但事實並非如此。第一次見面時，梅芙非常客氣，非常有禮貌，後來也一直維持客氣又禮貌的態度，直到再也不可能如此。

「您好嗎？」梅芙說。安德莉亞回答說她很好。

安德莉亞很好。她當然很好。安德莉亞花了好多年的工夫，才達成踏進這幢大宅的目標，才能挽著我們爸爸的臂彎，踩上寬闊的石砌門階，穿過鋪紅磁磚的露台。我們媽媽離家之後，她是爸爸第一個帶回家來的女人。不過，梅芙告訴我，爸爸和我們的保姆——名叫費歐娜的愛爾蘭女孩——有段時間有點糾葛。

「妳覺得他和毛毛上床？」我問她。我們小時候都叫費歐娜「毛毛」，部分原因是我沒辦法唸出她的名字「費歐娜」，此外也因爲她那頭垂在背後如雲般蓬鬆驚人的紅色鬈髮。這個緋聞傳到我耳朵裡的方式，和其他大部分的資訊一樣：都是事過境遷多年之後，我和我姊把車停在荷蘭大宅外面，聽她說的。

「如果不是，那就是她三更半夜打掃房間。」梅芙說。

爸爸和毛毛在事發現場。我搖搖頭，「我想像不出來。」

「你不該想像的。天哪，丹尼，這太噁心了。反正，毛毛在的時候，你還只是個小寶寶。你竟然記得她，我實在很意外。」

可是我四歲的時候，毛毛拿木匙打過我。我左眼旁邊還留有一個形狀像高爾夫球棍的疤痕——梅芙都說那是「毛毛的印記」。毛毛說她正在煮蘋果醬，我拉她的裙子，嚇了她一跳。她說她只是不想讓我靠近爐子，絕對不是有意打我。但我認爲，拿木匙打小孩的臉，很難說是意外吧。這段往事之所以有意思，只因爲這是第一件讓我有印象的記憶——不管是對於其他人的記憶，對於荷蘭大宅的記憶，甚至是我自己人生的記憶。我一點都不記得我們媽媽，但卻記得毛毛拿木匙打在我臉上的事。我記得我尖聲慘叫，梅芙從走道衝進廚房，像鹿躍過灌木跳進大宅後院那般飛快，猛地把毛毛往爐子上撞，滾燙的蘋果醬打翻在地，藍色火燄高漲，飛濺的醬汁點點噴濺，把我們全給燙傷了。我被送去診所縫了六針，梅芙的手包紮起來，而毛毛被開除了。我記得毛毛一直哭，說她有多抱歉，說這只是意外。她不想離開。據我姊姊說，毛毛是我們爸爸婚外情的對象。姊姊確實應該很清楚才對，因為我頭上這個疤是四歲時弄的，而當時的她應該已經十一歲。

說來很巧，毛毛的爸媽是范胡貝克夫婦的司機和廚子。毛毛在荷蘭大宅，不，精確來說，她應該算是在大宅車庫樓上的小公寓裡度過童年。事隔多年後再聽到她的名字時，我不得不好奇，她被解僱之後，究竟去了哪裡。

毛毛是大宅裡唯一認識范胡貝克夫婦的人。儘管我們坐他們的椅子，睡他們的床，用他們的台夫特藍瓷餐具用餐，但連我們爸爸都沒見過他們。范胡貝克夫婦並非傳奇，但荷蘭大宅是傳奇，而荷蘭大宅又是范胡貝克的家。靠香菸批發經銷致富的范胡貝克先生運氣不錯，在第一次世界大戰爆發前夕踏入這一行。香菸是戰場上維持官兵士氣的軍需品，抽菸習慣跟著官兵回到家鄉，歡慶戰後豐衣足食的十年。以鐘頭為單位不斷累積財富的范胡貝克夫婦，在費城郊外當時仍是農地的這個區域，委託興建了荷蘭大宅。

這幢大宅的驚人成就應該歸功於建築師，只不過等我想到要搜尋他的作品時，已經找不到其他尚存的代表作。有可能是范胡貝克先生或夫人，甚至是他們兩人，擁有某種特別的美學眼界，也或許是財富激發了超乎他們自己所能想像的建築靈感，再不然就是第一次世界大戰之後的美國孕育了一批工藝水準極度精良、可惜現今技術早已失傳的優異工匠。無論原因為何，范胡貝克夫婦最終定居的這幢大宅——我們最終定居的這幢大宅——

是集才華與幸運於一體，獨一無二的建築作品。我很難解釋一幢三層樓的房子究竟要擁有多大的空間才算恰如其分，但荷蘭大宅就是這樣一幢空間大小恰如其分的房子。又或者應該說，這房子對任何人來說都太大，空間浪費到奢侈誇張的地步，但我們從來也沒希望這裡有所不同。荷蘭大宅名聲遠揚，不只在艾爾金公園、簡金頓和格蘭塞德如雷貫耳，甚至一路傳揚到費城。這名字指稱的不僅是大宅的建築本身，更是住在大宅裡的人。荷蘭大宅是那些名字很難唸的荷蘭人住的地方。隔著一段距離遠眺，這幢座落在山丘上的房子，彷彿飄浮在離地幾吋之處。玻璃大門周圍鑲著宛如商店櫥窗的大片玻璃，以鍛鐵打造的雕花藤蔓鑲嵌固定。窗戶既可迎進陽光，又可以把陽光反射到廣袤的草坪上。乍看之下，大宅像是新古典主義風格，但從簡潔的線條來看，似乎更近似地中海或法國風格。儘管外觀看起來一點都不荷蘭，但客廳、書房、主臥房的台夫特藍瓷壁爐架據說是某位王子為償還賭債，從荷蘭烏特勒支的城堡撬起，賣給范胡貝克夫婦的。因壁爐架而得以完整的這幢大宅，於一九二二年落成。

「他們過了七年好日子，然後銀行家就開始推窗跳樓了。」梅芙說。這是她對我們前任屋主的歷史定位。

我第一次聽說大宅地產低價拋售的事，是在安德莉亞首度到訪大宅的那天。她隨我們爸爸走到玄關，眺望屋前的草坪。

「這麼一大片玻璃，」安德莉亞說，彷彿在盤算著有沒有可能把玻璃換成一整面實心的牆。「你不擔心別人看進來？」

何止可以看進來，你還可以透視整幢房子呢。這棟建築中間部分縱深短，深闊的玄關直接連著我們稱爲「觀測室」的地方，這裡有一道面對後院的窗牆。站在車道上，你的目光可以拾門階而上，穿過玻璃大門，跨過玄關長長的大理石地板，越過觀測室，望見大宅後方花園裡忘我隨風款擺的紫丁香。

我們爸爸仰頭看看天花板，然後看看大門兩側，彷彿現在才想到這個問題。「我們離馬路夠遠，」他說。這個五月的午後，沿著地界栽植如樹牆一般的椴樹，枝繁葉茂，而我夏日常像狗兒似的在上面打滾的翠綠草坡，濃密而廣闊。

「可是夜裡，」安德莉亞說，她的語氣掩不住擔憂。「我在想，是不是有辦法掛上窗簾。」

用窗簾來阻隔視線的想法嚇了我一跳，我覺得這不僅不可能，也是我所聽過最蠢的念頭。

「妳晚上來看過我們？」梅芙問。

「妳要知道，他們蓋這棟房子的時候，」父親不理會梅芙，「土地面積超過兩百英畝，一直延伸到梅洛斯公園。」

「那他們為什麼要賣？」安德莉亞突然醒悟，如果旁邊沒有其他房宅，這幢大宅的設計就合理多了。視線可以越過廣袤的草坡，越過牡丹花圃和玫瑰花叢，往下延伸到寬闊的河谷與堤岸，進入森林。所以范胡貝克夫婦和他們的客人夜裡站在大宴會廳眺望窗外，漆黑的夜色中，什麼光線都沒有，只有閃爍的星光。當時外面還沒有馬路，沒有街坊鄰居，不像現在，冬日樹葉落盡時，可以清清楚楚看見外面的馬路，以及對街的布斯鮑家。

「錢。」梅芙說。

「錢。」我們爸爸點頭說。這不是什麼複雜的概念，才八歲的我也能理解。

「但他們錯了，」安德莉亞說，嘴巴周圍的肌肉有點緊繃。「想想看這個地方原本有多美，他們應該要更尊重這個地方的，如果你問我的話。這棟房子是藝術傑作啊。」

就在這時，我忍不住笑出聲來。因為我以為安德莉亞的意思是，范胡貝克家賣地之前應該先請教她的意見。結果爸爸生氣了，叫梅芙帶我回樓上，好像我不知道該怎麼上樓似的。

在一個個紙箱裡整齊排列的香菸成品是給富人的奢侈品，正如那一畝又一畝主人從未踏過的土地一樣，這些地產一點一滴從大宅分割出去。地產移轉是公開的紀錄，歷史就記載在地契裡。一塊塊土地變賣償債——十英畝，接著五十英畝，再來二十八英畝。艾爾金公園變得越來越近，近到大宅門口。就這樣，范胡貝克家族熬過經濟大蕭條，但范胡貝克先生在一九四〇年因肺炎病逝，他的一個兒子童年夭折，兩個較大的兒子戰死沙場。范胡貝克夫人一九四五年過世時，大宅只剩一個側院，再無餘產可變賣。這幢房子和房子裡的一切都回到銀行手裡，塵歸塵。

毛毛因賓州儲蓄貸款銀行的善意而得以留在大宅裡。他們付她少少的工資，要她打理這個地方。毛毛的雙親不知道是已經都過世，還是在其他地方找到工作。反正，她自己一個人住在車庫樓上，每天檢查屋子，確定屋頂沒漏水，水管沒爆裂。她推著割草機在車庫和正門之間割出一條路來，放任草坪的其他部分雜草叢生。她也從栽植在屋後不遠處的果樹上採摘果子，做蘋果果醬，醃漬桃子，留待冬天之用。我們爸爸一九四六年買下大宅時，浣熊已經盤據大宴會廳，把電線都咬斷了。毛毛只在太陽高照的正午進到屋裡來，因爲那個時間，夜行性動物都蜷縮沉睡。牠們沒把房子給燒了，眞是太走運了。最後浣熊都被捕捉清理掉，但牠們留下了身上的跳蚤，而跳蚤又跳到所有東西上。梅芙說她對這幢房子最初的記憶就是抓癢，她記得毛毛用沾了卡拉明洗劑的棉花棒幫她擦身上的每一條抓痕。我爸媽僱用毛毛當我姊的保姆。

梅芙和我第一次停車在范胡貝克街（艾爾金公園的每一個人都把「范胡貝克」誤唸成「范何比克」），是我第一次從裘特回來過春假的時候。那年的春天名不符實，因爲地上還有三十公分的積雪，彷彿是向嚴寒冬季致意的愚人節笑話。就我在寄宿學校第一個學期習得的知識，眞正的春天只屬於爸媽帶他們到百慕達航海的男生。

「妳這是幹麼？」她把車停在荷蘭大宅對街的布斯鮑家門口時，我問。

「我想要看看。」梅芙傾身靠近車上的點菸器。

「這裡沒什麼好看的，」我對她說，「快走吧。」我心情很壞，因爲天氣，也因爲看見了我理當擁有與實際擁有之間的嚴重失衡。然而，回到艾爾金公園，坐在姊姊的車裡，我還是很高興。這輛藍色奧斯摩比休旅車是我們小時候坐的車，梅芙搬到自己的公寓住時，爸爸給了她。因爲我才十五歲，也因爲我是個大白癡，所以覺得我當時所體會到的那種屬於家的感覺，必定和這輛車，以及車子停放的位置有關，而不是心存感激地把這一切全部歸功於我姊。

「你急著要去哪裡嗎？」她從菸盒裡抖出一根菸，手護著點菸器。那種點菸器要是沒及時接住，它會猛力彈出來，然後看落在什麼地方，可能就把座椅、地板或你的大腿上燒出洞來。

「我在學校的時候，妳也自己開車到這裡來嗎？」

啪。她接住點菸器，點亮香菸。「沒有。」

「可是我們現在來啦。」我說。最後一絲晝光縮進雲層裡，雪輕柔平緩飄下。梅芙內心住了個冰島的卡車司機，再惡劣的天氣都阻擋不了她。但我才剛下火車，又累又冷。我覺得要是可以吃個烤乳酪三明治，泡個熱水澡，一定很舒服。在裘特，泡澡是會被恥笑個沒完的議題，我從來不知道爲什麼，但只有淋浴才會被認爲夠有男子氣概。

梅芙吸飽一口煙，吐出來，然後熄掉引擎。「我有幾次想開車過來，但後來還是決定等你回來。」她對著我微笑，把車窗搖下一條小縫，足以讓一絲冷冽空氣鑽進來。我去上寄宿學校之前，曾催她戒菸，但後來並沒告訴她，我也開始抽菸了。在裘特，我們用抽菸取代泡澡。

我伸長脖子看著大宅車道。「妳見過她們嗎？」

梅芙望著駕駛座車窗外面。「不知道爲什麼，我老是想著她一百萬年前第一次到大宅來的情景。你還記得嗎？」

我當然記得。誰能忘得了安德莉亞的登場？

「還有，她當時說擔心有人在夜裡透過窗戶看見我們？」

她這句話才剛說出口，玄關就沐浴在水晶吊燈溫暖的金色燈光裡。頃刻之後，樓梯燈亮起，再過一會兒，二樓的主臥室燈也亮了。荷蘭大宅的燈光和她的話同步齊一，害我心臟差點停止跳動。梅芙之前肯定自己一個人來過。她知道安德莉亞會在太陽西沉的那一刻亮燈。否認自己來過，對我姊來說只是爲了增添一點戲劇性，但我後來了解她的用意之後，由衷感激她這麼做。這簡直像一場該死的大秀。

「妳看。」我輕聲說。

椴樹枝椏光禿禿的，連一片葉子都沒有；雪還在下，但不太大。我們確實看見大宅內部，視線甚至可以穿透整幢房子。細節當然是看不見的，但回憶會幫我們一一補充：水晶吊燈下方有張圓桌，珊蒂傍晚會把我們爸爸的郵件放在那裡；圓桌後面是座落地咕咕鐘，每個星期天望完彌撒之後，我要負責給鐘上發條，這樣數字「六」下方的船才會在兩條彩繪的藍色波浪上繼續輕輕搖晃。我這時看不見船，也看不見波浪，但我知道。貼牆有張半月形的玄關邊桌，一只繪有女孩與狗的鈷藍色花瓶，兩張不曾有人坐的法式扶手椅，還有一面巨大的鏡子，雕花邊框總讓我聯想起金色大章魚纏結扭曲的觸手。

安德莉亞彷彿收到登場指示似的穿過玄關。我們離得太遠，看不見她的臉，但從她走路的姿態，我知道她臉上會是什麼樣的表情。諾瑪全速衝下樓梯，陡然止步，因爲她母親告誡她，不可以跑。諾瑪長高了，不過我想那也有可能是小光。

「她一定也曾經這樣看著我們，」梅芙說，「在她第一次踏進我們家門之前。」

「說不定所有的人都看著我們，每一個在冬天開車經過這條街的人。」我伸手拿她的皮包，掏出香菸。

「這樣說有點自我膨脹了吧，」梅芙說，「**每一個人**。」

「這就是裘特教我們的。」

她笑了。我看得出來她原本並沒打算要笑，而這沒來由的讓我開心起來。

「整整五天，你會待在家裡。」她對著車窗縫隙吐一口煙說。「一整年裡最棒的五天。」

第二章

第一次出現在荷蘭大宅之後，安德莉亞就像病毒一樣流連不去。每回我們確信不會再見到她，而且有好幾個月時間再也沒提起她的名字之後，她就又再次出現在餐桌上。再度現身的她一開始會很節制，暗暗隨著時日推移，慢慢醞釀。到了醞釀成熟，安德莉亞就什麼都不顧，光只談論這幢大宅。她沒完沒了談著冠頂飾條，或推測天花板的精確高度，彷彿我們對這天花板一無所知似的。「這叫『卵簇飾條*』。」她指著上方對我說。到了令人完全無法忍受的地步，她就再次消失，讓梅芙和我（我們認爲爸爸也是）爲這可貴的寧靜感到如釋重負。

有個星期天早上，我們望彌撒回來，發現她坐在游泳池畔的白色鐵椅上，準確來說，

---

* Egg and dart，為希臘古典建築三柱式之一愛奧尼柱式（Ionic Order）常見的柱帽裝飾線條，由橢圓形與箭頭組成。

應該是梅芙發現她的。梅芙穿過書房，恰巧看見窗外的她。如果是我，我就會喊爸爸來，但她沒有。她直接繞到廚房的後門，走到外面去。

「史密斯夫人？」梅芙伸手遮著額頭說。在他們結婚之前，我們一直喊她史密斯夫人，她也從沒要我們用別的稱呼。即便是婚後，我覺得她也寧可我們叫她康洛伊太太，只不過這樣會顯得很怪，因爲梅芙和我也姓康洛伊。

梅芙告訴我說，安德莉亞嚇了一跳，說不定剛才坐在那裡睡著了也說不定。「妳父親呢？」

「在屋裡。」梅芙看看後面，「他在等妳來嗎？」

「是我一個鐘頭之前就在等他了。」安德莉亞糾正她。

這天是星期天，珊蒂和喬塞琳都休假。就算她們沒休假，要是我們不在家，她們應該也不會讓她進來才對，我想，不過也不確定就是了。她們兩人之中，珊蒂比較和善，喬塞琳比較多疑，但她們都不喜歡安德莉亞，所以很可能會讓她在門外等我們回來。這個星期天稍微有點涼，但天氣好得可以坐在池邊，藍色的池水上陽光粼粼閃耀，石板之間苔蘚細碎簇生。梅芙告訴她說我們上教堂去了。

她們就這樣盯著彼此看，誰也沒轉開目光。「妳知道嗎，我是半個荷蘭人。」最後安德莉亞說。

「不好意思？」

「是我媽媽那邊的血統。她是純正的荷蘭人。」

「我們是愛爾蘭人。」梅芙說。

安德莉亞點點頭，彷彿兩人的爭論，她已贏了。梅芙知道兩人不可能再有其他對話之後，就進屋告訴爸爸，說史密斯夫人在游泳池畔等他。

「活見鬼了，她把車停在哪兒啦？」爸爸走出屋外之後，梅芙對我說。她那陣子已經不太講髒話了，特別是在望完彌撒之後。「她向來都把車子停在前面的。」

於是我們出去找車，先找了大宅的另一側，然後又繞回車庫，都看不見車子的影跡之後，就沿著車道往外走，穿著星期天專用的好皮鞋踩在細碎的石礫上，一路走到馬路。我們不知道安德莉亞住在哪裡，但知道她不是我們的鄰居，所以不可能是步行過來的。最後我們在一條街之外找到她那輛米白色的雪佛蘭羚羊。車子的左前角凹了一大塊。梅芙蹲下來查看損傷的部分，我摸摸半掉不掉的擋泥板，嘖嘖稱奇大燈竟然倖免於難。安德莉亞顯然撞到了什麼，而且不想讓我們知道。

我們沒告訴爸爸車子的事。畢竟，他也什麼都沒告訴我們。他從來不談安德莉亞，不說她什麼時候走，或什麼時候來。他也沒告訴我們，他是不是想讓她在我們的未來裡扮演任何角色。她在的時候，他表現得一副她始終都在這裡的樣子；她離開之後，我們從不提醒他，怕他會再叫她來。事實上，我並不認爲他對安德莉亞有什麼特別的意思。我覺得他只是沒有辦法應付她的不屈不撓。依我看，他的策略就是不理她，等她自己離開。「這招絕對不會有效的。」梅芙對我說。

我們爸爸人生裡唯一關心的就是他的工作：也就是那些他建造、擁有與出租的房子。他很少賣掉任何房子，而是拿來做財務操作，讓自己可以買進更多房子。和銀行有約的時候，都是他們來找他，而他會讓他們等。爸爸的祕書甘迺迪太太會給銀行人員一杯咖啡，說不必等太久，雖然有時候確實要等很久。銀行人員莫可奈何，只能拿著帽子，坐在我爸爸辦公室狹小的等候室裡繼續等。

週末，爸爸會分出他僅餘的一點注意力到我身上，但就算是這樣，他也還是不忘工作。每個月的第一個星期六，他讓我坐上他的別克轎車，一起出門收租金。他給我一枝鉛筆和一本帳簿，要我在房客應付款旁邊的空格裡，登記他們付了多少錢。我很快就知道哪個人永遠都不在，而哪個人會馬上拿著信封來開門。我也知道誰會有怨言——抱怨廁所漏水，廁所阻塞，電燈開關故障。有幾個人每個月固定會提出問題，問題不解決就不肯付房租。我們爸爸在戰爭期間傷了膝蓋，但不管需要修理的是什麼，他總是略微一跛一跛地走到車後，打開行李廂，拿出需要的工具。我年紀還小的時候，以爲那個行李廂是個神奇的百寶箱——老虎鉗、螺絲鉗、榔頭、螺絲起子、補牆塡料、釘子——應有盡有。如今我知道，星期六早上大家當面要求你做的，通常都只是簡單的修理工作，而爸爸喜歡親自動手。他是個有錢人，但他想讓大家知道，他還是個懂得如何親手做事的人。又或者，他做這一切只是爲了要給我看，因爲他早就不需要自己開車到處收房租，更不需要拖著他的瘸腿爬上梯子，去檢查鬆脫的屋瓦。他有專門的維修人員替他做這些工作。他捲起襯衫衣袖，掀開爐子頂蓋，檢查加熱裝置，而我站在一旁目瞪口呆，不敢相信他竟然什麼都會做。或許這一切，他都是爲了我而做。他叫我要注意看，因爲有一天這會成爲我的工作。我必須知道如何搞定所有的事情。

「想眞正了解金錢的意義，唯一的辦法就是要窮過。」我們在車裡吃午餐的時候，他對我說。「這是你必須克服的不利條件。像你這樣生長在富裕環境裡的男生，什麼都不缺，從來沒挨過餓，」——他搖搖頭，彷彿我做了個令他失望的選擇——「我不知道要怎麼克服這個問題。你當然可以儘量觀察那些窮人，看看他們的情況究竟是怎樣，但這和你自己親身經驗，是完全不一樣的。」他放下三明治，喝一口保溫壺裡的咖啡。

「是的，先生。」我說。不然我還能說什麼呢？

「有人說做生意就是要用錢去賺錢，這是最大的謊言。千萬記住我這句話。做生意必須要精明，要有計畫，要用心留意周遭的一切，而這些都不需要花你一毛錢。」我爸爸不是個善於傳授建議的人，光是說這些，彷彿就讓他筋疲力盡。講完之後，他從口袋掏出手帕，擦擦額頭。

每當我懷抱著寬容心情，回顧這個時刻，便會告訴自己，後來事情之所以如此發展，原因就在於此。我爸爸太努力想讓我從他的經驗之中受惠。

爸爸和房客相處，總是比和辦公室、甚至和大宅裡的人相處更自在。有的房客一開口就講故事，不是怪費城人隊沒用，打不贏布魯克林，就是解釋爲什麼信封裡沒能裝進足額的租金。從爸爸站著的姿勢，以及他聽到某些段落頻頻點頭的神態，我看得出來他很認眞聽。付不出足額租金的人從不抱怨窗戶因爲油漆而打不開，只希望有機會能告訴他這個月碰上了什麼事，向他保證，這情形絕對不會再發生。我從沒見過父親罵房客，或語出威脅。他就只是靜靜聽他們說，然後要他們盡力。但在這樣的對話過後三個月，我們再來時，公寓裡住的已經是另一家人了。那些運氣不好的人有什麼下場，我從來都不知道，但無論如何，肯定都不是在那個月的第一個星期六發生的。

時間越晚，爸爸菸抽得越凶。汽車前座是中間沒分隔的長條椅，我坐在他旁邊，看著帳簿上的數字，或是盯著車窗外飛掠而過的樹木。我知道爸爸抽菸的時候是在思考，也就是說，我必須保持沉默。我們離費城越來越近，街坊景象也越來越殘破。他把最窮的房客留在最後，彷彿要多給他們幾個鐘頭去籌足租金似的。在最後的這幾站，我都很想待在車上轉著收音機等他，但我也知道，要求他讓我跳過這些地方不去，他絕對會告訴我說不行。艾里山和簡金頓的房客一向對我很好，會問起學校和籃球的事，還會給我糖果，但爸爸告誡我不能收。「你長得越來越像爸爸了。」他們說，「長大以後肯定會和他一樣。」但在比較貧困的社區，情況就全然不同。不是房客人不好，只是他們就算手裡抓著錢也都還是很緊張，或許是想起一個月之前的情景，甚或是設想一個月之後的景況。他們不只對我爸爸畢恭畢敬，對我也是，就是這樣的恭敬態度讓我覺得非常不自在。我還不到十歲的時候，這些比我爸爸年紀還大的男人就喊我「康洛伊先生」，彷彿在他們眼中，我們父子倆相似的，並不只是長相而已。或許他們明白我爸爸的用意，知道有一天得要把房租交給我，所以現在也沒必要喊我丹尼。

爬上這些公寓樓梯的時候，我隨手剝掉斑駁的油漆碎片，跨過破損的梯板。半掩的門在鉸鍊上晃啊晃的，而且沒有任何一戶人家有紗門。走廊的暖氣要麼高得像熱帶，要麼就完全不運轉。置身於此，我常想，還能嘮叨抱怨水龍頭需要加墊圈，是多麼奢侈的事，卻從來沒想起這也是我爸爸的房子，他大可以打開車子的後行李廂，動手讓住在這裡的人日子好過一些。他挨家挨戶敲門，門打開之後，我們就聽著門裡的人訴苦：丈夫失業，丈夫離家，妻子跑了，孩子生病。有一次，有個男的說他付不出租金，因爲兒子重病，所以他只好留在家裡照顧孩子。陰暗的公寓裡只有這男人和那孩子，其他人都離開了吧，我想。爸爸聽夠了之後，就走進客廳，抱起躺在沙發上發燒的孩子。我當時還不知道人死了是什麼樣子，但我爸爸懷裡的那個孩子，雙手垂在身邊，頭軟軟往後仰。如果不是他呼吸聲沉重，我一定會以爲我們來遲了。公寓裡飄著薄荷油味道，瀰漫痛苦折磨的氣氛。這男孩大概五、六歲，但個頭非常小。我爸爸抱他下樓，放進別克轎車，男孩的爸爸跟在我們後面，直說沒什麼好擔心的。「沒什麼大不了的，」他不停說，「這孩子不會有事的。」但他還是坐進我們車子的後座，陪著兒子到醫院。大人坐後座，而我坐前座，這是前所未有的情況，所以我很緊張，不住想像如果學校的修女看見我們開車經過，會怎麼說。到了醫院，我爸爸交待好櫃台的女子，就把他們留在那裡，在夜色裡開車回我們家，沒對剛才發生的事情多置一詞。

「他爲什麼要那樣做？」那天晚餐之後，我和梅芙待在她房間裡，她問我。我們爸爸從來不帶梅芙去收租金，儘管她比我大七歲，而且每年在學校的數學競賽裡都得獎，記起帳來肯定比我厲害得多。每個月第一個星期六的晚上，父親放我們離開餐桌，他自己帶著酒和報紙到書房之後，梅芙就會拉我到她房間，關上門。她要我告訴她這一整天發生的事，鉅細靡遺：每一間公寓發生的事，房客們說的話，我們爸爸的回答。她甚至想知道我們在卡特市場買了什麼餐點當午餐。我們每次都在卡特市場停車，買三明治。

「就因爲那個小孩病得很重，眞的很重。他一直閉著眼睛，連爸爸把他放進車裡的時候，也沒睜開眼睛。」我們到醫院之後，爸爸叫我去男廁洗手，叮嚀我開熱水，抹肥皀，雖然我根本沒碰到那個小男生。

梅芙思索了一晌。

「怎樣？」

「嗯，你想想看喔，他很討厭生病的人。你生病的時候，他連靠近你房間門口都很少吧？」她伸直身體躺在我旁邊，拍拍枕頭，墊在頭底下。「你要是想把腳放到我床上，至少先脫掉鞋子吧。」

我踢掉鞋子。爸爸曾經坐在我床邊，把手貼在我額頭上嗎？他是不是曾經拿薑汁汽水給我喝，問我是不是又想吐了？這樣做的人是梅芙。而梅芙去上學的時候，就換珊蒂和喬塞琳這麼做。「他從來沒到過我房間。」

「那麼，既然那個小男生的爸爸在家，他又何必這麼做呢？」

搶答問題的時候，我很少能搶得過梅芙，但這次，答案再明顯不過了。「因為他媽媽不在啊。」要是那個家裡有女人在，爸爸絕對不會讓自己捲進這些事情裡的。

媽媽是衡量安全的標準，從這個角度來說，我就比梅芙安全得多。媽媽離去之後，梅芙為我擔負起這個責任，但卻沒有人為她這麼做。珊蒂和喬塞琳當然也像媽媽一樣照顧我們，確保我們梳洗乾淨，吃得飽飽，帶好午餐，準時支付童軍活動的費用。她們愛我們，我知道，但她們每天晚上必須回她們自己的家。我半夜做惡夢，沒辦法爬到珊蒂或喬塞琳床上，更從來沒想過要敲爸爸房門。我去找梅芙。她教我拿叉子的正確姿勢，她參加我的籃球賽，認識我所有的朋友，監督我寫功課，每天早上和我分道揚鑣各自上學、每天晚上我上床睡覺之前，她都親吻我，不管我是不是樂意接受。她一次又一次不厭其煩告訴我，我很善良，很聰明，反應很快，說我可以成為我下定決心要成為的那種偉大人物。這一切她都做得得心應手，雖然從來沒有人為她這麼做。

「媽咪也是這樣對我的。」她說，很詫異我竟會提起這個問題。「聽我說，老弟，走運的人是我。我和她共同生活了好幾年，而你沒有。我甚至想像不出來你有多想她。」

我要怎麼想念一個我基本上不認識的人？

當時我才三歲，就算知道出了什麼事，現在也完全記不得了。是珊蒂告訴我來龍去脈的，不過有些部分當然是從我姊那裡聽來的。我們媽媽第一次離家的時候，梅芙十歲。有天早上，梅芙起床，拉開窗台簾幕，看看夜裡是不是下雪了。確實下雪了。荷蘭大宅裡向來冷得要命。梅芙房裡有壁爐，珊蒂都在壁爐柵裡擺好捏皺的報紙，上面再加些乾柴，所以梅芙起床之後，只需要劃亮火柴就行了。從八歲生日那天起，她就獲准自己點火了。（「八歲生日的時候，媽咪給我一盒火柴，」她有一回告訴我，「她說她滿八歲的時候，她媽媽也給她一盒火柴，那天早上就教她怎麼劃亮火柴。媽媽教我要怎麼點火，那天晚上，她讓我自己點蠟燭。」）梅芙點亮柴火，穿上晨袍和拖鞋，到隔壁房間來看我。三歲的我還在睡。我在這個故事裡沒扮演任何角色。

她穿過走廊到爸媽房間，發現房間裡沒人，床已經整理好了。梅芙回自己房間，準備去上學。她刷完牙，洗好臉，衣服換到一半，毛毛才到她房間來叫她起床。

「妳每天都比我早。」毛毛說。

「妳應該早點來叫我的。」梅芙說。

毛毛告訴她說，沒必要更早起床。

我們爸爸已經出門，這很正常。媽媽不在家，倒是很不尋常，但並非沒有前例。珊蒂、喬塞琳和毛毛似乎都不以爲意。要是她們不擔心，那就沒什麼好擔心的。平常是媽媽送梅芙上學，但這天是毛毛開車送她去，讓她帶著喬塞琳準備好的午餐在校門口下車。放學時又是毛毛去接她。梅芙問媽媽人呢，她聳聳肩：「也許和妳爸爸出去了吧？」

那天晚餐的時候媽媽不在，但爸爸出現了，梅芙問媽媽哪裡去了，他把她摟在懷裡，親吻她的脖子。那段時間，他還常這樣摟著她。他對梅芙說，媽媽去費城看老朋友。

「沒說再見？」

「她對我說再見啦。」我們爸爸說，「她起得很早。」

「我也起得很早。」

「呃，她比妳更早起。她要我告訴妳，她過一兩天就回來了。每個人都需要離開，休息一下。」

「離開什麼？」梅芙問，她的意思是：**離開我？離開我們？**

「離開這棟房子。」他拉著她的手，一起去吃晚飯。「這地方是個很沉重的責任。」

能有多大的責任？喬塞琳、珊蒂和毛毛分攤了絕大部分的家務，園丁到家裡來照料草皮、耙樹葉、鏟雪，而梅芙也願意做任何可以幫得上忙的事情。

隔天早上梅芙醒來，媽媽還是不在，又是毛毛送她去上學，接她回家。但這天她們回到家時，媽媽已經坐在廚房，和珊蒂與喬塞琳一起喝茶。我在地板上玩，把每個鍋子的鍋蓋都掀起來。

「她看起來好累，」梅芙說，「好像離開家這段時間都沒睡覺似的。」媽媽放下茶杯，拉梅芙坐到她腿上。「我的寶貝，」她親吻梅芙額頭，還有頭髮，「妳是我的眞愛。」

梅芙摟著媽媽脖子，頭貼在她胸口，聞著她的氣味，而媽媽用手指梳著梅芙的頭髮。「這是誰家的女孩兒啊？」她問珊蒂和喬塞琳，「誰家有這麼漂亮聰明好脾氣的女孩兒？我何德何能，可以擁有這樣的女兒？」

大同小異的事情又發生了三次。

接下來兩個月，我們媽媽先是離家兩個晚上，接著四個晚上，然後一個星期。梅芙開始半夜起床，跑到爸媽房間去確認媽媽還在家。有時媽媽醒著，看見梅芙站在門口，就掀開被子。梅芙飛快穿過房間，一句話都沒說就躲進媽媽溫暖的懷抱裡。她什麼都不想的睡著了，媽媽手臂環抱她，媽媽的心跳和呼吸在她背後起伏。人生裡沒有任何時刻比得上這一刻。

「妳離開之前爲什麼不和我說再見？」梅芙問她，媽媽就只是搖頭。

「我永遠不會這麼做的。再過一百萬年，我也不會對妳說再見。」

我們媽媽病了嗎？她的情況惡化了嗎？

梅芙點頭。「她漸漸變成鬼魂。有個星期她越來越瘦，接著越來越蒼白，一切都惡化得很快。我們也都跟著垮掉了。媽咪回家來，一連哭好幾天。我放學後就到她房間去坐在床邊。有時候你也在她床上玩。爸在家的時候，看起來就像要拚命抓住她，彷彿連在家裡走路都隨時伸出雙手似的。珊蒂、喬塞琳和毛毛，她們都緊張得像貓咪，但沒有人敢開口談這件事。她離家的時候，讓人難以忍受；但她在家，也同樣讓人難以忍受，只不過是形式不同而已，因爲我們都知道她遲早會再離開的。」

最後她終於離開，梅芙問爸爸她什麼時候回來。他看了梅芙很久，不知道對一個十歲小孩，該透露哪些部分的實情，也不知道他所斷定的是不是全貌。他告訴梅芙，我們媽媽不會回來了。她去印度，不會再回來了。

梅芙永遠也無法確定，最慘的是哪個部分：是媽媽離開了，還是印度遠在地球的另一端。「沒人去印度！」

「梅芙。」他說。

「說不定她根本就還沒走！」她不相信他，一分鐘也不相信，但如果這整件事已經開始發生，那就必須及時制止。

我們爸爸搖頭，但沒伸手摟她入懷。這或許是最奇怪的部分。

這就是我們媽媽離家的故事，但也是故事戛然而止的終點。按理說應該會有很多疑問，很多需要解釋的問題。如果她在印度，我們爸爸應該去找她，帶她回來，然而這些情況都沒有發生，因爲就從這天早上開始，梅芙不再起床。她不去上學。珊蒂用托盤端來奶油燕麥片，坐在床沿，想說服梅芙多少吃幾口，但她也說，梅芙很少聽別人的話。大家都認爲她生病是可以理解的，因爲她思念母親。她們自己也因爲我們媽媽的離家而多多少少受害，所以就任由梅芙耽溺在這樣的情況裡，卻從沒眞正思索，她爲何還繼續喝她的柳橙汁，喝她杯裡的水，甚至喝掉一整壺洋甘菊茶。她拿著杯子到浴室，一次又一次裝水，最後把頭伸進洗臉槽，直接就著水龍頭喝水。毛毛帶我到梅芙臥房，把我放在她床上，梅芙會唸一篇故事給我聽，然後又沉沉睡去。就在媽媽永遠離開之後不到一個星期的某天下午，梅芙沒醒來。毛毛搖她，一遍又一遍，最後抱起她，衝下樓，出門上車。

大家都哪裡去了？我們爸爸和珊蒂、喬塞琳人在哪裡？我又在哪裡？珊蒂說她記不得了。「實在是太可怕了。」她搖著頭說。她只知道，毛毛開車送梅芙到醫院，抱她進大廳。幾位修女接過毛毛懷裡沉睡的梅芙。她在醫院裡住了兩個星期。醫生說這很可能是創傷所導致的糖尿病，再不然就是病毒感染。人類身體有各種不同方式去因應它所無法理解的情況。住院期間，醫生想辦法讓梅芙的血糖保持穩定，她的意識也因而在昏沉與清明之間游離。所有的事情對她來說都像夢境一樣。她告訴自己，爲了懲罰她們母女倆，媽媽不准來探病，但懲罰的原因是什麼，她不太記得。慈愛修女會的修女，我媽的所有朋友，都來看她。聖心中學的兩個女生帶來全班簽名的卡片，但她們沒獲准久留。我們爸爸每天晚上來，但很少開口說話。他握著她蓋在白色棉毯下的腳，告訴她說一定要好起來，沒人料到會這樣。喬塞琳、珊蒂和毛毛輪流在病房陪她過夜。「我們一個照顧妳，一個照顧妳弟，一個照顧妳父親。」珊蒂告訴她，「把你們三個都照顧到了。」珊蒂說她很想哭，但都等梅芙睡著了，才到走廊上去哭。

梅芙出院回家之後，情況更慘。既然大家的邏輯是，因爲媽媽離開，所以害梅芙生病，所以據此推論，再提起我們媽媽，肯定會害她送命。荷蘭大宅從此變得寂靜無聲。珊蒂、喬塞琳和毛毛所有的時間都花在我姊身上，按時打針，注射胰島素。每回她打完針之後所產生的變化，都會讓她們擔驚受怕。我們爸爸完全幫不上忙。毛毛睡在梅芙床上好幾個星期，後來有天半夜又把她送進醫院。醫生再度讓她的血糖穩定下來，然後打發她回家。梅芙哭了又哭，哭到爸爸走進她房間，叫她別再哭了。他們全成了童話故事最悲慘情節裡的角色。他瞬間成了百歲老人。

「別，」他彷彿卯足全力才說出這句話，「妳別再哭了。」

終於，她不再哭了。

第三章

安德莉亞在荷蘭大宅忽現身、忽匿跡差不多兩年之後，有個星期六下午，帶著兩個小女孩走進大宅。不論你對安德莉亞有什麼看法，她這個人就是有辦法把不可能的事情搞到一派自然。我不確定是不是只有梅芙和我第一次見到安德莉亞的這兩個女兒，又或者我們爸爸也是頭一次知道有諾瑪和小光．史密斯的存在。不，他肯定早就知道了。他沒盯著她們看，意味著他們早已見過。她倆比我小好幾歲。妹妹小光看起來像聖誕卡上的人物，和媽媽一樣金色頭髮，有粉嫩臉頰和藍眼睛，只要見到人就露出燦爛的微笑。諾瑪一頭淺棕色頭髮和綠眼睛，和她那個閃亮亮的妹妹完全無法相比，別的不說，光是嚴肅的表情就比不上妹妹討喜。她嘴唇抿得緊緊的，成一條直線。負責打理所有事情的顯然是諾瑪。

「女孩們，」她們媽媽說，「這是丹尼，這是他姊姊梅芙。」

我們當然大吃一驚，但內心深處卻很高興，因爲我們確信，史密斯家這對姊妹足以讓安德莉亞永遠被拒之於門外。我們爸爸才不想讓大宅裡再多兩個小孩，特別是兩個女孩。

她星期六晚上來我們家吃飯的時候，是誰幫她帶小孩？她一次也沒提起必須趕緊回家，太不可原諒了。她們這次的到訪，比平常來得短暫，我們站在門口和她們三人道別時，深信這次肯定是永遠的道別。

「莎呦娜拉，史密斯夫人。」那天晚上，梅芙幫我擠完牙膏，給她的牙刷也擠上牙膏之後說。擠牙膏對我來說不是問題，但這是我們每晚例行的儀式。我們一起刷牙，然後一起禱告。

「晚安，小光和諾瑪。」我用西班牙文說。梅芙看了我一秒鐘，不敢相信我竟然這麼說，接著開始狂笑，笑得像隻海豹大叫似的。

梅芙和我一直有個想法，覺得我們不久就能破解我們的人生密碼，很快就能解開爸爸身上那難以看透的謎團。然而，對於安德莉亞女兒的出現，我們徹底解讀錯誤。那並非思慮不周的草率引見，而是安德莉亞整批交易的一部分。這個結果證明安德莉亞早就已經徹底融入我們家，只是我們不知爲什麼始終沒看清。不久，姊妹倆就成爲大宅的常客，她們會和我們一起坐在餐桌旁邊，或脫下襪子，坐在游泳池邊踢水——她們兩個都不會游泳。家裡有其他小孩，感覺好怪。梅芙和我在學校都有朋友，但向來都是我們去朋友家參加派對、寫功課或過夜。從來沒有人到荷蘭大宅來。或許是我們不想讓別人注意到我們媽媽的狀況，也怕這幢大宅會讓我們顯得荒謬可笑。但老實說，我覺得是因為我們知道爸爸不喜歡小孩，所以他肯讓這兩個女孩到家裡來，就更沒道理了。

有天晚上，兩個女孩和她們媽媽一起來。安德莉亞穿了件非常時髦的藍色真絲洋裝。小光不停用手揉搓她的裙子，讓布料發出宛如落葉的沙沙聲。而諾瑪則發明了個遊戲，每一步都只踏在玄關大理石地板的黑色小框格裡。安德莉亞對我們四個宣布，她要和我們爸爸一起出門。她事先什麼都沒說，就決定把兩個女兒留給梅芙和我照顧。

「我們要拿她們兩個怎麼辦？」梅芙問，因為我們是真的不知道怎麼辦。她們不該是我們的責任。我們從沒和她倆單獨相處過。

安德莉亞不理會她的問題。那段時間她總是顯得自信昂揚，彷彿一切都已底定。事實或許真是這樣。「你們什麼也不必做。」她對梅芙說，然後對兩個女兒微笑：「妳們會照顧好自己的，對吧？你們有沒有書？諾瑪，請梅芙拿書給妳。」

梅芙的床頭櫃上有一疊亨利．詹姆斯的小說。《碧廬冤孽》？她們會想看這個？我們爸爸走下樓梯，眼睛直視前方，身上是他最好的一套西裝。他扶著樓梯，代表他膝蓋痛，當然也意味著他心情不好。安德莉亞知道嗎？「該走了。」他對她說，但沒對我們說半句話，沒有謝謝，也沒有再見，逕自往門口走去。我想他是覺得不好意思。

「你們會好好的。」安德莉亞轉頭說，然後跟在我們爸爸後面出去。他沒慢下腳步等她。兩個小女孩一臉受傷的表情，直到再也看不見媽媽的帽頂之後，就哭了起來。

「老天爺啊！」梅芙說，走去拿衛生紙。我覺得她們其實已經想辦法忍住，但還是哭了出來。她們一起擠在玄關的一張法式扶手椅上。小光低頭靠在姊姊胸前，諾瑪雙手掩臉，彷彿聽到世界末日的消息。我問她們是眞的想看書呢，還是要看電視，或者要不要吃冰淇淋。她們連看都不看我一眼。梅芙走回來，把衛生紙遞給她們，彷彿沒看見有誰在哭似的，語氣平靜地問她們要不要參觀房子。

諾瑪和小光雖然還在傷心，但顯然聽進梅芙的話了。她們很想繼續哭，因爲今天晚上大概就只能一直哭，但她們的哭聲稍稍緩和，好聽清楚梅芙說什麼。

「玄關並不是整個房子，」梅芙說，「只是房子的一部分。注意看喔，妳們一眼就可以看穿整個屋子。前院——」她指著她們之前走進來的正門，然後轉身，指著反方向觀測室的窗戶，「——後院。」

小光坐直起來，看看前後兩個方向，而諾瑪掉完最後一滴眼淚之後，也專注地前後掃視一眼。

「妳們已經看過餐廳和客廳，」梅芙轉頭看我，「應該是吧，我想？我想她們應該沒進過廚房。」

「她們去廚房幹麼？」我實在不想沉著臉——悶悶不樂的應該是這兩個小女孩——但是如果不必忙著取悅安德莉亞的女兒，我有其他一百件事可做。

梅芙起身找手電筒，然後打開通往地下室的門。「別碰欄杆，」她轉頭說，「會割傷手喔。妳們小心一點，注意妳們的腳步。」

「我不想去地下室。」小光站在樓梯口，看著黑漆漆的下方說。

「那就別來。」梅芙說，「我們一會兒就回來。」

「抱我。」小光說。梅芙沒理她。

諾瑪走了兩步就停下來。「下面有蜘蛛嗎？」

「絕對有。」梅芙繼續走，忙著找天花板正中央垂下來的電燈拉繩。這裡只有一個燈泡。兩個女孩思考她們眼前的選項：上或下，沒多久，她們就跟著梅芙下樓，我則走在這支探險隊最後。她們兩個都穿洋裝、白褲襪和漆皮皮鞋。大宅地下室看起來像另一個世紀的產物，和地面上的建築完全是兩回事。有幾個牆角積滿好幾堆塵土，我有一回在裡面發現了一支箭簇。如果不是因爲實在不喜歡地下室，我應該會再挖挖看還有沒有。

「妳爲什麼要下來這裡啊？」諾瑪問。她半是害怕，半是好奇。

「我帶妳們來看看。」梅芙的手電筒轉向地下室的另一端，光線從牆面的一個小金屬門反射回來。「這是保險絲盒。如果樓上大廳化妝室的燈熄了，而你知道燈泡沒壞，那就要下樓來，檢查保險絲盒。有時候我們手邊沒有保險絲，就插個銅板在後面，讓舊保險絲可以重新發揮作用。如果暖氣不動了，你就要下樓來檢查暖氣爐；如果沒熱水，就要檢查熱水鍋爐。萬一發現引火燈熄了，那劃火柴的時候就要格外小心，因爲有可能是瓦斯漏氣，砰！」她面無表情地說。

老實說，我一點概念也沒有。

梅芙大膽前行，諾瑪、小光和我想辦法留在她手電筒照亮的範圍之內。她打開一道木門，發出好大的咿咿呀呀聲，嚇得兩個女孩剎時緊緊貼住我。梅芙又拉了拉另一條拉繩，又一個沒燈罩的燈泡亮起。「這是地下室的儲藏室，貯存額外的食物，萬一妳們在這裡肚子餓了可以吃。珊蒂和喬塞琳做了醃黃瓜、果醬和燉番茄。所有的東西都封在罐子裡。」我們抬頭看一個個架子上整齊的玻璃罐，每一個都貼上註明日期的標籤，按顏色排列，對半切的金色蜜桃在楓糖漿裡漂浮，覆盆子果醬。冰冷的地板上還有一箱箱甘薯、褐皮馬鈴薯和洋蔥。看著這麼多食物攤在兩個小女孩面前，我第一次發現自己是個有錢人。

就在我們準備回樓上時，小光指著塞在樓梯下方的箱子。「那裡面是什麼？」

梅芙掉轉手電筒，照亮那疊堆高發霉的紙箱。「聖誕節的裝飾品、吊飾之類的。」聽到聖誕節，小光就開心起來，問她可不可以打開箱子。她理所當然認爲那裡面有裝飾品，有禮物，甚至還有給她的禮物。但梅芙說不行。「妳可以等聖誕節再來，到時候就可以打開了。」

那天晚上刷牙的時候，我沒和梅芙說話。禱告完之後，我就走了。

「別這樣嘛，」她說，「別這麼生氣。」

可是我很生氣。我氣呼呼地上床。我們整個晚上都在到處參觀。她帶她們看遍了大宅的每一個地方：存放碗盤和一大捲一大捲餐桌桌巾的餐具室，三樓臥房裡那個有小門通向閣樓狹小空間的櫃子。她帶她們在大宴會廳裡旋轉，假裝在跳華爾滋。我們以前從來沒想過要在這裡跳舞。「怎麼會有人把宴會廳擺在三樓？」諾瑪問。

梅芙解釋說，興建這棟房子的時候，把宴會廳設在三樓是非常時髦的事。「不過只流行了一小段時間，」她說，「沒持續太久。可是呢，宴會廳一旦設在三樓，就不太可能再搬走啦。」梅芙帶她們參觀了大宅裡的每一間臥房。諾瑪和小光一致認爲梅芙的房間最棒。她倆坐在窗台座位，讓梅芙把布幕蓋到她們身上。兩個女孩驚叫大笑，梅芙掀開布簾時，她們又大喊：「不，不要！」結束參觀之後，梅芙從廚房搬來腳凳，讓她們輪流站上去給咕咕鐘上發條。她明明就知道那是我每個星期天早上做的第一件事。

梅芙坐在我床邊。「想想看，對她們來說，這房子有多驚人，我們有多驚人。所以如果我們帶她們看所有的東西，而不只是好看的部分，這樣是不是顯得，呃怎麼說呢，更親切一點？」

「非常親切。」我的口氣一點都不親切。

梅芙手貼在我額頭上，就像我生病的時候一樣。「她們還很小，丹尼。我總是覺得年紀小的人很可憐。」

她讓她們睡在她床上。我們爸爸和安德莉亞回來之後，一人抱一個熟睡的女孩走下樓梯，抱到安德莉亞車上。梅芙追在他們後面跑下樓，因爲他們忘了女孩的鞋子。梅芙告訴我說，安德莉亞醉得厲害。

我姊好心沒好報的長清單上又多了一項：她對這兩個女孩很好。我們爸爸或安德莉亞也在房間裡的時候，她會很客套地忽略兩個女孩的存在；但她自己陪諾瑪和小光時，總是對她們很好——教她們怎麼用勾針編織，讓她們幫她編辮子，或教她們做樹薯粉。結果她們就像兩隻崇拜她的長耳獵犬，緊跟她背後在屋裡轉來轉去。

我們每天晚上吃飯的地點，依循的是一套複雜的家務法則，由珊蒂和喬塞琳負責安排妥當。如果父親準時下班回家，我們三個人就會在餐廳用餐，龐大的餐桌飄浮著家具亮光劑的味道，我們就一面聞著這亮光劑的檸檬味，一面等珊蒂幫我們上菜。如果父親太晚回家或另有活動，梅芙和我就在廚房吃飯。這時珊蒂就會留一盤菜，包上錫箔紙，擺進冰箱，讓爸爸回來之後自己在廚房吃。至少我是這麼猜想的啦，但說不定他是端著盤子到餐廳，自己一個坐在餐桌旁吃。當然啦，安德莉亞和她女兒來的時候，我們都在餐廳吃飯。如果安德莉亞在，珊蒂不只幫我們上菜，也會幫我們撤掉盤子。如果安德莉亞沒來，我們吃完之後，就自己把盤子端回廚房。沒有人對我們解釋過這些規矩，但我們都明白，就像我們知道星期天晚上，爸爸、梅芙和我會準時六點鐘在廚房集合，吃珊蒂前一天幫我們準備好的冷菜。安德莉亞和她女兒從來不在星期天過來吃飯。我們三個人獨自在家，擠在廚房小餐桌旁，有一種近似一家人的感覺，但這僅僅是因爲我們被迫擠在一個狹小的空間裡。以荷蘭大宅這麼寬闊的房子來說，廚房的面積實在小到怪異的程度。珊蒂對我說，這是因爲原本應該只有僕人會到廚房來，蓋大莊園的人從沒見過老鼠屁股長什麼樣子（這確實是珊蒂的口吻：老鼠屁股！）僕人還有足以轉身的空間就算不錯啦。廚房角落擺了張藍色的美耐板小桌，喬塞琳平常坐在這裡剝豆子，擀派皮麵糰，珊蒂和喬塞琳也坐在這裡吃午餐和晚餐。我們在這裡吃完飯後，梅芙總是很仔細地擦乾淨桌子，把所有的東西歸回原位，因爲她覺得廚房是屬於珊蒂和喬塞琳的。這麼小的一個空間，幾乎塞得滿滿的，有一座九個爐嘴的大瓦斯爐，一個保溫櫃，以及兩個可以烤一整隻火雞的大烤箱。冬天，屋裡其他地方都冷得像極地冰帽，不管珊蒂把火生得多旺都沒有用，但爐子卻把廚房烤得暖烘烘的。夏天當然就另當別論，但就算是夏天，我還是比較喜歡廚房。通往游泳池的門總是敞開，牆角的電風扇會把烘烤的香味往外吹送。在眩目欲盲的正午陽光裡，我仰躺漂在池中，聞見喬塞琳烘烤櫻桃派的香氣。

我們被迫照顧安德莉亞女兒過後的那個星期天晚上，我很仔細觀察梅芙，覺得她肯定有些不對勁。我可以像得知天氣晴雨那樣，敏銳察覺到她血糖的變化。她不再專心聽我講話，她快要倒下時，我馬上就會發現。她冒汗或臉色蒼白，我也總是第一個注意到的。珊蒂和喬塞琳當然也會發現。她們知道她什麼時候需要果汁，知道她們什麼時候該給她打針。但這些情況發生時，爸爸每次都很意外。他永遠都只瞪著梅芙腦袋上方的空間。

但這次和血糖完全無關。我盯著梅芙看的時候，她做了最最出乎我意料的事：她舀著馬鈴薯沙拉，小心翼翼地開口對爸爸說，照顧安德莉亞女兒不是我們的責任。

他聽了靜默一晌，嚼著嘴巴裡的雞肉，「妳昨天晚上本來有別的計畫嗎？」

「我有功課要做。」梅芙說。

「星期六？」

梅芙長得漂亮，人緣又好，週六晚上應該都不會待在家裡才對，但她多半都在，這天我才第一次意識到，她其實是爲了我。她絕不會放我一個人在家。「這週功課很多。」

「是嗎？」爸爸說，「看來妳也都能應付嘛。她們兩個到家裡來的時候，妳還是可以做功課。」

「我星期六都在忙著逗她們開心，完全沒辦法做功課。」

「可是妳的功課也都做完了，不是嗎？妳明天到學校也不會覺得丟臉。」

「這不是重點。」

爸爸把刀叉交錯擺在盤子上，看著她。「那妳何不告訴我，重點是什麼？」

梅芙已經準備好怎麼答覆他了。她老早就想好了。說不定在我反對帶那兩個小女孩去參觀房子的時候，她就已經在思考這個問題了。「她們是安德莉亞的女兒，是她該照顧她們，而不是我。」

父親微微朝我的方向歪了歪頭。「妳照顧他。」

她早、中、晚都照顧我。梅芙的意思是這樣的嗎？她不需要再多照顧兩個小孩？

「丹尼是我弟弟。那兩個女孩和我們一點關係都沒有。」她這時拿來對付爸爸的，就是他過去所教她的一切：**梅芙，挺直身體坐好。梅芙，如果妳想對我提出要求，就看著我的眼睛。梅芙，別再撥弄妳的頭髮。梅芙，大聲一點，要是妳捨不得花點力氣抬高聲音，就別指望有誰會聽妳講話。**

「但如果那兩個女孩是妳的家人，妳就不介意？」他還沒吃完盤子裡的菜，就點了根菸，我從沒見過他有這麼粗魯沒教養的行爲。

梅芙還是盯著他。我簡直不敢相信她能這樣目不轉睛地接住他的目光。「她們不是。」

他點點頭。「妳住在我的屋簷底下，吃我的飯，所以我想，在我開口要求妳的時候，妳應該可以委曲一下妳自己，照顧我們的客人。」

廚房水龍頭滴著水。答，答，答。這聲音好吵，吵到不可思議，在牆面之間迴盪，就像房客埋怨水龍頭漏水時所形容的聲音。我看過爸爸換過很多次水龍頭墊片，心想我應該也辦得到。我很好奇，如果我起身去拿扳手，他們兩個是不是會注意到我不見了。

「你沒開口要求我。」梅芙說。

爸爸把椅子往後一推，但梅芙搶在他前面。她站起來，手裡緊緊抓著餐巾，沒道聲歉就走出去。

爸爸又坐了好一會兒，就像平常那樣沉默，然後在麵包碟上摁熄香菸。我們兩個一起吃完飯，雖然我不知道自己怎麼受得了。吃完飯後，他到書房看電視新聞，我收起盤子，略微沖一下水，堆在水槽裡等喬塞琳明天早上洗。晚餐後清理餐桌是梅芙的工作，但我替她做了。爸爸忘了甜點。冰箱裡有擺在淺碟子上的煉乳檸檬。我切一片給自己，幫梅芙拿了顆柳橙，一起裝在盤子裡，端到樓上去。

她在她房間裡，坐在窗台座位，兩條腿伸直在面前。有本書擱在她腿上，但她沒看書，而是看著院子。這房間朝西，但不是正對西方，即將消逝的暮光照在她身上，讓她宛如一幅畫。

我把柳橙遞給她，她用指甲掐皮剝開，縮起膝蓋，讓我可以坐在她面前。「這情況對我們不太妙，丹尼，」她說，「你大概也知道。」

第四章

梅芙離家去唸巴納德學院*大一才六個星期，就被叫回艾爾金公園參加婚禮。爸爸在大宅客廳和安德莉亞成婚，就在范胡貝克夫婦俯望監視的目光下。小光抓起一把把粉紅玫瑰花瓣，撒在西班牙手工地毯上，諾瑪拿著擺在粉紅絲絨小枕上的結婚對戒。梅芙和我與其他三十名左右的賓客站在一起。我們這時才知道，安德莉亞有母親、一個妹妹和賣保險的妹夫，以及幾個在吃結婚蛋糕時仰頭驚歎餐廳天花板的朋友（餐廳的天花板是濃稠的深藍色，覆綴繁麗精緻的金色鏤雕花葉，不只是金色，而且還是鍍金的。鍍金花葉排列成繁複華麗的圖案，一片片金葉交織成一個個四方形，而一個個四方形之中又有金葉圍繞成的一個個圓形。這樣的天花板看起來和凡爾賽宮比較接近，與東費城格格不入。我小時候總

---

* Barnard College，美國頂尖女子學院，為知名的「七姊妹學校」之一。位於紐約，創建於一八八九年，一九〇〇年併入哥倫比亞大學。

爲此覺得困窘。梅芙、爸爸和我在餐廳吃飯的時候，都刻意低頭盯著盤子看。）珊蒂和喬塞琳在酒會上爲賓客倒香檳。她們身上穿的白領白袖口黑制服是安德莉亞特地爲這個場合替她們買的。「我們兩個看起來像女子監獄裡的舍監。」喬塞琳舉起手腕說。每回有香檳要開，梅芙就跑進廚房，因爲她說，啵一聲打開香檳瓶塞是她在大學裡學會的第一件事，而珊蒂和喬塞琳覺得香檳活像裝了子彈的槍。

婚禮舉行的這天是個明媚的秋日，燦亮的光線似乎不只來自太陽，也來自草地和樹葉。大宅靠後方的窗戶全是落地窗，尺寸足有一般窗戶的三倍大，爲了今天的儀典，爸爸不嫌麻煩的把每一扇窗都打開，這是我以前從未見過的。敞開的落地窗成爲十二道開往屋後露台的門，一路延伸至游泳池。這天的泳池裡開滿睡蓮。天曉得，竟然可以爲了今天，租來滿池盛開的睡蓮。每個人都不停稱讚太美了：這房子，這花，這光線，就連在觀測室裡彈鋼琴的女人都好美，但梅芙、珊蒂、喬塞琳和我都知道這一切都是白費工夫。

我們爸爸不能在聖母無原罪天主堂娶安德莉亞，也不能請卜雷爾神父到家裡來爲他們主持婚禮，因爲他離婚，而她不是天主教徒，所以他們也等於沒結婚。主持婚禮的是我們都不認識的一位法官，我爸花錢請他到家裡來執行這項任務，就像付錢給水電工一樣。儀式結束之後，安德莉亞迎著光舉起香檳杯，說香檳的顏色和她的黃色禮服好配。我頭一次發現她多麼漂亮，多麼快樂，多麼年輕。第二次結婚的這天，我們爸爸四十九歲，而他這位身穿香檳黃紗緞禮服的新妻子三十一歲。但梅芙和我還是不懂他爲什麼要娶她。此時回顧，我不得不說，我們實在是缺乏想像力。

「妳覺得我們有沒有可能看見往日的原貌？」我問我姊。我們坐在她車上，在初秋明亮的光線裡，停在荷蘭大宅前面。我小時候就覺得這裡的樹巨大無比，但樹還在繼續長大。也許有一天，它們會大到穿牆進入安德莉亞的夢中。我們搖下車窗，才能各自把一條手臂伸到窗外——梅芙伸出左臂，而我伸出右臂——以便抽菸。我剛在哥倫比亞大學醫學院唸完第一年。我們在這個夏天戒菸——差不多戒了——但在這個日子，我們唯一想到的還是抽菸。

「我看到的就是往日的原貌。」梅芙說。她看著樹。

「可是我們通常會把現在疊加在過去之上。現在已知的一切像個鏡片，我們透過這個鏡片回望過去，所以我們不是用我們過去的角度來看過去，而是用我們現在的角度來看過去，也就是說，所謂的過去已經產生了根本的變化。」

梅芙抽一口菸，微笑說：「我**喜歡**這個說法。他們在學校就是教你這個？」

「精神醫學導論。」

「別告訴我說你想當精神科醫師。不過這樣應該大有好處。」

「妳有沒有想過要去看精神科醫師？」這年是一九七一年，精神醫學正掀起狂潮。

「我才不需要精神科醫師呢，因爲我可以清清楚楚看見過去。不過，如果你需要有個病人來練習，那請不要客氣，就找我吧。我的精神問題也是你的精神問題喔。」

「妳今天爲什麼沒上班？」

梅芙一臉驚訝。「這是什麼蠢問題?你才剛回來。我才不要去上班。」

「妳請病假嗎？」

「我告訴歐特森說你回來了。他才不管我有沒有去上班咧。我把所有的工作都處理完了。」她在窗外撢撢菸灰。梅芙大學畢業之後，就在歐特森的公司當會計。這是一家冷凍蔬菜包裝運送公司。梅芙在巴納德學院得了數學獎，成績平均積點比同年哥倫比亞得到數學獎的男生還高，梅芙知道這件事很開心，因爲這男生的姊姊剛好是她的朋友。梅芙善加運用她的專業知識與能力，不只管理薪資、計算稅金，還改善了運送系統，確保每一袋冷凍玉米能迅速送達東北部各地的雜貨鋪冷凍櫃裡。

「妳打算一直在那裡工作嗎？妳應該要回學校唸書的。」

「我們談的是過去啊，醫生，不是未來。你不能隨便轉變主題。」

我撢撢香菸。安德莉亞是我想談的過去，但是布斯鮑太太從屋子裡走出來查看信箱，看見我們坐在車裡。她走到我打開的車窗前，傾身。「丹尼，你回來了！」她說，「哥倫比亞還好嗎？」

「和以前差不多，只是更難了。」我大學部唸的也是哥倫比亞。

「嗯，我知道這個人見到你很開心。」她朝梅芙的方向點個頭。

「嗨，布斯鮑太太。」梅芙說。

布斯鮑太太伸手搭在我手臂上。「你得給你姊姊找個男朋友。醫院裡一定有忙得沒時間找對象的好醫生。一個長得夠高的好醫生。」

「身高不是我唯一的標準。」梅芙說。

「別誤會我的意思：她回到這附近來，我很高興，但也有一點困擾。」布斯鮑太太只對我一個講，彷彿她和我單獨待在車裡某個隱密的空間。「她不該一個人坐在這裡，這樣可能會給人造成錯誤印象。我當然歡迎她，別誤會我的意思。」

「我知道，」我說，「我也很困擾。我會和她談談。」

「至於對街那個，」布斯鮑太太的額頭朝那排椴樹微微揚了一下。「什麼反應也沒有。她開車經過的時候連手都沒揮一下，一副沒看見這裡有其他人在的樣子。我想她一定是個非常悲哀的人。」

「也或許不是。」梅芙說。

「我有時候會看見那兩個女孩。你見過她們嗎？她們很有禮貌。要是你問我啊，我會說我同情的是她們。」

我搖搖頭。「我們沒見過她們。」

布斯鮑太太捏捏我的前臂，對梅芙揮手道別。「你們隨時可以到我家來。」她說。我們謝謝她，看著她走開。

「布斯鮑太太印證了我對過去的記憶。」只剩下我們兩人時，梅芙說。

在安德莉亞和兩個女孩搬進荷蘭大宅，以及梅芙回學校之後，爸爸和我變得更加親

近。照顧我向來是我姊的責任，如今她不在家，他出乎意料地開始注意起我的學校功課和籃球比賽。沒有人會認爲梅芙在我生活裡的角色可以轉嫁到安德莉亞身上。眞正的問題是，十一歲的我是不是已經大得可以自己打理生活，不受監督。珊蒂和喬塞琳一如既往，做好她們份內的工作，繼續餵我吃飽，不停告誡我說不戴帽子不准出門。她們天線敏銳，兩個都是，隨時隨地能偵測到我的孤獨。有時我在房間裡做功課，喬塞琳就來敲門。「到樓下來寫功課吧。」她說完轉身就走，沒給我回答的機會。於是我抱著代數課本下樓。在廚房裡，喬塞琳關掉她的小收音機，幫我拉出一把椅子。

「有食物在身邊，腦袋瓜會比較清楚。」她從自製的麵包切下一塊邊角，幫我塗上奶油。我向來都愛吃麵包邊。

「我們收到梅芙寄來的明信片。」珊蒂指著用磁鐵固定在冰箱上的卡片，白雪皚皚的巴納德圖書館。卡片貼在這裡，正足以證明安德莉亞從不踏進廚房一步。「她說我們應該繼續餵你吃東西。」

喬塞琳點點頭。「她離開之後，我們本來不打算再餵你了。但如果梅芙說要餵，那我們就得繼續餵。」

梅芙寫長長的信給我，述說紐約、她上的課和她同學的事。她有個叫萊絲麗的同學領助學金，其中一個條件就是每天晚餐時間要到自助餐廳值班，回來之後總是在床上唸書，衣服沒換就睡著了。梅芙沒說功課很難，也沒說她想家，雖然她老是說她想我。現在沒有她在身邊教我功課，我才頭一次覺得好奇，她小時候是誰教她功課的。毛毛？我很懷疑。我坐在廚房小桌旁，翻開課本。

珊蒂在我背後探頭。「我來看看。我以前數學很好的。」

「是喔。」我說。

「你滿腦子想趕走你姊姊，」喬塞琳說。她手牢牢搭在我肩頭，免得我覺得尷尬。

珊蒂笑起來，用擦碗巾用力打喬塞琳。

「但等她走了，你卻又開始想她。」

她只說對了一半。我從來就沒想過要趕梅芙走。「妳有姊妹嗎？」我問喬塞琳。

珊蒂和喬塞琳同聲大笑，然後同時停止。「你這是在開我玩笑嗎？」喬塞琳問。

「我沒有。」我說，很想知道這是什麼情況，這麼好笑，然後又突然變得不好笑。但在她們還來不及指點我之前，我就發現了：這兩個我從還不識世事之前就認識的女人身上有著相似之處。

珊蒂歪著頭。「丹尼，你當眞？你不知道我們是姊妹？」

就在這一瞬間，我發現她倆無比相似之處，也看見了她倆迥異不同之處，但都無所謂了。我從來就沒好奇過，她們和什麼人有什麼樣的關係，她們的家裡還有什麼家人。我只知道她們照顧我們。我記得珊蒂請過兩個星期的假，因爲她丈夫生病；後來又請了幾天，因爲她丈夫過世了。「我不知道。」

「那是因爲我長得比她漂亮多了。」喬塞琳說。她之所以這樣說，是爲了要顯得逗趣，讓我不再尷尬，但我看不出來她們誰比較漂亮。我知道她們年紀比我爸爸輕，比安德莉亞大，但也僅止於此，無法再進一步縮小年齡範圍。我知道最好別問。喬塞琳比較高，比較瘦，頭髮金得很不自然；而珊蒂一頭濃密的褐髮總是用兩根長髮夾往後夾，五官看起來可能比較柔和親切。她臉頰紅潤，眉毛很漂亮，如果能用漂亮來形容眉毛的話。我不知道。喬塞琳已婚，珊蒂是個寡婦，兩人都有子女，而我之所以知道，是因爲梅芙會把我們穿不下的衣服送她們。我之所以知道是因爲，要是她們的小孩病得很厲害，她們就不會來上班。她們回來的時候，我是不是問過：誰生病了？好一點了嗎？並沒有。我好喜歡她們兩個，珊蒂和喬塞琳。讓她們失望，我覺得很難過。

珊蒂搖搖頭。「男生就是這樣。」她說，簡單用一句話就解除了我所有的責任。

梅芙住的宿舍櫃台有部電話，我會背那裡的號碼。要是我打電話給她，就會有個女生被派去三樓，敲她的房門，看她在不在。梅芙通常都不在，因爲她喜歡在圖書館唸書。打電話給她，發現她不在，然後留下一張紙條，這整個過程耗時至少七分鐘——比我父親認爲長途電話所應該花費的時間多了差不多四分鐘。所以即使我渴望和我姊講話，問她是不是知道她倆是姊妹——如果她知道，就要問她爲什麼沒想到要告訴我——也不能打電話給她。我到客廳，站在她的畫像下，面對她十歲的親切目光，暗暗咒罵自己。我決定要等到星期六，再問爸爸。隨著日子一天天過去，珊蒂和喬塞琳的相似之處也變得越來越明顯：我從她們每天早上併肩站在廚房目送我出門搭校車時的身影上看到，也從她倆像協調一致的游泳選手般揮手的動作上看到，而且當然，她們嗓音也非常像。我這也才突然醒悟，她們在一樓樓梯口對著樓上喊我的時候，我從來都分不清是誰在喊。我究竟是哪裡有毛病，竟然什麼也沒注意到？

「知道又怎樣？」星期六終於來臨，我和爸爸去收租金的時候，他說。

「可是你**知道**。」

「我當然知道。僱用她們的是我，或者應該說是你媽媽。向來是你媽媽負責僱人的。先是珊蒂，幾個星期之後，珊蒂說她有個妹妹需要工作，所以我們就同時僱用了她們兩姊妹。你向來對她們很好，我看不出來這有什麼問題。」

我很想說，問題是我對這個世界懵懵懂懂，一無所知。我媽媽知道她們是姊妹，所以僱用她們，證明她是個好人。而我連她們是姊妹都不知道，證明我是個壞人。不過，這是我用現在的觀點去看過去。當時，我還搞不懂自己爲什麼沮喪。一連好幾個星期的時間，我都想辦法迴避珊蒂和喬塞琳，但這根本不可能辦到。最後，我決定相信我原本知道她倆是姊妹，只不過後來忘了而已。

珊蒂和喬塞琳一向自動自發打理大宅家務。偶爾我們會對她們說可以再做一次燉牛肉餃或好吃的蘋果派，但就連這樣的情況都很罕有。她們知道我們喜歡什麼，不需要我們開口，就直接送到我們面前。我們家裡從來不缺蘋果和餅乾，書房書桌左邊抽屜裡一定有郵票，浴室永遠都有乾淨毛巾。珊蒂不只熨我們的衣服，也熨床單和枕頭套。梅芙回家時，冰箱門一打開，一定有排亮眼的銀蓋胰島素小瓶抖抖顫顫站在那裡。她們消毒針頭，因爲當時的針頭還不是一次即丟。我們從來不需要叫她們去洗衣服或清地板，因爲在我們還沒有機會注意到之前，所有的事情都料理妥當了。

安德莉亞來了之後，一切都改變了。她擬妥一整個星期的菜單，交給喬塞琳遵照準備，而且對每道菜餚都要指教一番：湯裡的鹽加得不夠多；她給女孩們吃太多馬鈴薯泥。她們怎麼可以吃這麼多馬鈴薯泥？安德莉亞明明叫喬塞琳煮鰈魚，她怎麼端上來鱈魚？她不能多花點工夫，去別的市場找找看嗎？難道什麼都要安德莉亞自己做嗎？她每天都想辦法多找出一些工作給珊蒂做，清理食物儲藏室架子的灰塵，洗窗簾薄紗之類的。我再也聽不見珊蒂和喬塞琳在走廊交談的聲音。我再也沒聽見喬塞琳早上到大宅來上班時吹的驚人口哨。安德莉亞不准她們在樓梯口對著樓上喊叫問問題，她們必須像個有教養的人，上樓來找我們。安德莉亞就是這樣說的。珊蒂和喬塞琳刻意讓自己隱形，讓自己更有教養一些，工作的時候總是避開我們。也或許刻意躲起來的人是我。自從梅芙離開之後，我就更常待在自己房間裡。

大宅二樓有六個房間：爸爸的房間、我的房間、梅芙的房間，有兩張床的陽光室是小光和諾瑪的房間，一間爲我們家從未有過的客人所準備的客房，最後還有一間是女主人專用的辦公室。樓梯口有一個起居空間，在諾瑪和小光搬進來之前，從來沒有人坐在那裡。但她們兩個似乎很喜歡坐在樓梯口。

有天在晚餐桌上，安德莉亞宣布她的空間重新分配計畫。「我要讓諾瑪搬去住那間有窗台座位的房間。」

爸爸和我一句話都說不出來，只能盯著她看。珊蒂爲我們的水杯添水之後，後退一步站開。

安德莉亞什麼也不理會。「現在諾瑪是家裡最大的女孩。那個房間是給最大的女孩住的。」

諾瑪嘴巴微微張開，我看得出來，她也不知情。她喜歡待在梅芙房間，只因爲她喜歡和梅芙待在一起。

「梅芙還會回家，」我爸爸說，「她只是去紐約而已。」

「她回家來探親，可以住在三樓那個漂亮的房間。珊蒂會安排好的，對吧，珊蒂？」但珊蒂沒回答。她把水壺緊緊摟在胸前，彷彿怕自己會拿起來用力砸似的。

「我不覺得我們現在需要討論這個問題。」我爸爸說，「屋裡多的是可以睡覺的地方。如果諾瑪想換房間，可以搬去客房住。」

「客房是給我們的客人住的。諾瑪要住有窗台座位的那個房間。那是大宅裡最漂亮的房間，景觀最好。保留那個房間給一個根本不住在這裡的人，實在很沒道理。老實說，我本來想，我們應該自己搬去那間住的，可是那裡的衣櫥不夠大。諾瑪的衣服不多。衣櫥夠妳用了，對吧？」

諾瑪緩緩點頭。她很怕媽媽，但一想到窗台座位又心醉神迷，那裡有長長的布幔，可以蓋住整個人，什麼都看不見。

「我想睡在梅芙的房間。」小光說。小光還沒適應住在這麼大的空間裡。她黏著姊姊，就像我黏我姊一樣。

「妳們兩個各有各的房間，諾瑪會讓妳去她房間玩的。」她媽媽說，「每個人都會調適得很好。就像你們爸爸說的，這房子夠大，每個人都可以有自己的房間。」

她的這句話，一槌定音，整件事塵埃落定。我一句話都沒說。我看著我爸爸，他現在顯然也是諾瑪和小光的爸爸。我希望他能力挽狂瀾，但他放手了。安德莉亞是個非常漂亮的女人。他可以現在就讓她如願，或稍等一下再讓她如願，但不管是哪一種情況，她終究會如願以償，得到她想要的。

差不多就在這件事發生的時候，我愛上了范胡貝克家的一個女兒。更確切來說，應該是我愛上了她的畫像。我給她取名叫茱麗亞。茱麗亞肩膀纖窄，一頭黃髮用綠色緞帶紮在腦後。她的畫像掛在荷蘭大宅三樓的臥房，一張從未有人睡過的床鋪後牆。這裡除了珊蒂每個星期四上來吸地板、撢灰塵之外，只有我會進來。我深信茱麗亞和我是眞情戀人，只因爲出生時間的陰錯陽差而戀情受阻。我怨天尤人到有一回竟然犯下大錯，打電話到巴納德學院給姊姊，問她是不是曾經對三樓臥房那幅畫像裡的人物覺得好奇，那個有雙灰綠色眼睛的范胡貝克家女兒。

「女兒？」梅芙說。這天運氣不錯，我打電話到宿舍居然找到她了。「范胡貝克夫婦沒有女兒。我想那應該是少女時期的范胡貝克夫人吧。把畫像拿到樓下和他們夫婦的肖像比對一下，我想兩幅畫裡的都是她。」

我姊挖苦嘲諷的功力，足以讓我聽到耳朵受傷流血，但她很少倚老賣老，總是很認眞回答我的每一個問題。從她的語氣聽來，我知道她並不是在開玩笑，甚至也沒格外留意我問的問題。我跑上樓梯到三樓，站在那張沒人睡的床上，從牆面取下裝著我心上人的鍍金雕花畫框（她並不想要這麼大的畫框，但論精美程度，這框又遠遠配不上她）。我的茱麗亞才不是范胡貝克夫人呢。我把畫帶到一樓，擺在壁爐架上。梅芙說的顯然沒錯，這是同一個人，只是站在人生旅程的兩端，年老的范胡貝克夫人身穿鈕釦扣到脖子的黑色絲綢，而年輕的茱麗亞則宛如輕柔的微風。就算不是同一個人，她們身上的相似點也明顯到不容錯認，不難想見女兒有一天會長成母親的模樣。喬塞琳轉過牆角，正好看到我盯著這兩張畫像。她搖搖頭。「歲月不饒人啊。」她說。

珊蒂和喬塞琳把梅芙的東西搬上三樓。還好這個房間也和她原來的房間一樣，面向後院花園。至少景觀和以前一樣，或許可以說更好一些：少看見一些枝幹，多一些樹葉。但這裡的窗戶是凸出的老虎窗，而且當然沒有窗台座位。新房間面積比較小，同時因爲位在屋梁下，所以天花板是傾斜的。梅芙長這麼高，肯定要不時撞到頭。

把梅芙的房間改裝成諾瑪的房間讓我們很沮喪，但誰都沒想到的是，這個工程竟然拖得那麼長。梅芙的東西一搬走，安德莉亞就重新粉刷房間牆面，但完工之後，她又改變心意，開始搬回一本又一本的壁紙型錄。她買了新的床單，新的地毯。幾個星期的時間，我們整天被裝潢工程的噪音轟炸。但直到梅芙回家過感恩節，我才突然醒悟，沒有人敢把她被趕出房間的這個消息告訴她。這當然是我們爸爸的任務，但我們其餘的人也都知道，他絕不會開口的。梅芙站在玄關，抓起我原地轉了一圈，親吻珊蒂與喬塞琳，親吻兩個小女孩，我們剎時意識到，她就要上樓，發現自己原本的床鋪上丟滿洋娃娃。這時，安德莉亞，永遠指揮一切的安德莉亞，臨危不亂，鎮靜自若。

「梅芙，妳離開之後，我們做了一些調整。妳的房間搬到三樓了。那裡很不錯。」

「閣樓？」梅芙問。

「是三樓。」安德莉亞重複一遍。

爸爸拎起她的行李箱。在這個問題上，他沒有什麼發言權，但至少他願意陪她上樓。因爲膝蓋的毛病讓他爬樓梯很困難，所以爸爸從未上過三樓。梅芙的紅大衣還穿在身上，手套也沒脫。她大笑。「好像《小公主》裡的情節喔。」她說，「故事裡那個女孩沒有錢了，所以他們讓她搬到閣樓去住，要她清理壁爐。」她轉身對諾瑪說：「妳想都別想，小姐，我是不會替妳清理壁爐的。」

「那還是我的工作喔。」珊蒂說。我已經好幾個月沒聽珊蒂開過玩笑了，但也不知道梅芙搬到三樓有什麼好笑就是了。

「噢，那就快走吧，」梅芙對爸爸說，「路途遙遠呢。我們最好趕快啓程，才趕得及回來吃晚餐。聞起來好香啊，是什麼東西？」她看著小光，「是妳嗎？」

小光笑起來，而諾瑪噙著淚水跑出去，她突然明白搶走梅芙的房間對梅芙造成了什麼影響。梅芙眼睜睜看著她跑走，從她的表情我看得出來，她不知道該安慰誰才對，是諾瑪？珊蒂？還是我？拎著行李箱的爸爸已經邁步上樓了。遲疑一晌之後，她跟著他爬上樓梯。他們上去了好久，沒有人到三樓去催他們，告訴他們說晚餐已經上桌，我們都等著呢。

第五章

那年聖誕節，梅芙再次返家過節，但沒待幾天。有朋友邀她去新漢普斯頓的家裡滑雪，她搭另一個也住費城的同學的便車。她們都是有錢人家的女孩，全部都是。聰穎、人氣高，會滑雪，也會讀法文原版的《紅與黑》＊。梅芙知道宿舍在復活節假期仍然開放之後，就決定留在學校。她有很多朋友住在紐約，老是有人邀她出去吃飯。況且，她也還有功課要做。她可以去聖派崔克教堂望彌撒，和每年都這麼做的女同學一起逛第五大道。誰能怪她呢，只是我還是怪她。沒有她在身邊，我要怎麼熬過復活節呢？

「你搭火車來紐約，」她在電話裡說，「我去接你。我打電話到辦公室去告訴爸爸，安排好。你可以自己搞定車票。」

我覺得自己比學校裡的朋友來得成熟，那些雙親俱全、家裡房子大小正常的朋友。我外表看起來也比較大。我是班上最高的人。「姊姊高的男生，通常也會長很高。」梅芙說過。她說的一點都沒錯。然而，我還是不確定爸爸會不會讓我自己一個人去紐約。儘管我長得高，又是個好學生，儘管我每天都是自己照顧自己，但我也才十二歲。

結果爸爸的反應大出我意料，他說他要親自開車載我去紐約，然後讓我自己搭火車回家。開車到巴納德學院大約兩個半小時車程。爸爸說我們可以先接了梅芙，三個人一起去吃午飯，然後他再自己一個人開車回艾爾金公園。他提到「我們三個」的時候，聽起來帶點懷舊的傷感，彷彿我們曾經是一體的，而不只是三個個體的集合。

安德莉亞聽到風聲，在晚飯桌上宣布她要和我們一起去。紐約有很多她需要的東西。但再想想之後，她說兩個女孩也應該一起去，先讓我在梅芙學校下車之後，我爸爸可以帶她們去觀光。「她們兩個沒去過紐約，而你是紐約來的！」安德莉亞說，彷彿他藏起紐約不讓她們接近似的。「我們可以搭船去看自由女神像，這是不是很棒啊？」她問女兒說。

我也沒去過紐約，但怕他們以爲我想跟，所以沒提起。珊蒂上甜點時，安德莉亞已經在談訂飯店和看戲的事了。我爸爸知道誰可以幫忙買舞台劇《眞善美》的票嗎？

「你爲什麼老是拖到最後一刻才開始計畫？」她問他，然後又開始討論有沒有可能找

---

* *The Red and the Black*，法國小説家司湯達爾（Stendhal，本名 Marie-Henri Beyle，1783-1842）的小説，以拿破崙時期的一樁死刑案件為藍本，寫實描繪當時的社會景況，曾多次改編為戲劇作品。

幾個肖像畫家面談。「我們得幫兩個女孩畫肖像。」

我盯著自己盤子上的大黃酥碎片。無所謂。我只是少了那頓午餐，那荒謬的「我們三個」。我還是可以搭便車去找梅芙，這才是我眞正希望的。車裡還有誰，一點都不重要。失望源自期望，在那段日子裡，我從沒期待安德莉亞得不到她所想要的一切。

但是那天早上，我還在吃我的早餐穀片時，爸爸推開雙開門，走進廚房。他伸出兩根手指，敲敲我碗前面的桌面。「該走了。」他說，「現在就走。」安德莉亞還沒個影子，兩個女孩還在梅芙房間（她們一起睡在那個房間，一如小光的預言），珊蒂和喬塞琳也還沒來上班。我沒問他怎麼回事，也沒提醒他，他太太和女兒也要一起去。我沒去拿原本打算在回程火車上看的書，也沒告訴他說我們預定兩個鐘頭之後才出發。我留下吃了一半的早餐穀片讓珊蒂收拾，跟著他走出門去。我們拋棄了安德莉亞。那年的復活節很晚*，早晨的空氣裡瀰漫著濃郁到不可思議的風信子甜香。父親走得很快，儘管一邊膝蓋不好，但他腿太長，我還是得跑步才跟得上。我們穿過花尙未綻開的長長紫藤棚架，一路走到車庫，我心裡不停想著：逃，逃，逃。我們踩在碎石道上的每一步，都吶喊著這個字。

告訴安德莉亞說她不能和我們一起去，需要多大的勇氣，我難以想像。而她肯定會提出讓他難以招架的論點。對他來說最重要的就是，趁她還沒下樓爲自己的論點多鞏固一分立論之前，趕緊離開大宅，我們就帶著這樣的緊迫感逃了出去。我們坐進車裡，比預計的啓程時間早了兩個鐘頭。

爸爸沉默不語的時候，我如果問他問題，他會說他正在和自己對話，我不應該打岔。我看得出來，他這時就正在和自己對話，所以我透過車窗，看著這燦爛的早晨，想起曼哈頓、我姊，以及我們即將擁有的快樂時光。我不會要求梅芙帶我去看自由女神像，因爲梅芙會暈船。但我在想，我可不可以要她陪我去帝國大廈。

「你知道我以前住在紐約。」車子開上費城高速公路之後，爸爸說。我說我約略知道。我沒說的是，我是在晚餐桌上聽安德莉亞提起的。他打方向燈，開向出口。「我們有很充裕的時間，我會帶你到處看看。」

整體來說，我對爸爸的了解，大概只限於我眼前所見的他：他很高，很瘦，皮膚滿是歲月痕跡，頭髮則和我一樣，是銹紅色的。我們父女三人的眼睛都是藍色的。他的左膝不太能彎，冬天和下雨的時候都會更加嚴重。他從來不喊痛，但疼痛發作起來的時候，很

＊復活節是春分月圓之後的第一個星期日，每年日期不同，約落在三月二十二日至四月二十五日之間。

容易就看得出來。他抽寶馬牌香菸，喝咖啡加牛奶，打開報紙先玩字謎，然後才看頭版。他愛建築，就像男生愛狗一樣。我八歲的時候，在晚餐桌上問他，總統大選要投票給艾森豪還是史蒂文生。那年艾森豪競選連任，學校裡的男生都支持他。父親用刀尖敲敲盤子，告訴我，**永遠**不要問這樣的問題，不能問他，也不能問任何人。「你們小男生推測想投給誰都無所謂，因爲你們沒有投票權。」他說，「但問大人這個問題，就違反了隱私權。」如今回想，我猜爸爸是因爲我竟然認爲他有可能投給史蒂文森而驚駭不已，但當時我並不知道。我知道的是，你總要被火爐燙到才能學到教訓。我年紀還小的時候，會和爸爸談的話題是：棒球——他喜歡費城人隊。樹木——他知道每一種樹的名字，但同一種樹，我如果問超過一次，他就會罵我。鳥——也和樹一樣，他在後院擺餵鳥器，而且可以輕易辨識所有來訪的鳥兒。建築——結構的穩固，建築的細節，地產的價值，房地產稅，隨便你問——我父親喜歡聊建築。至於我不准問父親的問題，要一一列出，就像要一一指認天上繁星一樣，請容我只舉一例：我不准問爸爸有關女人的事。普通的女人，或怎麼和女人相處，這些問題都不准提，當然更絕對不准提到特定的幾個女人：我媽、我姊、安德莉亞。

這天究竟爲什麼會和其他日子不同，我說不上來，但和安德莉亞吵架，肯定脫不了關係。或許再加上他要回到他與我媽以前住的紐約，他要第一次去學校看梅芙，讓他湧起一股回憶往事的傷感。也或許只是像他告訴我的一樣：我們有寬裕的時間。

「這裡都變得不一樣了。」我們的車子開過布魯克林的一條條街道時，他對我說。可是布魯克林看起來和費城的街坊沒什麼不同，我們星期六去收租金的那些街坊。布魯克林好像只是什麼東西都多了一點，有種稠密的感覺向四面八方延展。他放慢車速，龜速前進，指著說：「看見那幾棟公寓沒？我住在這裡的時候，那邊都還是木屋。他們把木屋剷平了，再不然就是火災，整條街燒光。那家咖啡店——」他指著「鮑伯杯碟咖啡館」。坐在窗邊長桌上的人正在吃非常晚的早餐，有人一面看報，有人瞪著街道。「他們有自製的炸麵包圈，是我吃過最好吃的。星期天望完彌撒之後，外面總是排了好長的隊，排到一條街之外。看見那間鞋鋪沒？『誠實修鞋鋪』。從以前就在。」他指著一間櫥窗不比門大的店鋪說。「鞋鋪老闆的兒子和我是同學。我敢說，要是我們現在走進店裡，肯定會看到他在那裡，把鞋底釘到鞋子下面。他們就是過這樣的生活。」

「我想也是。」我說。我這話聽起來很白癡，但我不知道該有什麼反應才對。

他把車轉過街角，在紅綠燈處又轉了個彎，於是我們的車就開在第十四大道上。「就在那裡，」他說，指著一棟建築的三樓。這房子和我們剛才經過的每一棟房子看起來都很像。「我以前住在這裡，你媽媽住在隔一條街的地方。」他拇指往後面指。

「在哪裡？」

「就在我們後面。」我跪在座位上，看著後車窗，心臟快要跳出喉嚨。我媽媽？「我想去看。」我說。

「和其他房子沒什麼兩樣。」

「時間還早。」這天是濯足節＊，要去望彌撒的人，不是早就去了，要不就等下班再去。街上往來的只有出門購物的婦女。我們併排停在馬路上，但就在爸爸正要告訴我說沒辦法下車的時候，前面那輛車彷彿發出邀請似的開走了。

「呃，我還能說什麼呢？」爸爸說，把車停進空位裡。

我們離開費城之後，天氣一直陰沉沉的，但沒下雨。我們沿著街走，爸爸在寒風中一跛一跛，帶我走到下一個路口。「就在那裡，一樓。」

這房子看起來和其他房子沒什麼不一樣，但想到媽媽曾經住過這裡，就讓我覺得像登陸月球表面，簡直是不可能的事。窗戶裝有鐵柵，我伸手去摸。

「這是防笨蛋用的。」爸爸說，「你外公常這麼說。這是他裝的。」

我看著他。「我外公？」

「你媽媽的父親。他是消防員，晚上常睡在消防站，所以裝了鐵窗。我不知道是不是真的需要，當時不太常有這樣的事情發生。」

我手指抓著一根鐵柵，「他還住在這裡嗎？」

「誰？」

「我外公。」我以前從沒講過這三個字。

「噢，當然不在。」爸爸彷彿沉湎往事地搖頭。「老傑克早就過世了。他的肺有毛病。我不知道是什麼病。大概救太多火了。」

「我外婆呢？」這句話同樣讓我自己大感震驚。

看著父親的表情，我知道他原本沒打算來這裡的。他想做的，不過是開車穿過布魯克林街道，帶我看看他熟悉的地方，他住過的房子。「肺炎，在傑克過世後不久就過世了。」

我問他家裡還有其他人嗎？

「你不知道嗎？」

---

* Maundy Thursday，復活節前的星期四，為紀念耶穌與門徒最後晚餐的日子。

我搖搖頭。他用力扳開我緊握鐵窗的手指，讓我轉身面對車子，開口說：「巴迪和湯姆死於流感，羅瑞塔難產死了。朵琳和她嫁的那個傢伙搬去加拿大。還有詹姆斯，他是我的朋友，戰爭的時候死了。你媽是家裡最小的，活得比他們都長，或許只有朵琳例外吧。朵琳應該還住在加拿大。」

我在內心深處掏找我根本不確定有沒有的東西：那和我姊一樣的部分。「她爲什麼離開？」

「她嫁的那個人想離開啊。」他不太理解地回答我，「他是加拿大人，不然就是在加拿大找到工作。我不太記得了。」

我停下腳步。我甚至沒搖頭，就直接開口。這是我人生最重要的問題，是我從未問過的問題。「我媽爲什麼離開？」

父親嘆口氣，雙手插進口袋裡，抬眼觀察雲的分布，然後告訴我說她瘋了。這簡單的幾個字，卻是最重要的事實。

「怎樣瘋了？」

「例如突然當街脫下大衣，隨便送給根本沒開口要這件衣服的人。例如脫下你的大衣，隨手送人。」

「我們不就應該這麼做的嗎？」我的意思是，我們雖然沒這麼做，但這不是我們人生的宗旨嗎？

父親搖搖頭。「不，我們不該這麼做。聽我說，不要再抓著你媽媽的問題不放。每個人的人生都有重擔，這就是你的重擔。她走了。你必須帶著這個事實活下去。」

回到車上之後，我們的交談就此結束。車子開向曼哈頓，我們像兩個從未見過面的陌生人。我們開到巴納德學院，準時接梅芙上車。她站在宿舍門口的路邊等我們，身穿紅色的冬季大衣，黑髮紮成一根大髮辮，垂在一邊肩頭。珊蒂常常告訴梅芙，她紮辮子很好看，但她在家從來不紮。

我迫不及待想要單獨和姊姊講話，但眼前並無可能。如果要按我的打算做，那就得當場和爸爸說再見，打發他回家。可是我們計畫好三個人一起吃午飯的。我們去了一家位在校園附近，梅芙去過的義大利餐廳。我吃了一大碗肉醬義大利麵，喬塞琳絕對不相信這東西也能當午餐吃。父親問起梅芙的功課，梅芙享受這難得的溫暖時光，一五一十告訴爸爸學校的情況。她正在修進階微積分和經濟學，還有歐洲史。或許他見到她很開心，又或者他很高興自己不是站在布魯克林街角和我講話，但無論如何，這是他頭一次把全部的注意力集中在女兒身上。梅芙唸大一下學期，他完全搞不懂她修的是什麼課，但我什麼都知道：《細雪》是她讀完《源氏物語》所得到的獎品；經濟學用的課本是他們教授自己寫的；她發現進階微積分比初級微積分更簡單。我用義大利麵塞滿嘴巴，免得開口改變話題。

午餐很快就結束，因爲爸爸對餐廳沒什麼耐心。吃完午餐，我們陪爸爸走到車子旁邊。我不知道我應該什麼時候回家，是這天晚上還是隔天？我們之前沒討論過。我既沒帶行李，也沒提起我回家的事。我再一次屬於梅芙，就這樣。他迅速擁抱她一下，塞了些錢到她大衣口袋，然後梅芙和我站在一起，對開車離去的他揮手道別。吃午飯時雨就開始下了，冰冷冷的，但不太大，梅芙說我們應該搭地鐵去大都會博物館看埃及特展，因爲這樣就不會被雨淋濕。除了帝國大廈之外，地鐵是我最希望看的，但是走下樓梯的時候，我卻有點失神。

在自動驗票口，梅芙停下腳步，嚴肅看著我。她八成以爲我快吐了，不過她猜的也不算離譜就是了。「你吃太多了嗎？」

我搖搖頭。「我們去了布魯克林。」應該有更好的方式可以告訴她這件事，但這個早晨所發生的一切，讓我不知從何說起。

「今天？」

我們面前有黑色鐵柵門，門的另一端是地鐵月台。車子進站，車門打開，乘客下車，但梅芙和我還是站在原地不動。其他人擠過我們身邊，想及時穿過驗票口。「我們提早出門。我想他是和安德莉亞吵架了，因爲她想要和我們一起來，安德莉亞和兩個女孩。爸自己一個人下樓，迫不及待出發。」明明沒有什麼好哭的，我卻哭了起來。我早就過了動不動就哭的年紀了。梅芙帶我到一條木頭長凳，和我一起坐下，從皮包裡掏出面紙，遞給我。她手貼在我膝蓋上。

把全部的事情告訴她之後，我才發現我知道的其實也並不多。但我不住地想，那間公寓裡的人都死了，除了搬到加拿大的那個阿姨和我媽，但她們很可能也死了。

梅芙挨近我，貼得非常之近。她吃了擺在餐廳門邊大碗裡的薄荷糖，我也是。她的眼睛不像我這麼藍，顏色比較深，近乎深藍。「你還找得到那條街嗎？」

「在第十四大道，但我沒辦法告訴妳怎麼去。」

「可是你記得那家咖啡店和修鞋鋪，那我們就找得到。」梅芙去找坐在小隔間裡賣代幣的男人，帶了一張地圖回來。她找到第十四大道，查看地鐵路線，然後還了地圖，交給我一枚代幣。

布魯克林是個大地方，比曼哈頓還大，一個以前從沒去過布魯克林的十二歲男孩，要重新在那裡找到某一幢他只見過五分鐘的公寓，誰會覺得有可能辦到呢。但我有梅芙在我身邊。我們下車之後，她問路找鮑伯杯碟咖啡館，到了咖啡館之後，我就知道怎麼找那幢公寓了：在街角轉彎，然後在紅綠燈處再拐彎。我指著外公裝來防小偷的鐵窗給她看，我們背貼著磚牆，站了好一會兒。她要我告訴她舅舅和阿姨的名字，但我只記得羅瑞塔、巴迪和詹姆斯，其他兩個人的名字忘了。她叫我不必掛心。雨變大之後，我們就走回鮑伯咖啡館。我們點了油炸麵圈，女服務生哈哈笑說每天早上八點就賣完了。我們無所謂，因爲其實並不餓。梅芙點了杯咖啡，我點熱巧克力。我們一直待到衣服半乾，身體暖起來。

「我不敢相信，他竟然帶你去看她住過的地方。」梅芙說，「這些年來，我一直問起她的事，她有什麼家人，她去了哪裡，但他什麼都不肯告訴我。」

「因爲他覺得這會要了妳的命。」我不喜歡站在梅芙的對立面，替爸爸辯護，但眼前的情況不同。媽媽離家，才害梅芙生病。

「太離譜了。沒有人會因爲得知某些消息而死掉。他只是不想告訴我而已。我唸高中的時候，有一次告訴他，我要去印度找媽媽，你知道他怎麼說嗎？」

我搖頭，想到梅芙要去印度，我簡直嚇壞了，她們兩個都要離開我。

「他說我必須當她已經死了。他說她八成已經死了。」

儘管很可怕，但我還是可以理解。「他不希望妳去。」

「他說：『在印度有將近四億五千萬人，祝妳好運。』」

女服務生回來，舉起咖啡壺，但梅芙婉謝續杯。

我想起公寓的鐵窗。想起這世界上所有的笨蛋。「妳知道她爲什麼離開嗎？」

梅芙喝完杯裡的咖啡。「我唯一確定的是，她痛恨那棟房子。」

「荷蘭大宅？」

「她受不了那棟房子。」

「她沒這麼說。」

「有，她說過。她每天都表現得非常清楚。那麼大一個房子，她卻只肯坐在廚房裡。毛毛每次開口問她問題，她就說：『妳覺得怎麼好，就怎麼做吧。這是妳的房子。』她老是說那是毛毛的房子。這讓爸爸很不安，我記得。她有一回告訴我，如果能讓她決定，她會把那個地方捐給修女，讓她們改成孤兒院或老人之家。但她接著又說，修女、孤兒和老人可能也會覺得不好意思住在這裡吧。」

我努力想像這是什麼情況。她討厭餐廳天花板，肯定是，但討厭整幢房子？天底下沒有比荷蘭大宅更好的房子了。「也許妳誤會她的意思了。」

「她說過不只一次。」

「那她肯定是瘋了。」我說，但話一出口，就覺得抱歉。

梅芙搖頭。「她沒瘋。」

回到曼哈頓之後，梅芙帶我到男裝店，幫我買了換洗的內衣、新襯衫和一套睡衣，然後在隔壁藥房買了牙刷。那天晚上我們去巴黎劇院看法國片《我的舅舅》＊。要看有字幕的電影，我覺得有點緊張，結果電影裡面其實沒什麼人講話。看完電影，我們在路上停下來吃冰淇淋，然後回巴納德。按照規定，任何男生都不能越宿舍大廳一步，但梅芙對櫃台的女生——也是她的朋友——解釋情況，就帶我上樓。她的室友萊絲麗回家過復活節，所以我睡萊絲麗的床。這房間好小，我們輕易就可以越過中間的空間，觸摸彼此的手指。我小時候常睡在梅芙房間，這時已經忘了半夜裡醒來，聽見她均勻的呼吸聲，感覺有多麼好。

最後我在紐約待了整個星期五，和大半個星期六。就算梅芙打過電話回家讓其他人知道我們的計畫，我也沒看見。她說她做了好多功課，比她想去的觀光行程多得多。所以我們去了自然歷史博物館和中央公園的動物園。儘管下雨，我們還是去了帝國大廈頂樓，結果只能站在屋裡，看見外面的重重雨雲。她帶我去逛哥倫比亞大學校園，說我該來這裡唸大學。我們去聖母教堂望耶穌受難日彌撒，在冗長得沒完沒了的儀式裡，我大半都只凝神注視這美麗的建築，而梅芙最後不得不起身，到外面去給自己注射胰島素。後來梅芙告訴我，別人八成以爲她是個穿兩件式毛衣套衫、假裝端莊的毒蟲。聖週星期六下午，她帶我到賓州車站。她說爸爸希望我回家過復活節，反正，我們兩個人星期一都得上學。她幫我買車票，保證她會先打電話回家，告訴珊蒂什麼時候去接我，也要我保證一回家就打電話給她。梅芙給行李員小費，要他幫我在火車上找個好位子，坐在看起來最安全的人旁邊。結果聖週星期六下午去費城的人很少，我自己獨占一整排座位。梅芙在布瑞塔諾書店買了一本我哀求她送我的、關於凱撒的書，結果我把書擱在大腿上，整段車程都瞪著窗外看。火車經過紐華克之後，我才想到我忘了帶她去看父親以前住的公寓，而她也忘了問。

在紐約的時候，我完全沒想起安德莉亞，但這時我很想知道，她和我爸是不是大吵一架。不過我也記起爸爸告訴我的一句話，說我們無能爲力的事，最好就別放在心上。我試著這麼做，發現比想像來得容易。我所要做的，就是凝望車窗外飛快掠過的世界：城鎮，

---

* *Mon óncle*，法國導演賈克・大地（Jacques Tati, 1907-1982）編、導、演的喜劇作品，一九五八年上映，獲當年奧斯卡最佳外語片與坎城影展特別獎。

然後房舍，然後樹木，然後牲口，然後樹木，然後房舍，然後城鎮，一再反覆。

珊蒂在車站接我，就像梅芙說的一樣，我在車上告訴她這趟旅程的種種。珊蒂想知道梅芙好不好，想知道她宿舍的情況，我告訴她說房間好小。她問我梅芙吃得夠不夠。「聖誕節的時候，她看起來好瘦。」

「妳這樣覺得？」我問。我覺得她看起來沒什麼不一樣。

回到家裡的時候，他們正在吃晚飯。我爸爸說：「看看誰回來了。」

我慣坐的座位已擺好餐具。

「我復活節會有一隻兔子。」小光對我說。

「才怪，妳沒有。」諾瑪說。

「明天再看看會怎麼樣吧。」安德莉亞說，看也沒看我一眼。「好好吃妳的飯。」

喬塞琳也在，端來我的盤子時，對我眨眨眼。因爲珊蒂去車站接我，所以她過來幫忙。

「紐約有兔子嗎？」小光問。這兩個女孩對待我的態度很有趣，她們把我當大人看，覺得我的年齡和身分都比較接近爸爸和安德莉亞，而不是她們。

「很多。」我說。

「你看見了？」

事實上我在薩克斯第五大道百貨公司櫥窗的復活節裝飾裡看見了兔子。我告訴她，那些兔子在身穿時髦衣服的人形模特兒腳邊跳來跳去，梅芙和我擠在人群裡，站在街上看了足足十分鐘。

「你去看戲了嗎？」諾瑪問，這時安德莉亞抬起頭。我看得出來，光是想到梅芙和我去做了她原本想做的事，她就有多受打擊。

我點頭。「戲裡一直在唱歌，不過比我預期來得好看。」

「你們怎麼弄到票的？」我爸爸問。

「透過梅芙的同學。她爸爸在劇院工作。」當時的我不太有說謊的經驗，但這句話自然而然脫口而出。餐桌上的人都不可能去查證我的說法。就算他們眞的去查，梅芙也想都不想就會支持我。

之後就沒有人問問題了，所以我把中央公園動物園的企鵝、自然歷史博物館的恐龍骨骸、《我的舅舅》、宿舍房間，以及其餘的一切，都埋在我心裡。我打算星期一去學校之後，把這些講給朋友馬修聽。馬修之前聽說我可以親眼看見曼哈頓，簡直要瘋了。安德莉亞開始講復活節午餐，說她會有多忙，雖然珊蒂在車上告訴我，全部的菜餚都已經準備好了。我等待爸爸和我眼神交會，給我一點訊號，表明我倆之間的關係有了些變化。但始終沒有。他沒問起我和梅芙度過的時光，沒問起我沒去看的那齣戲。我們再也沒提起布魯克林。

「我們從來就沒看見她，妳會不會覺得很怪？」我問梅芙。這時的我已年近三十。我覺得我們應該會看見她一兩次才對。

「我們爲什麼會看見她？」

「這個嘛，我們車子停在她家外面，應該偶爾會碰見才對。」我們有一兩次看見諾瑪和小光穿著泳衣走過院子，但也就只有這樣，而且那已經是好幾年前的事了。

「我們又不是在監視她們。而且我們也不是整天待在這裡，只不過隔幾個月才過來待上十五分鐘。」

「不只十五分鐘。」我說，而且也比隔幾個月更加頻繁。

「隨便啦，沒碰見她算我們運氣好。」

「妳會想起她嗎？」我不常想起安德莉亞，但有時我們停車在荷蘭大宅外面時，我會覺得她彷彿坐在我們後座。

「有時候我會很好奇她是不是死了，」梅芙說，「我很想知道她什麼時候會死，就只有這樣。」

我笑了起來。雖然我非常確定，她並不是在說笑。「我比較常想到的事情是——我很想知道她是不是快樂，我想知道她是不是有了新的對象。」

「我一點都不想知道這些。」

「她還不算太老，很可能已經找到新對象了。」

「她從來不讓任何人進這棟房子。」

「聽我說，」我說，「她對我們眞的很殘忍，我承認，但有時候我想，她也許只是不知道還能怎麼辦；也許她只是太年輕，不知道怎麼應付這一切；也許是因爲哀慟；也或許是因爲她人生裡的其他事情，和我們無關的事情。我的意思是，我們對安德莉亞又有多少了解呢？老實說，在我很多的回憶裡，她都表現得很得體。我只是選擇一再回想她惡形惡狀的那些回憶而已。」

「你爲什麼會覺得你有必要替她說好話？」梅芙問，「我看不出來重點何在。」

「重點是，這就是事實。當時我並不恨她，所以我何必為了記住某人有多壞，而抹滅了回憶裡所有親切、甚至是文明有教養的部分？」我想說的其實是，重點在我們不該繼續開車到荷蘭大宅來，我們越是耽溺在我們的仇恨裡，就越是註定要把生命虛擲在這輛停放於范胡貝克街的車上。

「你愛她嗎？」

我發出了只能形容為忿怒的聲音。「不，我不愛她。難道我只有兩個選擇？愛她或恨她？」

「嗯，」我姊說，「你告訴我說你不恨她，所以我只是想搞清楚這中間的光譜有多大。如果你想知道我的意見，我會說我們這場對話從一開始就很荒謬。比方說，隔壁家有個小孩，和你沒有特別的交情，但也沒什麼過節。有一天他走進你家，拿起棒球棒殺了你姊姊。」

「梅芙，看在老天爺的份上！」

她豎起手。「聽我說完。這時眼前的這個事實會抹滅過去嗎？如果你愛這個孩子的話，或許不會。如果你愛這個孩子的話，你或許會深入挖掘，想找出是怎麼回事，從他的觀點來看整件事情，懷疑是不是他爸媽對他做了什麼，懷疑他腦袋是不是有什麼化學物質不平衡。你甚至會思索，你姊姊自己是不是在其中扮演了某種角色，才造成這個後果——她折磨這個男孩？她對他很殘忍？但是，只有在你愛他的前提下，才會去思索這些問題。如果你只是**喜歡**他，如果他只是你平常覺得可以相安無事的鄰居，我看不出來你有什麼必要去拚命挖出對他的美好回憶。反正他去坐牢，你再也不會見到這個狗娘養的渾小子。」

這時我在布朗克斯區的愛因斯坦醫學院內科部當住院醫師，每隔兩三個星期就搭火車回費城。我沒有時間留下來過夜，但也從來不會一整個月都不回來。梅芙總是說，她以爲我醫學院畢業之後會更常見到我，結果並不是這麼回事。我沒有多餘的時間，我也不想浪費這僅有的時間，坐在這棟該死的房子前面，但我們最後卻還是來到這裡：像燕子，像鮭魚，我們是受制於自己遷徙慣性的無助俘虜。我們假裝自己失去的是這幢大宅，而不是我們媽媽，我們爸爸。我們假裝我們所失去的，是被如今還住在大宅裡的某人奪走的。經過數夜寒霜，街道兩旁的椴樹樹葉已開始變黃。

「好吧，」我說，「我放棄。」

梅芙的目光從我身上轉到樹木。「謝謝你。」

於是我獨自回想她身上的美好：安德莉亞和諾瑪與小光一起大笑；我拔完智齒那天晚上，安德莉亞半夜來看我，站在門口，問我還好嗎；還有早期的一些回憶，我看見她爲我爸帶來的快樂，他的手輕貼在她後背底端。這都是些微不足道的小事，想這些讓我很煩，於是我把心思轉回到醫院，在心裡核對我今晚需要探視的病人，準備好該對他們說什麼。我七點鐘要開始值班。

第六章

梅芙畢業之後回來，但沒提起要搬回大宅住。自從被放逐到三樓之後，她就很少住在家裡。畢業之後，她在簡金頓找了間小公寓，租金比艾爾金公園便宜得多，而且離我們去望彌撒的聖母無原罪教堂不遠。她在一家運送冷凍蔬菜的新公司找到工作。她打算先休息一兩年，然後回學校唸經濟學碩士或法學院。但我知道她之所以留在這裡，是爲了在我高中最後一年看顧我，讓我有個可以仰賴的人在身邊。

歐特森冷凍蔬菜公司一定不知道自己撿到了寶。梅芙在帳務部門工作才兩個月，就設計出一套新的發票系統和查核庫存的新方法。沒過多久，她就負責公司和歐特森先生個人的稅務。對她來說，工作簡單到不可思議，她說這就是她需要的：喘息。梅芙在巴納德學院的同學也都在喘息，到巴黎住一年、結婚，或者是在現代藝術博物館當不支薪的實習生，讓爸爸替她們支付曼哈頓公寓的租金。梅芙對於休息的定義，向來與眾不同。

那段日子可以說接近和平的狀態。我唸高二，是籃球校隊，更精確一點說，是校隊的候補球員。但我安於當候補球員，爭取未來的表現。我有很多朋友，放學後有太多地方可去，包括梅芙的公寓。我並不是刻意不想待在家裡，但就像我認識的每一個十五歲男生一樣，越來越沒有待在家的理由。安德莉亞和兩個小女孩彷彿生活在另一個平行宇宙，塞滿芭蕾舞課和採購行程的宇宙。她們的運行軌道離我非常遙遠，遠到我幾乎從來沒想到過她們。有時候我在做功課，會聽見梅芙房間裡傳來諾瑪和小光的聲音。她們不是大笑，就是爲了搶梳子吵架，或在樓梯上上下下追逐，但她們就只是聲音而已。就像梅芙和我從未有朋友到訪一樣，她們也沒有朋友來找她們玩，說不定她們根本就沒有朋友。我把她們兩個當成是單一的集合體——「諾瑪與小光」，就像廣告片裡的一雙小女孩。我被她們的聲音吵到煩的時候，就打開收音機，關上房門。

我爸爸的生活軌道也越轉越遠，所以我不在家，對大家都好。他說是因爲郊區蓬勃發展，他看見了讓事業加倍成長的機會，這固然是事實，但他也似乎娶錯人了。我們窩在各自的角落裡，對每一個人來說都比較輕鬆。不只比較輕鬆，也比較快樂。更何況大宅擁有充分的空間，讓我們各自過獨立的生活。傍晚時分，珊蒂在餐廳伺候安德莉亞和女孩們吃晚餐，喬塞琳幫我留菜。我練完籃球回家之後就吃飯，儘管我先前已經和朋友吃過披薩了。有時候我會在夜裡騎腳踏車送三明治到辦公室給爸爸，和他再吃一頓晚餐。他會攤開白色的建築圖紙，讓我看見未來的遠景。從簡金頓到格蘭塞德之間的每一幢商用建築工地前面，都有個標明「康洛伊」的大木牌。一個月有三個星期六，他會派我去需要我的地方——去扛木料、釘釘子、打掃剛完工的房間。地基灌漿，房子搭起骨架。我練習走在高高的橫梁上，而那些沒回艾爾金公園自家公寓的正規工人在底下起鬨。「你最好別跌下來啊，丹尼小子！」他們大聲嚷嚷，但我一學會像他們那樣從這塊板子跳到那塊板子，和他們聊起電工和管線，他們就不再管我了。我當時已經會用齒輪箱切割出天花板的冠頂飾條。我待在建築工地，比在學校或籃球隊，甚至比在荷蘭大宅，都更像回家般自在。放學之後只要有時間，我就去工地工作，不是爲了錢——我爸很少想到我付出的時間應該是有工資的——而是因爲我喜歡那種氣味，那種噪音。每個月的第一個星期六，爸爸和我還是一起開車去收租金，但現在我們會聊要替某個工地先安排水泥車，讓另一個工地先等等之類的事情。我們永遠沒有足夠的卡車，沒有足夠的人力，沒有足夠的時間，可以按我們預計的進程同時完成所有的工作。我們細數哪個建案進度落後了多少，哪個建案可以依照進度如期完工。

「你拿到駕照那天，應該會是我這輩子最開心的一天。」我爸爸說。

「你不想開車了？那你現在就可以教我啊。」

他搖搖頭，手肘擱到敞開的車窗上。「我們兩個一起出門太浪費時間了。等你十六歲，就可以自己去收租金。」

世事的發展就是如此的吧，我想，我得接受自己的漸漸成熟。雖然我寧可每個月有一個星期六繼續和他一起開車出門，但我也必須贏得他的信任。這就是長大的意義。

結果，我的兩個願望都落空了。因爲他死的時候，我才只有十五歲。

爸爸死的時候，我覺得他已經很老了。如今想想實在很遺憾，他當時才五十三歲。他有棟辦公大樓即將完工，但包商告訴他說頂樓漏水，所以他爬上五層樓，去檢查窗戶的防雨板與塡料。那天，九月十日，天氣熱到像要沸騰。那棟樓要再過一個月才會供電，也就是說，裡面沒電梯可搭，也沒空調可降溫。吊在樓梯井的燈靠發電機供電，而發電機讓屋裡更熱。負責這個建案的經理布瑞南先生說那天的氣溫肯定高達三十八度。爸爸才爬了兩層樓，就抱怨說他好累，之後就一語未發。因爲膝蓋的關係，他向來就走不快，但那天，他爬樓梯花了比平常多一倍的時間。淋漓的大汗濡濕了他的西裝外套。只差六個台階就到頂樓的時候，他突然一句話也沒說地坐下，開始吐，接著人往前倒，頭撞到水泥樓梯，身體滾下去。布瑞南先生沒能抓住他，但想辦法伸長身體，在樓梯平台上攔住他，讓他沒繼續往下滾。布瑞南先生跑下樓梯，過街到藥房請櫃台的女孩打電話叫救護車。他叫來工地的四個工人，合力把我爸爸扛下樓梯。布瑞南先生說他從沒見過有人臉色如此慘白。布瑞南先生可是上過戰場的人哪。

布瑞南先生和我爸爸一起搭上救護車，到了醫院之後，他打電話到我爸辦公室給甘迺迪太太。甘迺迪太太打電話給梅芙。有個孩子到幾何學教室來，交給老師一張折起來的紙條。老師看完之後，叫我收拾東西，去校長室。沒有人會因為你被選上籃球先發球員而打斷幾何學，叫你去校長室的。穿過走廊的時候，我心裡只有一個念頭，那就是梅芙出事了。我害怕得想吐，唯一能做的，就是逼自己往前走。她的胰島素沒了，或是胰島素失效了。打得太多？打得不夠？不管過多或過少，都會要她的命。在這一刻之前，我從來沒意識到，這個恐懼始終埋在我內心深處，如影隨形，在我生命裡的每一分每一秒都未曾消失。我是班上最高的男生，又因為籃球和工地的鍛鍊而肌肉發達。校長室正面是一道連接大廳的玻璃牆。看見梅芙背對我站在辦公桌前，一頭絕對不容認錯的黑髮紮成辮子垂在肩上，我不禁發出某種尖銳高亢，彷彿是從膝蓋傳來的聲音。她轉頭，所有的人都轉頭，但我不在乎。我向上帝祈求一件事，而上帝應允了我——我姊沒死。梅芙攬著我的肩膀時在哭，但我沒問她為什麼。後來她說她看到我臉上的表情，以為我已經知道了，但我完全摸不著頭緒。我一直到上了車才知道是怎麼回事。她說我們要去醫院，因為我們爸爸死了。

我們犯了可怕的錯誤，但即使時至今日，我都還很難說清楚，這究竟是誰的錯。布瑞南先生的錯？甘迺迪太太？梅芙？我自己？甘迺迪太太比我們早趕到醫院，和布瑞南先生一起等我們來。布瑞南先生把事發經過告訴我們。他說他不會心肺復甦術。當時沒幾個人懂心肺復甦術。他太太是護士，老早就叫他去上課，但他始終沒去。他表情非常痛苦，所以梅芙擁抱他，他靠在梅芙肩膀上哭。

他們讓我爸留在急診室旁邊的小房間裡，好讓我們不必去太平間。他躺在普通的病床上，領帶和西裝外套都脫掉了，領口釦子解開的藍色襯衫血跡斑斑。他嘴巴開開的，但我一看就知道他的嘴巴無法闔起來。沒穿鞋襪的蒼白雙腳從床單下伸了出來。我無法想像他的鞋襪哪裡去了。我已經很多年沒看過我爸的腳，上一次看見，是某年夏天我們最後一次去湖邊玩的時候。他額頭有一道可怕的傷口，已經沒有血跡，草草貼上繃帶。我沒摸他，但梅芙傾身親吻他的額頭，就在繃帶旁邊的地方，一次，又一次，鬆垂的長髮辮滑落在他脖子上。她似乎不在意他張開的嘴巴，但我卻被嚇到了。她對他這麼溫柔，我發現自己不住地想，等他醒來之後，我要告訴他說她對他有多好，她有多愛他。又或者，等我醒來之後要告訴他。我們兩個人之中肯定有一個睡著了，只是我不知道究竟是我還是他。

護士給我們太充裕的時間和他獨處，接著醫生走進房間來，說明死因。他說心臟病發作得很快，沒有任何辦法可以救得了他。「他很可能在摔下來之前就死了。就算是發生在我們醫院裡，」他說，「很可能也不會有不同的結果。」當時我還不知道醫生會把說謊當成安撫的手段。既沒解剖驗屍，他能告訴我們的，就只是可能的事發經過，但我們還是照章全收，沒有任何疑問。他們給了梅芙一份文件簽名，然後把裝在袋裡的西裝外套和領帶，以及裝在大公文封裡的皮夾、手錶、婚戒交給她。

我們當時年紀還非常輕，而爸爸過世了。直到今天，我仍然不認為責任在我們。我們穿門走進廚房，珊蒂和喬塞琳在裡面，我們告訴她們發生什麼事了。她們一開始哭，我就知道我們做了什麼。珊蒂伸手攬住我，但我掙扎著甩開她。我得去找安德莉亞。一定得是我去找她，不能是她來找我們。但我才剛動念，她就已經走進廚房，走近亂成一團的我們四個，走進我們這集體且排他的悲慟裡。她聽到哀號。喬塞琳轉身，伸手摟住她的女主人，我敢保證，這是她以前從未有過、之後也永遠不會有的動作。「噢，史密斯夫人。」她當時這麼說。

安德莉亞臉上浮現驚駭的表情——這麼多年來，她當時的表情始終都在我眼前。在已經想不起醫院病床上的爸爸之後很久很久，我都還能清清楚楚看見安德莉亞臉上的恐懼。她往後退開一步。

「我女兒呢？」她輕聲說。

梅芙搖頭，動作輕微至極，因為她這時當然也已經明白了。「沒事，」她說，聲音彷彿不是從嘴裡發出來的。「是爸。爸爸過世了。」

廚房餐桌上有個裝著他衣服的塑膠袋，這是用來指控我們的證據。後來我們會告訴自己說，我們以為甘迺迪太太已經打電話給她了，但我們憑什麼這麼想，其實一點根據也沒有。事實是，我們忙著處理爸爸的事到這個階段，卻一刻也沒想到過安德莉亞。於是殘酷就成為這整件事的主軸：不是我們爸爸的過世，而是我們對她的排擠。

要是我們當初處理得更好一些，結果會不會有所不同？若是布瑞南先生打電話給安德莉亞，而不是甘迺迪太太（可是布瑞南先生從未見過安德莉亞，而且他和甘迺迪太太共事二十年。）若是甘迺迪太太打電話給安德莉亞，而不是梅芙（但安德莉亞每次打電話到我們爸爸辦公室，都對甘迺迪太太很不客氣，向來只說：「我要和我先生講話。」絕不多說一句。甘迺迪太太絕對不會打電話給安德莉亞的，她在葬禮上對我說。）若是梅芙離開歐特森公司之後，馬上趕回荷蘭大宅通知安德莉亞，而不是到學校來接我，又或者我們一起離開學校，回荷蘭大宅接她，三個人一起到醫院，那我們今天會在什麼地方？

「就在這裡，」梅芙會這麼說，「她變成那樣，又不是我們逼的。」

但我從來就不確定。

安德莉亞的傷痛是她的獎章，在父親過世之後那段茫茫然的日子裡，我感覺到的不是失去親人的哀慟，而是對我自己所做所爲的羞愧。諾瑪和小光記得的時候就會保持嚴肅，但她們畢竟還小。她們不可能讓自己時時沉浸在哀傷裡。爸爸過世的隔天，安德莉亞沒讓她們去上學，但再隔天，她們就哀求要回學校。我也回校上課，不想和她一起待在大宅裡。她在基督教墓園裡買了兩塊相鄰的墓地，清楚表明，她打算讓爸爸安葬在她未來要安息的那塊空墓地旁邊。這時梅芙打電話給卜雷爾神父。安德莉亞和神父在書房裡，關起門來密談二十五分鐘。兩人再次現身時，我們爸爸的權利終於得以伸張。安德莉亞同意讓我們爸爸安葬在天主教墓園。她也把這個帳算在我們頭上。

「他這下子要永遠孤獨寂寞了，」她在走廊碰到我的時候劈頭就說，沒有任何開場白。「正如你們所願。嗯，你們幹得好。要是我得永生永世和一群天主教徒待在一起，肯定痛苦死了。」

他們結婚之後的隔天，梅芙、爸爸和我去望彌撒。安德莉亞獨自坐在餐廳，我想表現得親切，所以問我們這位繼母說，她和女兒要不要和我們一起去。

「我死也不會踏進那個地方。」她說，然後繼續吃她的溏心蛋，彷彿剛才只是提醒我要帶傘似的。

「要是她這麼痛恨天主教徒，那實在讓人懷疑，她幹麼要嫁個天主教徒。」我們上車的時候，梅芙說。

父親哈哈笑，是真心大笑。我很少看見他這樣笑。「她想要天主教徒的房子。」他說。

和梅芙的想法恰恰相反，我小時候很少想起媽媽。我不認識她，你很難想念你不記得的人或時光吧，我想。她留給我的家——一個廚子，一個管家，一個寵我的姊姊，和一個疏遠的父親——具備了我所需要的所有功能。就連看著她少數幾張被藏起來的照片，這個下巴削瘦與頭髮烏亮的高瘦女子，和梅芙像得讓我不覺得自己的生命裡少了誰。但是在爸爸葬禮的那天，我卻滿腦子想著媽媽，我渴望有她能來安撫我心中難以想像的傷痛。

大宅裡擺了太多的花。安德莉亞覺得我們收到的花還不夠，所以又自己訂了更多。要是她夠聰明，就應該想到捏造一些名字寫在花卡上。安德莉亞始終不了解我們爸爸在社區裡的地位，花從各地湧進，教會的人、在建築工地工作的人、公司的人、銀行的人都送花來。警察、餐廳、老師們送花，還有多年來曾經受爸爸幫助的人也送花。每個月付足租金的房客送花，捉襟見肘的房客也送花。大部分房客都是我認識的人，但也有我不認識的，是在我出生之前就已搬走，或買了自己房子的人。有些人的名字，我記得在帳簿上見過。鮮花宛如長得沒有盡頭的花毯，鋪滿所有的桌面，甚至鋼琴，擺在租來的台座上，擱在酒架上。整幢大宅像是個大花園，栽滿各色不可能種在一起的花卉，瞬間同時盛開。屋裡連放個玻璃杯的地方都沒有。我們佇立墓旁看著身強力壯的男人拉著繩帶把父親棺木放進墓穴，安德莉亞堅持要趁這個時間把送到聖母無原罪教堂告別式現場的花都送回大宅。等我們回到家，一束又一束的花在大門門階上排得長長的，大宅所有的門也都敞得大大的。安德莉亞在訃告上註明：**儀式後於自宅舉行茶會**。她忘了，即使是在這樣的日子，也還是會有和她一樣的人來大宅讚嘆這宏偉的建築。珊蒂和喬塞琳在廚房裡做迷你三明治，交由身穿黑洋裝白圍裙的臨時女侍端出去。珊蒂和喬塞琳很傷心，因爲安德莉亞不准她們暫時擱下工作去參加告別式，也因爲安德莉亞認爲她們不夠出色，不能在客廳爲賓客斟酒。「我想，得要長得比我漂亮的人才有資格去倒酒。」珊蒂說。梅芙和她們一起待在廚房裡，在她最好的那件深藍洋裝腰上繫條擦碗巾，給一片片柔軟的白麵包塗上奶油乳酪。而我留在前廳，照料安德莉亞和兩個女孩。平常諾瑪和小光跟在我後面轉的時候，我總是很不耐煩，但這天我把她們帶在身邊。就算已經沒有爸爸在我身邊耳提面命，該成爲什麼樣的男人，我還是知道他對我有何期待。兩個女孩伸出手指摸花瓣，把頭埋進玫瑰花裡聞花香。

她們說她們要挑定一束最愛的花，因為媽媽說她們可以帶一盆回臥房，梅芙的臥房。

「你想要哪一盆？」諾瑪問。她穿了一件前襟有皺褶繡的黑色洋裝。她十二歲，小光十歲。「我敢說她也會讓你挑一盆的。」

帶著好玩的心態，我挑了一個小花瓶，裡頭插的是奇怪的橘色花朵，看起來很像是長在海底的東西。我不知道那是什麼花，但在這個充斥著可怕白色的日子裡，我不由得讚賞這捧橘色的花。

回想起當時我那麼擔心安德莉亞，實在有點可笑。她整整哭了四天。葬禮上，她從頭哭到尾。在我爸爸過世之後的短短幾天裡，她變得更瘦小，藍色眼睛哭得浮腫。和我父親共事的人一再走過來和她握手，低聲表達敬意。屋裡到處是過去從未被邀請到大宅來的鄰居。我認得他們，他們親切和我交談，同時在禮節所容許的範圍內盡可能欣賞周遭的環境。我遇見一位安靜的瑞典人，他頷首表達慰問。他說他是我姊的朋友，結果竟然是歐特森先生。我請他等一下，說我去找梅芙過來，他卻堅決拒絕。「別打擾她。」他說，彷彿她是躲在三樓哭，而不是在廚房幫忙把三明治擺到托盤上。卜雷爾神父站在門廊，被兩個祭台服務團的女人給絆住。我趁梅芙端茶給他的時候，告訴她說歐特森先生來看她。我一分鐘之前才和他講過話，但我們回頭找他的時候，他已經不見人影了。

在團團的人群裡，不管走到哪裡，都有人拍我或抱我。一整天都像做夢似的，大家不都是這樣告訴你的，宛如一場夢。我的家人怎麼就這樣一個個離我遠去？過去身邊只有爸爸，我也過得好好的，但此時我明白，單只有爸爸，並不足以保證我有美好的未來。梅芙很快就要去唸研究所，然後我會和安德莉亞與兩個女孩，還有珊蒂與喬塞琳留在大宅？我就要在只有女人的大宅裡生活？這樣不對，這不是我爸爸所希望的。他和我，我對自己說，但這句話戛然而止，接不下去了。對於過去的生活，我眞正想說的就只有：**他和我**。

爭妍的花朵散放芬芳，香味逐漸瀰漫擁擠的室內，我懷疑卜雷爾神父之所以站在外面，很可能是爲了可以呼吸。遠遠的，我看見馬丁教練帶著整支籃球校隊走進玄關，每一個隊員都來了。他們出席了葬禮，但我以爲他們不會來參加茶會。他們以前從沒到過我家。我趁身穿女傭制服的女人沒注意，從她的托盤上拿起一杯酒，到洗手間喝掉。

荷蘭大宅讓人難以忍受。這是我以前從來沒浮現過的念頭。梅芙告訴我說我們媽媽痛恨大宅的時候，我根本不理解她的意思。洗手間的牆壁有淺紋浮雕，胡桃木上刻著燕子，一隻隻從花朵盛開的枝幹上飛向一輪新月。飾板是一九二〇年代初期在義大利雕刻完工，裝在大木箱裡運到這裡，鑲在范胡貝克先生宅邸一樓的洗手間裡。爲了雕刻這些壁飾，遠在異國的這人要耗費掉他人生裡的多少光陰？我抬起手，用手指摸摸一隻燕子。這就是我媽的看法嗎？我感覺到整幢大宅壓在我身上，彷彿是我終此一生都必須扛著到處走的殼。事情的發展當然並非如此，但在葬禮舉行的那天，我覺得自己看見了未來。

說到未來，第一槍很快就開出了。葬禮隔天，梅芙回到大宅告訴安德莉亞，她要辭掉歐特森公司的工作，到康洛伊上班。她不必挑明說，安德莉亞對公司業務向來就不感興趣，甚至可能連我們爸爸做的是什麼都不知道。在她情況最好的時候，大概都沒有足夠的能力可以管理公司，更不要說她目前處在這哀慟階段，離所謂「最好的情況」非常之遠。

「我有把握可以讓既定的建案順利完工。」梅芙說，「我可以管理薪資和稅務，這只是暫時的，在我們決定未來該怎麼處置公司之前，暫時先這麼做。」

我們坐在客廳裡，小光頭枕在梅芙腿上，梅芙的手指梳理她糾結的金髮，諾瑪傍著她坐在沙發上。

「不。」安德莉亞說。

起初梅芙以爲安德莉亞是質疑她的能力，或懷疑這樣做對公司不見得最好，甚至，天曉得，懷疑這樣的安排是不是對梅芙最好。「我做得來的，」梅芙說，「我上大學之前，暑假都在公司上班。我懂簿記，也認識在那裡上班的人。這和我在歐特森做的工作沒什麼不同。」

我們等待著。就連小光也抬頭，等待她媽媽接下來的解釋，但沒有，安德莉亞什麼都沒說。

「妳有別的打算嗎？」最後梅芙問。

安德莉亞緩緩點頭。「諾瑪，去叫珊蒂給我端杯咖啡來。」

急著想逃離這緊張氣氛與無聊對話的諾瑪馬上跳起來，一溜煙不見身影。

「別跑！」安德莉亞對著她的背影喊。

「我不是要接管公司，」梅芙說，彷彿怕安德莉亞覺得她逾越本分，「就只是暫時而已。」

「妳媽應該讓妳剪掉頭髮的。」安德莉亞說。

「什麼？」

「我跟妳爸說了幾百遍：叫她剪掉頭髮。可是他不肯。他一點都不在乎。我一直想親口告訴妳，爲了妳好——這頭髮很嚇人——可是他不讓我說。他老是說這是妳的頭髮。」

小光眨眨眼睛，抬頭看我姊。

這句話太奇怪了，所以很容易可以歸咎到別的問題上，因爲哀慟逾恆，因爲驚魂未定，或什麼別的。安德莉亞不可能眞的在意梅芙的頭髮。從告別式上搬回來的花擺得一屋子到處都是。我不禁想，等花謝了，那場面該有多慘。我忖思，如果我們的對話是從不那麼重要的問題開始——例如提議花凋謝的時候，幫忙清理花瓶，或寫謝卡之類的，那麼情況會如何。「我星期六可以去收房租。」我說，希望把對話拉回合乎邏輯的範圍。「梅芙可以開車載我去，我知道路線。」

「沒這個必要。」

這我完全無法理解。「一向都是我去收租金的。」

「一向是你爸去收租金的。」安德莉亞說，「你只是坐在他車上而已。」靜默籠罩客廳，我們不知道如何扳回一城。我感覺到范胡貝克夫婦的目光鑽透我的頭顱，一如既往。

「我們要說的是，我們希望能幫忙。」梅芙說。

「我知道你們想，」安德莉亞說，然後歪著頭，對她那個躺在我姊腿上的女兒微笑。「妳知道她很想幫忙喔。」她又抬眼看我們。「我不知道倒杯咖啡也要這麼久。妳知道她們廚房裡總是有一壺咖啡的。也許她們覺得那是她們的咖啡。」安德莉亞張開手掌，拍拍大腿，一副不耐煩的模樣，站了起來。「看來我得靠自己了。妳知道俗話是怎麼說的，對吧？『求人不如求己。』」

她走開之後，我們——梅芙、小光和我——又等了一會兒，接著聽到樓上的腳步聲。她端著咖啡從廚房的樓梯上樓了。談話結束。

爸爸過世之後的短短兩個星期裡，我不只因爲失去爸爸而哀痛，也爲自己遲遲無法在這世界取得一席之地而傷心。倘若可以選擇，我會決定在十五歲就輟學，和梅芙一起投入康洛伊公司的營運。這事業是我想要的，是我期待的，也是爸爸爲我做好的規畫。如果經營事業的責任在我還沒做好準備之前就降臨，那麼我需要做的，就是加速讓自己準備好。我不相信我什麼都會做，還差得遠了，但我認識每一位可以幫助我的人。那些人喜歡我，他們已經觀察我投入工作好幾年了。

另一個困擾我的問題是哀傷與不自在糾葛纏結、密不可分的情緒。安德莉亞迴避我，而兩個女孩卻黏著我。諾瑪和小光幾乎每天晚上都來叫醒我，告訴我她們做了什麼夢。就算她們沒叫醒我，我早上醒來，也會發現她們其中的一個睡在我房間的沙發上。我失去爸爸，她們也失去爸爸，我想。雖然我不記得他曾經對她們說過話，一句都沒有。

有天下午，我放學回來，和珊蒂與喬塞琳打招乎，在廚房裡給自己弄了個火腿三明治。二十分鐘之後，梅芙從後門衝進來，一副從歐特森公司狂奔到荷蘭大宅的模樣，滿臉通紅。我正在看書，但不記得看的是什麼書。

「怎麼了？妳爲什麼沒在公司？」梅芙很少六點以前下班的。

「你沒事吧？」

我低頭看看我自己襯衫上是不是有血跡。「我爲什麼會有事？」

「安德莉亞打電話給我。她叫我回來接你。她說我必須馬上來。」

「來接我去幹麼？」

她用袖子抹抹額頭，把鑰匙擺在皮包上。我不知道珊蒂和喬塞琳在哪裡，但廚房裡只有梅芙和我。

「她嚇死我了，我以爲——」

「我沒事。」

「我去看看是怎麼回事。」她說。我站起來跟著她走，想知道爲什麼我會需要去某個地方。

我們走到玄關，四處張望。我回家之後，一直沒看到兩個女孩，不過這也沒什麼不尋常。她們老是在上這個那個課。梅芙喊安德莉亞的名字。

「我在客廳。」她說，「妳不必大吼大叫。」

她在壁爐前，站在范胡貝克夫婦那兩張龐大的肖像下，就在我們幾年前第一次見到她的地方。

「我從公司趕來。」梅芙說。

「妳必須帶丹尼走。」安德莉亞只看著她，沒看我。

「帶他去哪裡？」

「去妳家，去朋友家。」她搖搖頭，「隨便妳。」

「發生什麼事了？」雖然她只對梅芙說，但我們兩個卻同時發問。

「發生什麼事了？」安德莉亞重複我們的問題。「嗯，我想想喔，你們爸爸死了。就從這裡說起吧。」安德莉亞看起來好漂亮，身上是我沒看過的紅白格紋洋裝，挽起頭髮，塗了紅色唇膏。我很想知道她是不是要去參加派對，也許是餐會也說不定。我當時並沒有意識到，她是特別打扮給我們看的。

「安德莉亞？」梅芙說。

「他不是我兒子。」她說，聲音變得破啞。「妳不能指望我養他。他不是我的責任。妳爸爸從沒告訴我，說我得養他兒子。」

「沒有人要求妳——」我開口，但她豎起手掌制止我。

「這是我的房子。」她說，「在我自己的房子裡，我有權利感覺安全。你們對我很壞，你們兩個都是。你們從來就不喜歡我。你們爸爸在世的時候，我想我有義務接受——」

「這是妳的房子？」梅芙說。

「你們爸爸一死，你們就露出眞面目了。你們兩個。他把房子留給我，他希望我擁有這棟房子。他希望我在這裡過得快樂，我和我女兒。我需要妳帶他走——上樓去收拾他的東西，走吧。這對我來說一點都不容易。」

「這怎麼會是妳的房子？」梅芙問。

我可以清清楚楚看見我們姊弟倆的模樣，清楚得彷彿在她眼睛裡看見我們的倒影。和她相比，我們簡直高得離譜，而我因爲打籃球、在工地工作，顯得如此年輕力壯。一如梅芙許久前對我保證的，我早就長得比梅芙高了。我身上還穿著練球的衣服，一件T恤和舊長褲。

「你們可以去找律師談談，」安德莉亞說，「但我們已經仔細檢視過了，滴水不漏。他手上有全部的文件。妳想問的話，就去找他吧。但現在，妳必須帶他走。」

「女孩們呢？」梅芙問。

「我的女兒和妳沒關係。」她激動得臉頰熾紅發亮，因爲她需要保有這麼飽滿的元氣來恨我們，來讓自己相信，她人生裡所發生的一切錯誤都是我們釀成的。

我當時還無法完全理解這是怎麼一回事，太荒謬了，因爲安德莉亞竟然說得這麼直白。但梅芙徹底理解。她挺身向前，宛如聖女貞德迎向火刑。「她們會恨妳的，」她說，用的是實事求是的語氣，「妳今天晚上吃飯的時候必須編造謊言來讓她們接受，但是撐不了多久的。她們是聰明的女孩，她們知道我們不會就這樣拋下她們。一旦她們開始追查，就會知道妳做了什麼。雖然我們不會告訴她們，但她們還是會聽到眞相。所有的人都會知道。妳的女兒會比我們還恨妳。她們會一直恨妳，到我們都忘了妳是誰之後，還繼續恨妳。」

我愣在那裡，還在思索著我或許有辦法可想，或許未來安德莉亞和我可以找出溝通的方式，她會知道我不是她的敵人。但梅芙已經把這扇門關上，還用釘子釘死了。她不是在預言安德莉亞的未來——安德莉亞會自己創造她的未來——但梅芙說的話，梅芙的那個語氣，更像是一種詛咒。

梅芙和我上樓到我的房間，把衣服裝進我唯一的行李箱裡，接著她又下樓到廚房拿裝草屑和枯葉的袋子，還帶著珊蒂和喬塞琳一起回來。她倆都在哭。

「嘿，」我說，「嘿，別哭。我們會搞定的。」我的意思並不是我可以扭轉眼前的情況，而是梅芙和我終究是荷蘭大宅的合法繼承人，我們會趕走闖入的人。我是《基督山恩仇記》裡的基督山伯爵。我絕對會回到這個家裡來的。

「這簡直是惡夢。」喬塞琳搖頭說，「你們可憐的爸爸。」

珊蒂清空我的衣櫥，一個抽屜一個抽屜的東西全塞進落葉袋裡，這時安德莉亞站在房門口，看我們帶走什麼。「你們必須在女孩回家之前離開。」

喬塞琳用手腕抹抹眼睛下方。「我得等妳們吃完晚飯。」

「不必弄晚飯了。」她說，「你們都走，你們四個。你們老是膩在一起，我不需要有間諜留在這裡。」

「噢，行行好吧，」梅芙說，這是她今天頭一次拉高嗓音，「妳不能開除她們。她們又沒有對妳怎樣。」

「你們是一整組，」安德莉亞露出微笑，彷彿講了什麼好笑的話。她之前沒打算要開除珊蒂和喬塞琳，顯然是此時才突然想起，但話一出口，就覺得理所當然。「你們是拆不開的一整組。」

「安德莉亞，」我說。我朝她跨近一步，不知爲什麼。我不知道爲什麼突然想要制止她，讓她恢復理智。她從來不是我特別喜歡的人，但她也沒那麼壞。

她往後退開一步。

「我告訴你們，我們對她做了什麼。」喬塞琳說，彷彿安德莉亞並不在場。「我們認識你們媽媽，就是這樣。你們媽媽僱用我們，先是珊蒂，然後是我。珊蒂告訴你們媽媽，說她有個妹妹要找工作，艾娜就說，明天就把妳妹妹帶來。你們媽媽就是這樣的人，歡迎每一個人。整天不停有人到家裡來，她給他們食物，給他們工作。她愛我們，我們也愛她，這個人知道。」她的頭微微往後一仰，表示知道這個女人就在她後面。

安德莉亞瞪大眼睛，不敢置信。「那個女人拋棄自己的孩子！她離開丈夫，離開兒女。我才不要站在這裡聽妳——」

「天底下沒有比你們媽媽更親切的人了。」喬塞琳繼續說，彷彿沒聽見有其他人開口說話似的。她撈起我的毛衣，丟進敞口的袋子裡。「她是眞正的美人，人美心美。每個見到她的人都看見她的美，每個人都愛她。她是僕人，你們明白我的意思嗎？」她直盯著我看，「就像上主告訴我們的。這一切都是她的，但她從來就不在乎。她想知道的是，她能爲你們做什麼，她可以提供什麼幫助。」

珊蒂和喬塞琳從未提起我媽媽。從來沒有。她們留著這枚炸彈，等到今天這個時機才引爆。安德莉亞抓著門框穩住身體。「快收拾好，」她的聲音微弱到幾乎沒有音量，「我要下樓了。」

喬塞琳看著她曾經服侍過的這個女人，「妳在這棟房子裡的每一天，我們都問彼此：『康洛伊太太會怎麼想啊？』」

「喬塞琳。」她姊姊說。單只喊她的名字，是一句警告。

但喬塞琳搖搖頭。「她聽見我說的話了。」

安德莉亞嘴巴微張，但說不出話來。我們看得出來，她快要控制不了自己了。她匆忙離去，讓我們繼續收拾。

那一天，那個時刻，我在想什麼？並不是我度過在此之前大多數夜晚的這個房間。梅芙說我的搖籃原本擺在這時擺放沙發的牆角，出生後的最初幾個月，夜裡是毛毛陪我睡覺，好讓我們媽媽可以休息。我沒想著籠罩房間的燈光或在暴風雨時拍打我窗的橡樹。我的橡樹，我的窗。我心裡想的是要趕緊離開這裡，離開安德莉亞。

我們走下寬闊的樓梯，四個人各提一個垃圾袋，放進梅芙車裡。一步步離開這幢房子，愈益感覺到它的龐大：三層樓巍峨聳立的大窗俯瞰前院草坪；淡到幾近白色的淡黃色粉牆，顏色宛如近晚時分的雲朵；而寬闊的露台，是身穿香檳黃禮服的安德莉亞朝背後丟下新娘捧花的地方，也是時隔四年，大家齊聚向我父親的未亡人表達悼意的地方。我拎起我的腳踏車，塞進車子行李箱，壓在袋子上面。我之所以帶走這輛腳踏車，只因爲我之前把它丟在草地上，這時不小心絆到。安德莉亞以前老是要我爸爸叫我把腳踏車停好。她會趁我們兩個都在屋裡的時候說：「西里爾，你能不能教教丹尼，要好好珍惜你給他的東西？」

我們親吻珊蒂和喬塞琳道別，約定事情處理好之後再聚。這時的我們都不知道，我們會永遠離開荷蘭大宅。上車之後，梅芙手開始發抖。她把皮包倒在前座上，打開她放備用品的鮮黃色小盒。她必須測血糖。「我們得離開這裡。」她說。她開始冒汗。

我下車，繞到車子另一邊。只有這件事情才重要：梅芙。珊蒂和喬塞琳已經開珊蒂的車走了。沒有人看見我們。我叫梅芙坐到隔壁座位。她正在裝注射器。她沒說我不會開車。她知道我最起碼可以把我們載到簡金頓。

至於我們決定帶走和留下的東西，說是白癡愚行也不爲過。我們帶走了我再過六個月就穿不下的衣服和鞋子，卻留下了擱在我床尾、我媽用她的衣服做成的拼布被。我們帶走了我書桌上的書，卻沒帶走廚房裡的那個壓製玻璃奶油盤，那是我媽從布魯克林的公寓帶來的。我沒帶走任何一樣爸爸的東西，雖然事後我想到上百種應該帶走的東西，例如他慣用的那只手錶。手錶和皮夾、戒指一起收在信封裡的，我那天拿著那個信封，一路從醫院帶回家，交給了安德莉亞。

梅芙大部分的物品，在諾瑪接收她的房間時，都已經打包裝箱。她畢業之後，許多箱子都送到她住的公寓，因爲安德莉亞說梅芙已經是大人了，應該管理她自己的財產（她就是這麼說的，一字未改）。然而，梅芙那件質料比較好的冬季大衣還在杉木衣櫃裡，因爲這年夏天她的房間有蠹蛾。當然也還有其他東西——畢業紀念冊、她已經讀完的幾本小說、她想留給她覺得自己以後肯定會有的女兒的幾個洋娃娃，全部都收在三樓臥房衣櫃後面的小門裡，閣樓的屋梁下。安德莉亞知道那個空間的存在嗎？參觀大宅的那個晚上，梅芙帶兩個女孩去看過，但她們還記得，或曾經再上去過嗎？又或者，那些箱子如今已屬於大宅，密封在牆後，宛如收藏青春的時空膠囊？梅芙說沒關係，她擁有全部的相簿。她上大學的時候把相簿都帶去了。唯一沒帶走的是裝在相框裡的一張照片，我們爸爸還是小寶寶，腿上抱著一隻兔子。這張照片不知怎麼地留在諾瑪房間裡。後來等我們完全理解情況之後，梅芙會很生氣，氣我們沒帶走我裱框掛在牆上的那些愚蠢的童子軍證書，還有籃球獎盃、拼布被、奶油盤、照片。

但我一直惦念著的，是掛在已沒有我們身影的客廳牆上，那張梅芙的畫像。我們怎麼會忘了她呢？十歲的梅芙身穿紅色大衣，眼神明亮率直，披著一頭黑髮。這幅畫比起范胡貝克夫婦的畫像毫不遜色，但那是梅芙的畫像，所以安德莉亞會怎麼處置呢？把她塞進潮濕的地下室？丟掉？儘管姊姊就在我面前，但我還是覺得我拋下了她，把她留在那幢對她來說再也不安全的大宅裡。

梅芙好了些，但我要她先上樓坐一會兒，我自己來把東西扛上三樓，到她的公寓。公寓裡只有一間臥房，她要我睡臥房，但我說不。

「你睡床，」她說，「因爲你太高，沙發不夠長，而我沒這個問題。我常睡在沙發上。」

我環顧她小小的公寓。我以前常待在這裡，但一旦你知道自己要住在某個地方，看這個地方的角度就變得不同了。這裡狹小簡樸，我替她覺得有點難過，想起我住在范胡貝克街的大宅，她怎麼可以住在這樣的地方呢。但我忘了，此時的我已經不住在大宅了。「妳爲什麼睡在沙發上？」

「我看電視的時候睡著了。」她說，然後坐在沙發上，閉起眼睛。我擔心她要哭了，但她沒有。梅芙不是愛哭鬼。她拂開蓋在臉上的濃密黑髮，看著我。「你在這裡，我很高興。」

我點頭。在那一瞬間，我不禁想，如果梅芙不在，我該怎麼辦——和珊蒂與喬塞琳回家？打電話給籃球教練馬丁先生，看他能不能收留我？還好我永遠不需要知道答案。

那天夜裡，躺在姊姊床上，我瞪著天花板，覺得真的失去爸爸了。不是失去他的錢或他的房子，而是在車裡坐在我旁邊的那個人。他保護我不受外面的世界侵擾，保護得滴水不漏，以至於我完全不知道這世界有多大的能耐。我從未想過他也曾經是個小孩。我從未問過他戰爭的事。在我眼中，他就只是我的爸爸，我也始終用「爸爸」這個角色來評斷他。如今這麼想也已經無濟於事，只不過在我的過失清單裡又添一筆罷了。

第七章

葛奇律師——我們向來都這麼叫他——和我們爸爸同輩，也是爸爸的朋友。他以爸爸朋友的身分，答應在隔天午餐時間見梅芙。她不同意我請假和她一起去。「我只是去了解一下整體的情況，」隔天早上在小小的餐桌上，她一面吃早餐穀片一面說，「我有預感，我們以後還有很多機會可以一起去。」

梅芙載我到學校，然後去上班。每個人都知道我爸爸過世了，也都刻意對我好。對老師和教練來說，所謂的「好」，就是把我拉到一旁，說他們願意聆聽，說我該做的功課什麼時候交都可以。至於我的朋友——籃球打得比我好一點點的羅勃特、籃球打得比我差很多的T. J.，以及最喜歡跟著我一起去工地的馬修——情況則完全不同：我的處境讓他們感到不自在，表現於外的就是某種笨拙尷尬，有我在場的時候，碰到任何好笑的事情大家都忍住不笑，然後也會給我們彼此的哀痛喊暫停。大概是不爲哀痛而哀痛，類似的心情吧。我從沒想過要假裝爸爸還在世，但我不想讓任何人知道荷蘭大宅的事。失去家這件事太過私密，而且我也不知道爲什麼，覺得有點丟臉。我還是相信梅芙和葛奇律師能把事情搞定，也相信我會在其他人發現我被掃地出門之前，就再次回到大宅裡。

但「回到家裡」是不是等於回到沒有安德莉亞與兩個小女孩的大宅呢？那她們會怎麼樣呢，到底？我的想像力還沒延伸到等式的這一個部分。

我放學後留校練球，所以回到公寓時，梅芙早就到家了。她說她打算弄炒蛋和吐司當晚餐。我們兩個都不會煮飯。

我把書包丟在客廳。「結果呢？」

「比我想像的情況還慘。」她的語氣略帶輕快，讓我以爲她在開玩笑。「你要喝啤酒嗎？」

我點頭。她以前從沒邀我一起喝酒。「我來拿啤酒。」

「拿兩瓶吧。」她俯身用瓦斯爐火點菸。

「我希望妳別這麼做。」我想說的是：妳是我姊，我唯一的親人。**妳的臉離那該死的火遠一點**。

她直起身子，對著廚房另一頭吐出一口長長的煙。「我早就得到教訓了。幾年前，我在格林威治村的派對上燒掉睫毛，這種錯不會犯第二次。」

「太好了。」我拿出兩瓶啤酒，找到開瓶器，遞給她一瓶。

她灌下一大口，然後清清嗓子，才開口：「嗯，就我的了解，我們在這個世界上所擁有的東西，差不多就是你現在眼前看見的這些。」

「這裡幾乎什麼都沒有。」

「沒錯。」

我以前從沒想過我們有可能落得一無所有。腎上腺素剎時湧上全身，讓我準備好要奮戰，或者逃跑。「怎麼會這樣？」

「葛奇律師——順便告訴你，他眞的是個好人，好得不能再好。葛奇律師說按照一般的經驗法則呢，富不過三代，但我們兩代就玩完了。不過技術上來說，我覺得應該是一代。」

「什麼意思？」

「意思是說，傳統上，第一代白手起家賺大錢，第二代花錢，第三代就只好又去工作賺錢。但我們家的情況呢，是我們爸爸賺了大錢，然後就花光光了。他在自己的一生裡就完成了整個循環。他原本很窮，然後變得很有錢，但我們現在又變窮了。」

「爸沒有錢？」

她搖搖頭，很樂於對我解釋。「他錢很多很多，只是精明程度比不上錢那麼多。他年輕的妻子告訴他，她相信婚姻是一種合夥關係。記住這句話，丹尼：**婚姻是一種合夥關係**。她讓他在所有的財產上都加進她的名字。」

「他把所有的房子都加上她的名字？」這不可能吧，房子這麼多，而且他不時買進賣出的。

她搖搖頭，又喝了一口酒。「外行人才這麼做。康洛伊房地產與建設公司是責任有限公司，意思是，公司所有的財產都是在同一個屋頂下。他賣掉一棟房子，現金會留在公司裡，然後他用這筆錢再去買另一棟房子。安德莉亞讓他把她的名字加進公司，意思是，她有共同的所有權，也有權擁有死者名下的財產。」

「這樣合法嗎？」

「因爲是共同所有權，全部的資產就透過法律運作，全部轉移給他的妻子。你聽得懂嗎？我知道不容易，我也花了一點工夫才搞懂。」

「我懂。」但我不確定我是不是眞的懂了。

「聰明的小孩。房子也一樣。房子和房子裡所有的東西。」

「是葛奇律師處理的？」我認識葛奇律師，他有時候會來看我的籃球賽，和爸爸一起坐在看台上。他有兩個兒子唸邁克維特主教高中。

「噢，不是。」她搖頭。她喜歡葛奇律師。「安德莉亞帶她自己的律師來。費城某家大律師事務所的律師。葛奇律師說他對爸說過很多次，你知道爸怎麼說嗎？他說：『安德莉亞是個好母親。她會照顧孩子們的。』好像他娶她是因爲覺得她會對孩子們很好。」

「那遺囑呢？」梅芙對富二代的看法也許是對的，因爲就連我都知道要問遺囑的事。

她搖搖頭。「沒有遺囑。」

我坐在廚房椅子上，喝了一大口酒。我抬頭看姊姊。「我們怎麼沒尖叫？」

「因爲我們還處在驚嚇之中。」

「肯定有辦法可想的。」

梅芙點頭。「我想也是。我會努力試試看，但是葛奇律師叫我不要抱太大期望。爸知道他在做什麼。他有行爲能力，她沒逼他在文件上簽名。」

「當然是她逼他的！」

「我的意思是，她又沒拿槍抵著他的頭。想想看：媽咪離開他，然後這隻瘦巴巴的花栗鼠湊過來，告訴他說她永遠不會離開他，她要參與他所有的事情，我的也是你的。她會把所有的事情都安排妥當，他永遠不必擔心。」

「這個嘛，大部分也是事實啦。他確實不必擔心。」

「當四年老婆，得到所有的財產。就連我的車都是她的，葛奇律師這麼說。她擁有我的車，但她告訴他說我可以留著。我一定要趕在她改變主意之前把車賣掉。我想我會買輛福斯，你覺得呢？」

「有何不可？」

梅芙點頭。「你很聰明，」她說，「我很聰明，我以前認爲爸也很聰明，但我們三個合在一起，還比不上一個安德莉亞・史密斯・康洛伊。葛奇律師要你和我一起去找他。他說還有一些事情需要檢視。他說他會繼續代理我們，不收費用。」

「要是在爸生前，他就代理我們，那情況肯定會好多了。」

「他顯然試過。他說爸認爲自己還沒老到需要立遺囑。」梅芙思索了一分鐘。「我敢打賭，安德莉亞肯定立了遺囑。」

我喝光啤酒，梅芙靠在爐子旁邊抽菸。我們兩個像犯了小罪小惡的少年犯。「死了兩個丈夫，」我說，心想安德莉亞應該有，呃，幾歲呢？三十四、三十五？按青少年的標準來看，是個老人了。「妳會不會覺得好奇，史密斯先生出了什麼事？」我問。

「從來沒想過。」

我搖頭。「我也沒有。這很奇怪，對不對？我們從來沒想過史密斯先生，他是怎麼死的？」

「你怎麼會覺得他死了？我一直覺得是他把她和兩個小孩趕到路邊，然後爸剛好在錯誤的時間開車經過，載了她們一程。」

「諾瑪和小光還留在那裡，我很替她們難過。」

「她們都不得超生，」梅芙在一個小碟子裡摁熄香菸。「她們三個！」

「妳不是認眞的吧，」我說，「不要這樣說那兩個女孩。」

我姊猛然一轉身，刹那間，我以爲她要揍我。「她偷走我們的東西，你還不懂嗎？她們睡在我們的床上，用我們的盤子吃飯，而我們永遠永遠都要不回來了。」

我點頭。我想說卻沒說的是，我覺得我們爸爸也是這樣。我們永遠永遠都沒辦法把爸爸要回來了。

梅芙和我一起整頓家務。我們在慈善二手商店買了二手衣櫃，塞在臥房牆角，讓我可以收進衣服。我還是不喜歡占用臥房，但梅芙每天晚上都抱著被子去睡沙發。我想要請她找個大一點的地方，但想到一切都得靠她——我們吃的住的——就覺得還是不提比較好。

等一切都安頓好之後，我們打電話請珊蒂和喬塞琳來，看看我們的成就。梅芙從烘焙坊買了裝在白色盒子裡的餅乾回家。她把餅乾排在盤子上，丟掉盒子，彷彿想要唬弄她們似的。我把沙發上的靠墊擺好，她收走瀝水架上的玻璃杯。門鈴終於響起，我們開門，四個人興奮大叫。多麼棒的重聚！別人肯定以為我們已經好幾年不見了。才兩個星期。

「看看你。」珊蒂雙手搭在我肩上說，眼裡噙著淚水。我覺得她頭髮變得更加灰白了。

珊蒂和喬塞琳擁抱、親吻我們，態度和以往在家裡大不相同。喬塞琳穿連身褲，珊蒂穿棉裙搭廉價的網球鞋。她們如今是一般人，不再是替我們工作的人。然而，她們還是帶來一大鍋義式蔬菜湯（梅芙的最愛）和一鍋燉牛肉（我的最愛）。

「妳們不能再餵我們了啦。」梅芙說。

「一直以來都是我在餵你們啊。」喬塞琳說。

珊蒂懷疑地瞥了客廳一眼。「我可以偶爾過來幫你們打掃一下。」

梅芙笑起來。「難道我就沒辦法自己打掃嗎？」

「妳有工作，」珊蒂說，低下頭，用鞋尖擦擦地板。「妳不必放下其他的事情，擔心打掃家裡的事。反正，這又花得了我多少時間，一個鐘頭？」

「我可以做。」我說。她們三個全盯著我，彷彿我提議要自己做衣服似的。「梅芙不讓我去打工。」

「好好打籃球吧。」珊蒂說。

「成績也要好。」喬塞琳說。

梅芙點頭。「先不急，看我們做得怎麼樣再說。」

「我們做得很好，真的。」我說。

珊蒂走進臥房裡，五分鐘之後回來，看著我。「你睡在哪裡？」

「他知道怎麼照顧妳嗎？」喬塞琳問我姊。

梅芙揮揮手。「我沒事的。」

「梅芙。」喬塞琳說。說來有趣，她的態度開始變得嚴肅起來。珊蒂和喬塞琳從來沒用嚴肅的態度對待梅芙。

「我都處理得好好的。」

喬塞琳轉頭看我。「我不只一次發現你姊暈倒，渾身冰冷。有時候是她忘了吃東西，或胰島素打得不夠。有時候她什麼也沒做，但血糖就是一直降。你得要隨時盯著她，特別是有壓力的時候。她會告訴你說這和壓力沒有關係，但明明就有關係。」

「別說了。」梅芙說。

「她有糖錠。你一定要逼她告訴你，糖錠擺在什麼地方。也要確定她皮包裡隨時有備用的。要是她情況不對，就給她吃一顆糖錠，馬上打電話叫救護車。」

我努力想像梅芙躺在地上的情景。「我知道。」我說，想辦法讓語氣保持平靜。我知道胰島素的事，但不知道有糖錠。「她告訴我了。」

梅芙往後靠在椅背上，微笑說：「第一手的權威消息。」

喬塞琳盯著我們兩個看了一分鐘，然後搖搖頭。「你們兩個都嚇壞了，但沒關係。現在他知道了，就會要妳告訴他怎麼做。等我們離開，你就會逼問她，對吧，丹尼？」

儘管我對梅芙血糖的變化很敏感，但我知道，對於相關的細節我並不清楚。我知道怎麼站在旁邊，看她照料自己，但要動手照料她，那又是另一回事了。喬塞琳說的沒錯，她們一走，我就得逼梅芙詳細解釋給我聽。「我會的。」

「妳們知道我這麼久以來都自己一個人住在這間公寓，不是嗎？」梅芙說，「丹尼又沒有夜裡騎著腳踏車來幫我打針。」

「再不然你也可以打電話給我，」喬塞琳完全不理會她，「我會把你需要知道的事情，全部告訴你。」

珊蒂在艾爾金公園找了份管家的工作。「他們人很好。錢沒那麼多，」她說，「工作也沒那麼多。」喬塞琳在簡金頓的一戶人家找到煮飯的工作，但要幫忙帶兩個小孩，還要幫忙遛狗。錢沒那麼多，但工作多很多。姊妹倆哈哈大笑。被開除眞好，她們這麼說，像是獲頒了榮譽獎章。反正沒有我在的大宅，她們一分鐘都不想多待。

「等我安頓好，就會勸我們家主人也僱用喬塞琳。他們需要廚子。那我們就可以再次一起工作。」珊蒂說。

要是我當時把情況處理得好一些，不要那麼難搞——不只是最後那段時間，而是安德莉亞踏進我們生活的那幾年——珊蒂和喬塞琳如今都還會一起坐在廚房的藍色餐桌旁，剝豆子，聽收音機。

珊蒂仰頭看看天花板，看看窗戶，彷彿在腦子裡權衡這個地方的優劣利弊。「妳當初爲什麼沒搬進妳爸爸蓋的房子？」她問我姊。

「噢，我不知道。」梅芙說。她還在爲腆島素的事不安。

珊蒂和喬塞琳一起坐在沙發上，梅芙坐椅子，我坐在地上。「妳找到這個地方的時候，我沒多想，但這很沒道理啊。」珊蒂說，「妳肯定花了不少工夫，才在城裡找到不屬於妳爸爸的公寓。」

我自己也很好奇。我想得出來的唯一理由是，她問他要一間公寓，而他拒絕。

梅芙看著我們，我們三個。我們是她僅有的親人。「我以爲我可以讓他刮目相看。」

「就憑這個地方？」珊蒂傾身，把我堆在茶几上的課本整理好。

梅芙再次微笑。「我做了預算，而這個地方是我可以負擔得起的。我以爲他會注意到我沒向他開口要求任何東西，我大四那年把零用錢都存起來。我付了全部的房租，找到工作，先買了床，隔一個月買了沙發，接著又在慈善二手店買了椅子。妳們也知道他，他老是喜歡誇讚貧窮有多麼神奇，總是說白手起家才能讓你學到處世方法。我以爲我能讓他知道，我不像我在學校裡認識的那些富家千金。我不會等著他買匹馬給我。」

珊蒂大笑。「我可從來沒想過有人會買馬給我。」

「嗯，這樣很好，」喬塞琳微笑，「我知道他以妳爲榮，因爲妳自己打理好一切。」

「他根本沒注意。」梅芙說。

珊蒂搖頭。「他當然注意到了。」

但梅芙說的沒錯。她所想表現給他看的一切，他從來就沒注意。他對她的自力更生不置一詞。我爸在我姊身上看見的永遠只有她的儀態。

梅芙煮了咖啡。她和珊蒂一起抽菸，珊蒂和我看著她們。我們吃餅乾，撈出安德莉亞留在我們腦海裡的每一個可怕回憶。我們像交換棒球卡那樣彼此交換回憶，聽到任何一個我們之前並不知道的訊息，就驚呼大叫。我們談起她有多晚睡，她穿的衣服有多難看。說她和她媽媽一講電話就是一個鐘頭，卻從來沒邀她媽媽到家裡來。她浪費食物，徹夜不關燈，也從沒看她讀過任何一本書。她在游泳池邊一坐幾個小時，什麼都不做，就只是盯著手指甲，等著喬塞琳用托盤送午餐來給她。她從來不聽我們爸爸講話。她奪走梅芙的房間。她把我趕出來。我們挖了個坑，把她放到火上烹烤。

「有沒有人可以解釋一下，他當初爲什麼要娶她？」梅芙問。

「當然可以。」喬塞琳想都不想就回答。「安德莉亞愛那棟房子。你們爸爸認爲那棟房子是天底下最漂亮的東西，所以給自己找了個贊成他觀點的女人。」

梅芙豎起雙手。「誰不贊同他的觀點啊？要找個喜歡那棟房子的好女人並不難吧。」

喬塞琳聳聳肩。「這個嘛，你們媽媽痛恨那棟房子，而安德莉亞很愛。他以爲他這樣就解決了問題。可是我嗆她了，對吧？講了一大堆你們媽媽的事。」

珊蒂雙手掩臉，笑了起來。「我還以爲她就要當場倒地暈死呢。」

我看看珊蒂，然後看著喬塞琳。她倆都在笑。「妳不是認眞的吧？」

「什麼？」珊蒂抹著眼睛說。

「我媽媽的事，呃，我不知道，妳說她像個聖人？」

屋裡的緊繃氣氛頓時改變，我們全都清楚意識到，我們聚在這裡究竟是在做什麼。

「你們媽媽，」喬塞琳說，她停下來，看著她姊姊。

「我們當然愛她。」珊蒂說。

「我們都愛她。」梅芙說。

「她常出門。」喬塞琳字字斟酌。

「她在工作。」梅芙也很緊張，但和喬塞琳與珊蒂的緊張不同。

我完全不知道她們在說什麼，也不知道我們媽媽竟然有工作。「她做什麼？」

喬塞琳搖頭，「她有什麼不做的？」

「她幫助窮人。」梅芙對我說。

「在艾爾金公園？」艾爾金公園沒有窮人，至少我沒見過。

「她到處幫助窮人。」珊蒂說，但我看得出來，她儘量用輕鬆的語氣說明情況。「她總是可以找到需要幫助的人。」

「她出門去找窮人?」我問。

「從早到晚。」喬塞琳說。

梅芙摁熄香菸。「好了，別說了。妳們說得一副她整天不在家似的。」

喬塞琳聳聳肩，珊蒂伸手拿中間一圈杏桃果醬的拇指餅乾。

「嗯，」梅芙說，「她回家之後，我們總是很開心。」

珊蒂微笑，點點頭。「一直都是。」她說。

星期天一大早，梅芙走進臥房，拉開百葉窗。「起床，換衣服。我們要上教堂。」

我拉來枕頭壓在頭上，想要回到剛剛硬生生被拉出來的夢境，那個我已經不記得的夢。「不要。」

梅芙俯身拉開枕頭。「我是認眞的。起來，起來。」

我睜開一隻瞇著的眼睛看她。她穿裙子，剛淋浴完還沒乾的頭髮已打成辮子。「我想睡覺。」

「我已經很客氣了，讓你睡晚一點，沒叫你起來趕八點的彌撒。我們要去參加十點半的。」

我把臉埋進枕頭裡。我慢慢清醒，但我不想醒。「又沒有人盯著我們。再也沒有人可以逼我們上教堂。」

「我可以逼我們去。」

我搖頭。「妳自己去吧。我要繼續睡。」

她重重坐在床沿，害我身體略微彈了起來。「我們要上教堂。我們就要這麼做。」

我轉身仰躺，不情願地睜開眼睛。「妳沒聽懂我的話。」

「起來，起來。」

「我不希望有人再擁抱我，或告訴我說他們有多難過。我只想繼續睡覺。」

「他們這個星期天會擁抱你，下個星期天就會像沒事一樣，和你揮揮手。」

「我下個星期天也不去。」

「你爲什麼這樣？你以前上教堂也從來不抱怨。」

「我要抱怨給誰聽？爸？」我看著她，「妳已經贏了，妳知道的，對吧？等妳有自己的小孩，妳可以每個星期天逼他們去上教堂，每天上學之前逼他們唸玫瑰經。但我不必去，妳也不必去。我們沒有爸媽。我們可以出門吃鬆餅。」

她聳聳肩。「你自己去吃鬆餅吧。」她說，「我要上教堂。」

「妳不必爲我這樣做。」我用手肘撐起身體。她竟然這麼努力說服我，讓我不敢置信。「我不需要好榜樣。」

「我不是爲了你才去的。天哪，丹尼。我喜歡去望彌撒，我喜歡信仰上主。社群、善念，這些我全都接受。你這些年上教堂都在幹什麼？」

「大部分都在默記籃球積分。」

「那你繼續睡吧。」

「妳該不會告訴我說，妳唸大學的時候也上教堂吧？妳在紐約沒人監視妳，也每個星期天早起？」

「我當然也去上教堂。你記得你來紐約找我的時候，我們不是一起去望聖週五的彌撒嗎？」

「我還以爲妳只是因爲要帶我去才去的。」這是實話。我當時以爲，她只是答應爸爸，如果他讓我待在紐約，她就會帶我去望聖週五的彌撒。

她開始說什麼別的，但馬上就丟開了。她隔著被子拍拍我的腳踝。「多休息一下吧。」她說，然後就離開了。

很難說我們究竟為什麼要上教堂，但每個人都去。我們爸爸在那裡見到他的同事，他的房客。梅芙和我見到我們的老師和朋友。說不定爸爸是去禱告，願他過世的愛爾蘭雙親安息。又或者教堂是他對我們媽媽的最後一絲敬意。她喜歡傾聽大家講話，所以不只喜歡上教堂、參加教區活動，也愛和每一個神父修女往來。梅芙說我們媽媽覺得有修女站起來唱詩歌的教堂，更像她的家。我對她所知不多，但從少少的這些線索看來，我相信若是我們爸爸不上教堂，她肯定不會嫁給他。而她不在之後，他繼續拖我們到祭台前，徒留這沒有實質內涵的宗教形式。或許是因為除了上教堂之外，他也沒想過還能幹什麼；也或者，她女兒手持彌撒讀經集，傾前聆聽講道的時候，他兒子盤算著費城七六人隊在季後賽的獲勝機率，而他自己思索著崔登罕鎮郊要出售的一處建案。雖然就我所知，爸爸看來是在聽神父講道，聆聽天主的聲音。我們從未談過這件事。在我的記憶裡，星期天早上向來是梅芙跑來跑去，確定我們都準備好了：換好衣服，吃飽飯，提前上車，留有寬裕的時間。她去上大學之後，爸爸和我大可以拋開所有的進取心，好好睡覺。但那時又有了安德莉亞的問題要考慮。她鄙視天主教，覺得崇拜偶像，吃肉喝血，簡直是瘋子的邪教。我爸爸從星期一到星期五都可以天亮就出門上班，找理由拖過晚餐時間才回家。他星期六可以整天耗在車上，去收租金或視察各個不同的建案。但星期天是很難打發的棘手日子。如果想遠離他年輕的妻子，唯一的辦法就是上教堂。我父親對卜雷爾神父說想讓我當輔祭男童，然後沒徵詢我的意見，就替我登記。輔祭男童必須提早半個鐘頭抵達教堂，幫忙準備聖禮，協助卜雷爾神父穿上祭袍。我負責的是八點鐘的彌撒，但常常也要幫忙十點半的彌撒，因爲老是有人打電話來請假，說是生病，或出門度假，或單純就是不肯起床，這些都是我從來不曾享有的餘裕。既然我是輔祭男童，我爸就認爲上主日學對我來說很重要，他說我應該當個好榜樣。可是上主日學的都是公立學校的小孩，他們可沒像我一樣，一個星期五天都沉浸在宗教教義薰陶裡。但我不可能告訴我爸說他的做法太荒謬了。彌撒之後，他坐在車裡抽菸讀報，等我。每一項工作都完成，每一段禱詞都唸完，每一個聖杯都洗乾淨之後，他就帶我去吃午飯。以前梅芙在家的時候，我們從來不在外面吃飯。於是我們爲時一個鐘頭的望彌撒就延長爲半個星期天，如此一來我們既免除了家庭義務，也在這點亮蠟燭、吹熄蠟燭的儀式之間，至少有一點點時間可以共處。對此，我永遠心存感激，但沒感激到足以讓我起床。

可是星期一早上，馬丁教練叫我到他的辦公室，再次對我的處境表達遺憾。他接著說，我必須去望彌撒，爲我爸爸祈禱。「邁克維特主教高中校隊的每一個球員都去望彌撒。」他對我說，「每一個。」

「每一個球員」也包括我。但我的這個身分，只再繼續維持了一小段時間。

一個星期之後，律師辦公室打電話來約時間。他可以在學校放學之後的三點鐘見我們，但這表示我那天不能留校練球，而梅芙必須請半天事假。我們三個在狹小的會議室裡圍桌而坐，他告訴我們，我們爸爸爲我們做了一件事，就是設立教育信託。

「爲我們兩個？」我問。我姊坐在我旁邊的椅子上，身上是葬禮那天她穿的那件深藍色洋裝。我打了領帶。

「這教育信託是給你，還有安德莉亞兩個女兒的。」

「諾瑪和小光？」梅芙整個人幾乎都要越過桌子了。「她拿走一切，然後我們還要幫她付兩個女兒的教育費？」

「你們沒付任何錢，是信託支付的。」

「可是梅芙沒有？」我問。我的語氣有明顯的諷刺意味，但他懶得理會。

「梅芙已經大學畢業，你們爸爸覺得她的教育已經完成了。」葛奇律師說。

除了在紐約的義大利餐廳吃午飯的那天之外，爸爸從沒和梅芙聊過她的教育問題，她提起的時候，他也從來不愛聽。他覺得她就算去唸研究所，肯定也會唸一半就跑去嫁人，半途而廢。

「這教育信託會支付大學學費？」梅芙問。她問話的神態讓我明白，這又是一件讓她擔心的事。她很擔心自己要怎麼供我唸大學。

「信託支付教育費用。」葛奇律師說，咬字清晰地強調「教育」這兩個字。

梅芙傾身。「所有的教育？」彷彿會議室裡只有他們兩個在。

「全部的教育。」

「他們三個。」

「是的，但是丹尼當然優先，因爲他年紀最大。我想大概也不太可能會花光。諾瑪和布妮絲應該也可以唸完書沒問題。」

她叫小光，我很想這麼說，但沒說出口。沒有人叫她布妮絲。

「那麼剩下的錢怎麼辦？如果有剩下的話。」

「在他們三個小孩完成教育之前，錢會留在信託帳戶裡。等他們三個都畢業之後，錢就會平分給你們四個。」

這麼說來，也等同於有一半的錢會回到安德莉亞皮包裡。

「教育信託由你管理？」梅芙問。

「信託是安德莉亞的律師設立的。她告訴你們爸爸，她希望確保孩子們教育費用無虞，然後——」他的頭左右擺了擺。

「然後我們既然都在律師辦公室了，何不順便把我的名字加到你所有的財產上？」梅芙放膽一猜。

「差不多就是這樣。」

「那麼丹尼必須考慮唸研究所。」梅芙說。

葛奇律師手上的筆敲著黃色的拍紙簿，若有所思。「現在說這個還太早，不過，沒錯，丹尼如果想唸研究所，信託也會支付學費的。信託規定成績必須保持在平均三點零以上，而且學業也不能間斷。你們爸爸強烈認爲，唸書不是度假。」

「我們爸爸從來不必擔心丹尼的成績。」

這時我很想替自己說幾句話，但我覺得他們不會聽。我爸爸一點都不在意我的成績，不過如果我成績不好的話，說不定他就會關切了。我很會投三分球，但他也不在乎。他在乎的是，我能不能把釘子釘得又快又直，我能不能掌握攪拌水泥的正確時機。我們在乎的是同樣的事情。

「妳知道我是唸裘特的嗎？」律師問，彷彿他的高中生涯突然和我們的對話息息相關。

梅芙思索了一分鐘，告訴他說她不知道。她的語氣異常溫柔，彷彿想到葛奇律師被送到寄宿學校，讓她覺得有點哀傷。「那學校很貴嗎？」

「學費和大學差不多。」

她點點頭，看著自己的手。

「我可以打幾個電話。他們通常不在學年中收轉學生，但是就目前的情況來看，我覺得他們應該會考慮一下學業成績優秀的籃球選手。」

他們兩人就這樣決定我應該一月就去唸裘特。

「妳知道什麼樣的小孩會去唸寄宿學校嗎？」離開律師事務所之後，我在車上問梅芙，用的是譴責的語氣。但其實我不認識半個唸寄宿學校的學生。我只知道，有家長逮到小孩抽菸或二級代數不及格，會威脅要送他們到寄宿學校去。安德莉亞向我爸爸抱怨說我沒把髒衣服丟進洗衣籃，一心以爲珊蒂是專門來幫我從地板上撿起髒衣服、洗乾淨、摺好、收進我房間的，我爸只說：「這樣啊，那我想我們只好送他去唸寄宿學校了。」寄宿學校就是這樣——是一個威脅，或者是關於威脅的玩笑。

梅芙的想法不同。「有錢小孩去唸寄宿學校，然後上哥倫比亞大學。」我整個人癱在座位裡，爲我自己覺得非常非常難過。我不想失去我的學校，我的朋友，最重要的是，我不想失去我姊姊。「妳幹麼不乾脆說要送我去孤兒院？」

「你資格不符。」她說。

「我沒有爸媽。」這明明不是我們討論的話題。

「你有我。」她說，「所以資格不符。」

「你現在在做什麼？」梅芙問。「我知道我應該要知道的，但我記不得。我覺得他們太常把你調來調去了。」

「胸腔科。」

「是研究火車的嗎？」

我微笑。春天又來了。事實上這時是復活節，我回艾爾金公園過兩個晚上。靠布斯鮑家這一側的街邊，成排的櫻花滿樹粉紅，迎風微顫，彷彿載不動這層層疊疊的繁密花瓣。一片淡淡的粉紅與金色。這是屬於櫻花的日子，是櫻花燦開的時刻。從未有機會看見醫院外面景物的我，在這裡親眼見證櫻花盛開。「火車就快到站了。下個星期開始整型外科。」

「壯得像頭驢子，但加倍聰明。」梅芙的車停在街邊，她把手臂伸出車窗，手指微動，回憶著早已成爲過去的香菸。

「什麼？」

「你沒聽過？我猜這不是整型外科醫生搞出來的笑話。爸以前常這麼說。」

「爸對整型外科醫生有意見？」

「不，爸對花椰菜有意見，但對於整型外科醫生，他是痛恨。」

「爲什麼？」

「他們把他的膝蓋往後扭，你應該記得。」

「有人把他的膝蓋往後扭？」我搖搖頭，「那肯定是在我出生之前發生的。」

梅芙想了好久，我看得出來她在腦海中翻動陳年回憶。「也許吧。他故意講得很好笑，但我不得不說，當時我還是個小小孩，覺得他講的都是眞的。他的膝蓋確實有點扭曲。他以前常去看整型外科，想矯正回來吧，我想。現在想想，那一定很可怕。」

我暗自希望當初問過爸爸的事情很多，清單越來越長，沒完沒了。事隔這麼多年之後，我越來越少想起他的不願透露，反而越來越常怪自己笨，竟然沒更努力探究。「醫生不太可能把他的膝蓋往後扭，但就算是眞的，沒截肢就該謝天謝地了。戰爭期間常發生這樣的事，妳知道的。挽救一條腿比截斷一條腿花的時間多得多。」

梅芙做個鬼臉。「那又不是南北戰爭。」她說，彷彿在阿波馬托克斯*之後，截肢也已經成爲歷史。「我不認爲他們給他的膝蓋動過手術，他說在法國的時候，醫生總是來去匆匆，根本沒時間多注意病人。他肯定是開玩笑的。不過，他還能拿他的膝蓋開玩笑，倒是很感人。」

「他受傷之後一定動過手術。要是你膝蓋中槍，總得有人幫你開刀。」

梅芙看著我，彷彿我才剛拉開車門，坐進她身邊，而且是個全然陌生的人。「他沒中槍。」

「他當然中槍了。」

「他跳降落傘的時候肩膀骨折，膝蓋的某個部分撕裂，再不然就是降落傘卡住膝蓋了。他左腿著地，翻滾，左肩骨折。」

荷蘭大宅就在她背後，是一切的背景。我不禁懷疑，我們真的是在同一幢大宅裡長大的嗎？「爲什麼我一直以爲他是在大戰裡受了槍傷？」

「我不知道。」

「可是他確實在法國住院了吧？」

「爲了治療肩膀。問題是，當時沒有人注意他的膝蓋。我猜是因爲肩傷很嚴重。然後膝蓋就過度伸展。他穿護具穿了好多年，最後腿都僵硬了。他們說那叫膝——」她想不起來。

「膝關節纖維化。」

「沒錯。」

我記得他之所以痛，就是因爲護具：很重，而且不貼合。他老是抱怨護具不合用，而

---

* Appomattox，位於美國維吉尼亞州，為美國南北戰爭南軍將領李將軍（Robert Lee）向北軍將領格蘭特將軍（Ulysses Grant）投降之處。

不是抱怨膝蓋。「那他的肩膀呢？」

她聳聳肩。「我猜應該沒事吧。我不知道，他從來沒提起他的肩膀。」

唸醫學院期間，以及其後至少十年，我老是做夢，夢見我在醫學研討會上報告某個病例，而實際上我從未親自檢查過這個病人。這就是我在這個復活節早晨的感覺。**西里爾・康洛伊是美國傘兵，三十三歲，並非遭槍傷……**

「我要告訴你，」梅芙說，「他心臟病發的時候，我一直認爲是那個樓梯的問題。我怎麼也沒辦法想像他爬上六樓。他肯定是在生某人的氣，才會在那麼熱的天氣爬樓梯，去檢查窗戶漏水。就我記得的，他這輩子只到過荷蘭大宅三樓兩次：一次是他第一次帶媽媽和我去看大宅的時候，一次就是我回家過感恩節，安德莉亞宣布我被驅逐。記得嗎？他幫我把行李扛到三樓。他的腿簡直要他的命。我後來還把行李箱擱在他腳下，讓他可以抬起腿來。安德莉亞的行徑應該會讓我氣得瘋狂尖叫，但我當時心裡唯一的念頭卻是，我永遠不要放他下樓。我們要一起住在大宴會廳旁的兩個房間裡，我和爸。好甜蜜的想法，眞的。我眞希望我們就這樣住下來。他說：『這房子眞的很漂亮，但高得要命。』我跟他說他應該賣掉大宅，去買一棟大平房，那就可以解決他所有的問題，我們兩個都大笑。眞的很不得了，」她看著窗外布斯鮑家的櫻花樹，「在那段時間，能讓爸爸那樣哈哈大笑。」

人生裡偶爾會有幾次，你一躍而起，把方才的立足之地拋在身後，而你想駐足的未來又還未就定位，於是在那一瞬間，你飄浮在空中，一無所知，身邊沒有任何人，甚至連你自己都不見了。梅芙開著她的奧斯摩比載我去康涅狄克州的那個冬日，我突然發現當下的景況鮮明到幾乎難以忍受。她老是說要換掉這輛車，但我們從往日帶來的東西如此之少。天空藍得刺眼，陽光在雪地上反射出兩倍的強光，讓我們眩目欲盲。儘管失去了這麼多的東西，但那年秋天我們在她的小公寓裡，過得非常快樂。安德莉亞把公司全部出清，我們爸爸所擁有的每一棟房子都不見了。我無法想像那是多麼大的一筆錢。我很想告訴梅芙，從諾瑪和小光的未來裡擠出一點杯水車薪的錢，並不是讓我們分隔兩地的好理由。更何況，我也未必眞能花掉她們的錢，因爲很可能無法唸那麼多年的書。我會去上大學，我當然會去上大學。但現在的我只想和我的朋友繼續打籃球，我只想和她一起坐在廚房的餐桌旁吃蛋和吐司，聊我們的生活日常。但世界不停轉動，我們無能爲力，沒辦法讓它停止運轉。梅芙下定決心，要讓我唸醫學院，然後再加上次專科訓練，這就是她所能想得出來，修業時間最長、也最昂貴的教育。

「就算我不想當醫生，妳也覺得無所謂？」我問，「我的人生目標對妳的計畫會有影響嗎？」

「這個嘛，你想做什麼？」

我想和我爸爸一起工作，買賣房地產。我想從無到有蓋出房子來，但這些都過去了。

「我不知道。也許我想打籃球。」就連我自己都覺得這話聽起來像在賭氣。梅芙肯定願意擁有我的煩惱，她會願意探索極限，去追求更廣、更深、更昂貴的教育機會。

「等你去醫院上班之後，愛打多少球就打多少球。」她說，然後跟著路標開向康涅狄克州。

第二部

第八章

感恩節前的那個星期三，紐約的雪下得又大又濕。賓州車站活像個牲口圈養場，而我們這些焦急的旅客就是站在一池池融化雪濘裡的牲口，渾身裹得緊緊的，擠在暖氣開得過強的車站裡。我們不能脫掉外套、帽子和圍巾，因爲我們不能擱下手裡大包小包的行李箱、提袋和書，擺在髒得要命的地上。我們瞪著發車時刻表，等待指示。越快上車，越有可能找到面向車頭方向、遠離洗手間的好座位。一個背包裝磚頭的小子不停轉頭，不知對女朋友說什麼。但他只要一轉頭，背上那袋重重的東西就撞上我。

我很想回哥倫比亞的宿舍房間。

我很想坐到火車上。

我很想脫掉大衣。

我很想複習元素週期表。

如果梅芙願意移駕到紐約來，就可以讓我省掉這些麻煩。她負責監控冷凍蔬菜運送到各地雜貨店，天曉得總共需要多少冷凍蔬菜才能應付得了這個假期。但工作已結束，歐特森公司要放假到星期一。我的室友到格林威治和爸媽過感恩節，梅芙可以睡他的床，我們可以吃中國菜，甚至去看場戲。可是梅芙是不到紐約來的，除非有極度必要的情況——例如我大一第一個學期得了盲腸炎，監考人陪我搭救護車到哥倫比亞長老教會醫院。我開完刀醒來，梅芙正在睡覺，她的椅子拉到床邊，頭靠在我手臂旁邊的床墊上，那頭黑髮披散在我身上，宛如第二層毛毯。我不記得我打過電話給她，但也許是其他人打了。畢竟她是我的緊急聯絡人，我的至親。我麻醉藥還沒完全消退，恍恍惚惚的，看著睡夢中的她，心想，**梅芙到紐約來了。梅芙痛恨來紐約**。歸根究柢，是因爲她太愛巴納德，以及她唸巴納德的時候，在自己身上看見的潛力。紐約代表了她的恥辱，無法歸咎於她的恥辱。至少我是這麼想的。我閉上眼睛，再次睜開時，她還在同一把椅子裡，但已經坐起來，拉著我的手。

「你醒了，」她對我微笑說，「你覺得還好嗎？」

要過好幾年之後，我才知道我當時的情況眞的很危急。但那時，我覺得開刀只是介於討厭和難堪之間的事。我開起玩笑，但她看我的眼神溫柔至極，讓我不得不住口。「我沒事。」我說。我的嘴巴又乾又黏。

「聽我說，」她說，語氣非常平靜，「先是我，然後是你。你懂嗎？」

我露出傻笑，但她搖搖頭。

「先是我。」

翻板開始啪啦啪啦翻轉出文字和數字，底定之後，時刻表上出現：哈瑞斯堡，四點零五分，十五號軌道，準點。打籃球讓我學會如何在人群中快速前進。大部分的可憐牲口一年只來賓州車站一次，所以很容易不知所措。在集體的緩慢移動中，很多人都轉向錯誤的方向。等他們搞清楚該往哪裡去的時候，我已經坐在車上了。

往好處想，這趟車程讓我多出一個鐘頭的時間唸書，爲了搶救有機化學，我分秒必爭。任課教授名如其人，姓「強」。十月初，強博士把我叫到研究室，說我可能會被當。當時是一九六八年，哥倫比亞風起雲湧*，學生暴動、遊行，占領校園。大學是戰亂國家的縮影，我們每天都舉起鏡子，反射我們眼中所見的國家。要是有人還擔心自己初級化學被當，其他人肯定會嗤之以鼻，但這就是我的處境。我已經缺了好幾堂課，而且他面前有一疊我的考卷，所以我想，我不需要有超高領悟力就知道自己麻煩大了。強博士位於三樓的研究室堆滿書，小黑板上畫了一個我看不懂的化學合成圖，我很怕他會要我解釋給他聽。

「你修醫學預科課程，」他看著筆記本說，「對吧？」

我說對。「學期才剛開始，我會慢慢回歸正軌。」

他的鉛筆敲著我那疊令人失望的報告。「醫學院很重視化學，你化學被當，他們是不會收你的。所以我們最好現在就討論，要是再拖下去，你很可能就跟不上了。」

我點頭，覺得腸子開始絞痛。我之所以努力用功，維持好成績的原因之一，就是爲了避免像這樣的對話。

強博士說他教了很久的化學，見過太多像我這樣的男生，我的問題不是能力不足，而是花的時間顯然不夠。當然，他說的沒錯，這個學期開學以來，我就不太專心。但他也說錯了，因爲我不認爲他見過很多像我這樣的男生。他長得很瘦，濃密的褐髮剪得亂七八糟，活像頂了一頭稻草。我猜不出來他幾歲，只不過從他的領帶和外套看來，他應該比我揣測的來得更老。

「化學是很美的一套系統，」強博士說，「每一個區塊都建立在前一個區塊之上。如

---

*哥倫比亞大學在一九六八年春天爆發學生運動，起因是該校與國防研究機構關係密切，捲入越戰，同時也因為校方新建的體育館計畫設置專供黑人出入的便門，在反戰與種族平等運動的雙重因素下，哥倫比亞學生展開大規模示威，並占領學校大樓，最後由紐約警局強勢介入清場。

果你不懂第一章，就不能進入第二章。第一章提供了進入第二章的鑰匙，而第一章和第二章合起來，就成爲進入第三章的鑰匙。我們現在已經讀到第四章了。你不可能突然從第四章開始認眞用功，趕上班上的其他同學。因爲你手上沒有鑰匙。」

我說我也覺得是這樣。

強博士叫我從教科書的第一章開始讀起，認眞回答這一章最後所列出的所有問題，然後丟開，第二天早上醒來，再重新答題一遍。必須等到兩次的答案都正確無誤之後，才能開始讀第二章。

我實在很想問他，他知不知道現在還有學生睡在校長辦公室的地板。但我說的卻是：「我還有別的科目要唸。」彷彿在討價還價，看我可以把寶貴的時間分給他多少。其他科目從來沒要求我回答每一章後面的所有問題，當然更沒要我答兩遍。

他面無表情凝視我很久。「那麼你今年也許不該修化學。」

我的有機化學不能被當，哪一科都不能被當。我的徵召序號是十七*，如果不能以就學爲理由申請緩召，我就得去睡在越南溪山的壕溝裡了。然而，假如我眞的沒辦法再繼續唸大學，比起政府所可能給我帶來的後果，我姊應該會讓我死得更慘吧。這可不是開玩笑。這相當於大半夜頂著暴風雪在紐澤西高速公路開車的時候打瞌睡。強博士及時搖醒我，讓我看見直射進擋風玻璃的車頭燈，在千鈞一髮的瞬間把車轉回到正確車道上。我和毀滅之間，只有一片雪花的距離。

我在火車上找了靠走道的座位。曼哈頓和費城之間，沒有什麼風景值得我看。在通常的情況下，我會把袋子擺在隔壁座位，讓自己擁有大一點的空間。但在感恩節週末，一個人占兩個位子是會招來譴責的。我翻開課本，希望具體呈現自己的形象：認眞研讀化學的學生，別來找我聊天氣、感恩節或戰爭。賓州車站眾多牲口裡的哈瑞斯堡小隊擠過檢票口，在月台上排成單行隊伍上車，每個人都拖著行李，一路撞上行經的每一個座位。我眼睛盯著課本，直到有個女人用冰冷的手指敲敲我脖子側面。是我的脖子喔，而不是大家通常會敲的肩膀。

「年輕人，」她說，然後低頭看她腳邊的行李箱。她是某人的祖母，很不能理解自己怎麼會置身在一個男人以平等爲名，讓女人自己扛行李上火車的世界。她背後人潮不斷湧進，不知道行進的路線爲何暫時阻斷，很怕自己還沒上車，火車就開走了。我起身拿起

---

*越戰期間，美國採行徵兵制，徵召十九到二十六歲的年輕人赴戰場。徵兵順序的排定係將一年三百六十六天的日期做成籤，以抽籤方式決定某月某日出生的男子序號為何，例如九月十四日出生者序號為一，四月二十四日序號為二。序號十七為一月十五日出生者。

她的行李——一只可憐兮兮的褐色格紋羊毛袋，中間綑著一條皮帶，因爲拉鍊靠不住——塞到頭頂上的行李架。就這麼一個好教養的舉動，讓我提供行李服務的功能廣爲人知，車廂裡前前後後的女人都開始喊我。好幾個人除了行李箱之外，還有梅西百貨或沃納梅克百貨的購物袋，裝滿包裝好的聖誕禮物。我不禁好奇，這麼早就開始準備過聖誕節，是什麼心態。一個袋子又一個袋子，我努力把它們全塞進座位上方根本就已經塞不下的金屬架裡。宇宙或許會不斷膨脹，但行李架可不會。

「先生。」有個女人喊我，舉起雙手做個動作，讓我知道她若再高個一呎就可以自己辦得到。

最後我左右張望一番，確定沒有人需要我再做什麼了，就轉身逆著人潮走回座位。我看見一個金色鬈髮的女孩坐在靠窗位子，正在讀我的化學課本。

「我保住你的位子。」火車開動時，她說。

我不知道她指的是保住我的課本還是火車座位，我也沒問，反正不管是課本或座位，都不需要她出手搶救。我唸到第九章，化學終於把鑰匙遞給我了。我就這樣穿著大衣坐下，因爲已經錯過把大衣脫下來放到行李架上的機會了。

「我高中的時候修過化學。」金髮女孩翻過一頁說，「其他女生都修打字，但化學拿

A比打字課拿A更有價值。」

「什麼價值？」化學是更有用沒錯，但需要懂得打字的人肯定更多。

「計算平均積點的時候啊。」

她的五官是各種圓形的組合：圓圓的眼睛，圓圓的臉頰，圓圓的嘴巴，還有圓圓的小巧鼻子。我沒打算和她講話，但我的課本在她手上，看來我也沒有別的選擇。我問她化學是不是拿A，但她繼續看著課本。她讀得正起勁，對我的問題只草草點個頭。她對化學本身的興趣似乎遠大於化學成績拿A，我覺得這很可愛。我等了足足兩分鐘才請她把課本還給我。

「沒問題，」她說，手指夾著第九章第二節，把課本遞給我。「又看到化學課本，真是很有趣。就像碰見了以前常和你在一起的人。」

「我是常和化學在一起沒錯。」

「還是和以前一樣，都沒變。」她說。

我看書，她翻著袋子，找出一本薄薄的詩集，是亞卓安·芮曲*的《生活必需品》。

---

* Adrienne Rich（1929-2012），美國詩人、散文家與女權主義者。

我很好奇，她是因爲課堂需要而讀這本書，又或者她就是會在火車上讀詩的那種女生。我沒問，所以我們就這樣默默併肩坐著，一路到紐華克。火車停站，車門打開，她從口袋掏出一片黃箭口香糖，塞在書裡，然後用嚴肅得不得了的表情轉頭看我。

「我們應該談談。」她說。

我的女朋友蘇珊在大一結束之前對我說：「我們應該談談。」然後就和我分手了。

「我們應該談談嗎？」

「除非你想替所有在紐華克下車的女人扛行李下去，然後幫所有上車的女人扛行李上來。」

她說的沒錯，當然。有幾個女人怒氣沖沖瞪著我坐的方向，意有所指地看看行李架上的行李。火車上不是沒有其他身強力壯的男人，但她們已經習慣我的服務。

「所以你是要回家囉。」坐我隔壁的同伴傾身微笑問。她嘴唇上抹了東西，亮閃閃的。其他人遠遠看見，可能會以爲我們正在進行什麼嚴肅的對話，甚至以爲我們是一對。我挨得很近，聞得到她洗髮精的香味。

「回去過感恩節。」我說。

「很好。」她微微點頭，凝望著我，目光非常專注，讓我看見了她左眼眼皮微微下垂。若非這樣專注凝視，絕對不會發現她的這個小缺點。「哈瑞斯堡？」

「費城。」我說，既然我們現在如此親近，所以我又說了我住的地方。「艾爾金公園。」我忘了我現在已經不住在艾爾金公園了。若要說我在費城有住處的話，那也應該是簡金頓。梅芙住在簡金頓。

聽我提起艾爾金公園，她眼睛馬上亮了起來，她知道這個地方。「我住萊道爾。」她摸摸蓋住胸骨的藍色羊毛披肩。萊道爾再過去一點就是艾爾金公園，這樣說來，我們其實是鄰居。有個女人俯身對我們講話，但我的座友揮揮手打發她離開。

「巴茲．卡特。」我說，因爲大家說到萊道爾的時候，總是會提起他的名字。我和巴茲曾經一起參加童子軍，後來也代表各自的教會籃球隊在場上比賽。他天生人緣就好，到我們唸高中的時候，他成績好，牙齒好，一場球賽可以獨得四十分，還不包括助攻。他現在是賓州大學校隊，拿全額獎學金。

「他比我高一屆。」她說，臉上露出了每個女生提起巴茲時都會有的表情。「他帶我表姊去參加畢業舞會，雖然我不知道爲什麼。你也唸崔登罕？」

「邁克維特主教高中。」我說，不希望扯上什麼複雜的事。「不過最後兩年，我去唸寄宿學校。」

她微笑。「你爸媽受不了你？」

我喜歡這個女生。她很懂得掌握時機。「是啊，」我說，「差不多。」

火車停靠費城第三十街車站，帶格紋行李箱、引發方才所有事件的老太太衝到我旁邊，拉著我穿過走道去拿她的行李。行李在行李架上，被左右的行李給卡死了，就算她站到椅子扶手上，也拿不下來。繼她之後，又有個女人需要幫忙，接著還有一個，再一個，不一會兒，我就開始擔心車門要關上了，那我就得搭到保利再折回來。我看見我那位同座旅伴滿是金色鬈髮的腦袋往車門方向移動，她也許是等我等得太久了，但也或許根本就沒等。我告訴自己說無所謂。我幫最後一個女人拿下她的行李，她似乎認眞以爲我會幫她把行李扛到月台上。但我擺脫她，抓起我的大衣、行李箱和課本，搶在車門關上之前跳下火車。

要找到我姊並不難。別的不說，光她的身高就比其他人高一截，而且她向來很準時。每回我下火車，梅芙總是站在人群的前排正中央。在這個感恩節前的星期三，她在車站另一頭，身穿牛仔褲，和一件我的紅色毛衣。我還以爲我已經搞丟這件毛衣了。她對我揮手，我也舉起手對她揮，但我的鄰座旅伴拉拉我的手腕。

「再見！」她說，一頭金髮，滿面笑容。「祝你化學考試順利。」她把袋子背到肩上，我猜她剛才是爲了等我，才放下袋子的。

「謝謝。」我突然有種奇怪的衝動，想把她藏起來，或趕走，但我姊已經大步走過來了。梅芙雙臂攬住我，把我舉起來，離地兩三公分，晃了晃。她第一次對我這樣做，是我唸裘特，第一次回家過復活節的時候。此後她一直維持這個習慣，只爲了證明她還辦得到。

「你在火車上認識新朋友啦？」她沒看我身邊的旅伴，而是看我。

我轉身看這個女生。她身高一般，但任誰站在我姊和我之間，都會顯得矮。我這時想到，我沒請教她的名字。

「瑟萊絲特。」這女生說。她伸出手，所以我們握手。「梅芙。」梅芙說。我說：「丹尼。」然後我們互祝感恩節快樂，道再見，分道揚鑣。

「妳剪頭髮了！」一走到那女生聽不到的地方，我就說。

梅芙的一頭黑髮剪成出人意表的鮑伯頭。她摸摸頭髮下方光溜溜的脖子。「你喜歡嗎？我覺得這樣看起來比較像大人。」

我笑起來。「我還以爲妳一想到看起來像大人，就覺得噁心。」

她挽著我的手臂，頭斜靠在我肩膀上。有那麼一瞬，她的頭髮往前垂，蓋住臉，所以她又揚起頭。**看起來像個女生**，我心想，但馬上就想起，梅芙原本就是個女生啊。

「這會是一年裡最棒的四天。」她說，「在你回來過聖誕節之前，最棒的四天。」

「也許聖誕節妳可以來看我。妳唸大學的時候，我復活節去找過妳。」

「我不喜歡搭火車。」梅芙說，彷彿這個話題應該到此爲止。

「妳可以開車來。」

「開車到曼哈頓？」她瞪著我，強調我這個建議有多蠢。「搭火車輕鬆多了。」

「搭火車像惡夢。」我說。

「那女生是惡夢？」

「沒，那女生還不錯。她幫了大忙，其實。」

「你喜歡她？」我們已經走到通往停車場的門口。梅芙堅持要開車來接我。

「我喜歡她，就和妳喜歡火車上坐妳隔壁的人一樣。」

「她住哪裡？」

「妳幹麼管她住哪裡？」

「因爲她還站在那裡等，看來沒有人來接她。要是你喜歡她，我們就載她一程。」

我停下腳步，轉頭看。她沒看我們，目光望向另一個方向。「妳後腦勺長眼睛啦？」

我向來覺得這是有可能的。在火車上顯得如此幹練的瑟萊絲特，此刻卻迷失在車站裡。她幫我省掉不少扛行李的麻煩。「她住萊道爾。」

「我們可以多花個十分鐘，載她回到萊道爾。」

我姊察覺力比我敏銳，而且人也比我好。她幫我提行李，在原地等候，叫我去問瑟萊絲特需不需要搭便車。她又花了幾分鐘四處張望，找她的家人——她始終不知道會是誰要來接她——然後再次問我，這樣會不會造成很大的不便。我說一點都不麻煩。我們三個一起走向停車場，瑟萊絲特一路道歉。然後她爬進我姊的福斯汽車後座，我們載她回家。

「是你說我們應該載她一程的。」梅芙說。「我記得一清二楚。我們那天要去葛奇家過感恩節，我得趕回家弄個派，結果你說你在火車上遇見這個女生，答應她說我會載她回家。」

「胡說八道。妳這輩子從來就沒烤過派。」

「我要去烘焙坊，拿我訂好的派。」

我搖頭。「我一向都搭四點零五分的火車。我到費城的時候，烘焙坊早就關門了。」

「你可以**閉嘴**了嗎？我要說的只是，瑟萊絲特的事不是我的錯。」

我們坐在她車裡，一起笑了起來。福斯好幾年前就換掉了，她現在開的是有椅墊可以加溫的富豪休旅車。這車很適合雪地開。

不過這天溫度雖然很低，卻沒下雪。荷蘭大宅的燈已經在夜色中亮起。這是我們在多年後養成的新習慣：在瑟萊絲特和我約會、分手、又復合，在我們結婚、生了小梅和凱文，在我成了醫生、又不當醫生，在我們嘗試了好幾年想用文明方式共度感恩節、終至放棄之後，養成的新習慣。每年感恩節前的星期三，瑟萊絲特和我帶孩子開車從紐約市區回萊道爾。我把他們三個留在岳家，然後回來和我姊一起吃晚飯。感恩節當天，梅芙和教會的人一起為街友準備午餐，而我開車去和瑟萊絲特那不斷膨脹的龐大家族吃飯。當天傍晚，我開車載孩子們到簡金頓去看梅芙。我們帶著裝滿剩菜的保鮮盒和幾片瑟萊絲特媽媽做的派。我們吃冷食，在餐桌上玩賭注很小的撲克牌。我那個從很小的時候就表現出戲劇天分的女兒說，這樣來回跑，比有對離了婚的父母還慘。我告訴她，她不知道自己在講什麼。

「我很想知道，諾瑪和小光是不是還回來過感恩節。」梅芙說，「我也很好奇，她們是不是嫁給安德莉亞痛恨的對象。」

「噢，肯定是。」我說。有那麼一瞬間，所有的事情彷彿在我面前展開。我爲那些我從未見過的男人感到難過。「那些被帶進荷蘭大宅的可憐蟲。」

梅芙搖搖頭。「很難想像，有誰能配得上那兩個女孩。」

我意有所指地瞥了我姊一眼，以爲她或許會懂笑點在哪裡，但她沒搞懂。

「什麼？」

「瑟萊絲特也是這樣說妳的。」我說。

「瑟萊絲特說我什麼？」

「說妳覺得沒有人配得上我。」

「我可從來沒說誰也配不上你，我只說你可以找個比她更好的對象。」

「啊哈，」我豎起手說，「簡單。」我太太說了很多中傷我姊的話，我姊也說了很多中傷我太太的話，她們兩個說什麼我都認眞聽，因爲不可能不聽。有好幾年的時間，我努力想打破她倆的慣性，在她們面前捍衛另一個人，最後放棄了。然而，她們再怎麼過分也必須有限度，她們兩個都知道。

梅芙轉頭看著窗外的大宅。「瑟萊絲特生了漂亮的小孩。」梅芙說。

「謝謝妳。」

「他們長得一點都不像她。」

噢，眞希望我們活在一個每個男人、女人、小孩都隨身佩帶錄音、攝影、錄影設備的時代。我很希望能擁有比我自己的記憶更確鑿且難以否認的證據，因爲不管是我姊或我太太都不支持我的論點：挑上瑟萊絲特的是梅芙，而瑟萊絲特先愛上的人是梅芙。一九六八年，我坐在梅芙車上，駛過積雪的道路，從第三十街火車站到萊道爾的瑟萊絲特家，梅芙的熱情足以融化沿途的冰雪。瑟萊絲特坐在後座，縮起膝蓋，擠在我們的行李之間，因爲那輛小金龜車後座空間很小。梅芙眼睛不時瞄向後照鏡，丟出一大堆問題：她唸哪個學校？

瑟萊絲特是湯瑪斯．摩爾學院大二的學生。「我都告訴我自己說，我唸的是福德安大學＊。」

「我應該去唸那裡的。我以前一直想唸耶穌會的學校。」

「妳唸哪裡？」瑟萊絲特問。

梅芙嘆口氣。「巴納德。他們給我獎學金，所以我就去唸啦。」

就我所知，她講的沒半句眞話。梅芙才不是拿獎學金上大學的。

「妳主修什麼?」梅芙問她。

「我主修英文。」瑟萊絲特說，「這個學期修二十世紀美國詩選。」

「我最喜歡的一門課就是詩!」梅芙難以置信地高高挑起眉毛。「但是沒能持續下去。沒辦法，畢業的壓力很大。不是必修科目，沒人追在後面逼著你唸，就很難擠得出時間來。」

「妳什麼時候選修詩來著?」我問我姊。

「家如此淒楚可憐，」梅芙唸道，「維持原貌，爲最後離去的那人保持舒適，彷彿期待他再度歸來。失去可以取悅的人，雖生息萎頓，卻沒有勇氣丟棄偷偷學來的體面。」

瑟萊絲特一確定梅芙不繼續往下唸之後，馬上用更柔和的聲音接著唸：「回到最初開始時的決心，痛快地展現原本應有的面貌。你也理解的：看看那些畫，那些銀器刀叉。那鋼琴凳上的樂譜。還有那花瓶。」

---

* Fordham University 為耶穌會所成立的大學，原只招收男生，一九五〇年代後期開始有招收女生之議，但為維持男校傳統，另成立湯瑪斯．摩爾學院（Thomas More College），招收女生，並創設原校沒有的藝術科系，同時招收男女生。湯瑪斯．摩爾學院於一九七四年併入福德安大學。

「拉金*！」她倆同聲大喊。她們簡直可以當場結婚，梅芙和瑟萊絲特。她們當時就是這麼深愛彼此。

我看著梅芙，難以置信。「妳怎麼會**懂**這個？」

「我沒把我修的課一五一十告訴他。」梅芙大笑，歪著頭朝我的方向點了一下，於是瑟萊絲特也笑起來。

「妳主修什麼？」瑟萊絲特問。我轉頭看她，覺得她神祕難測。她們兩個都是。

「會計。」梅芙張開手掌，啪一下地換檔，讓車子緩緩滑下積雪的坡地。我們跨過河流，穿過樹林。「很無聊，但很實用。我得要掙錢過日子啊。」

「嗯，當然。」瑟萊絲特點點頭。

但梅芙並非主修會計。巴納德沒有會計系。她主修數學，而且是班上第一名。會計是她現在的工作，不是她大學主修的科系。會計是她閉上眼睛睡覺都能做的工作。

「那裡有一座很可愛的聖公會教堂，」梅芙放慢車速開在荷姆斯德路上。「我去那裡參加過婚禮。但在我還小的時候，修女只要聽說我們踏進基督教會一步，就會很生氣。」

瑟萊絲特點頭，渾然不知梅芙是在問她問題。湯瑪斯．摩爾雖然是耶穌會的學校，但並不表示坐在後座的這個女生就一定是天主教徒。「我們上的是聖怡樂教堂。」

她是天主教徒。

我們在她家門外停車。這幢房子比荷蘭大宅小得多，但比梅芙從大學畢業後就一直住著的那間沒電梯的三樓公寓豪華得多。瑟萊絲特家是體面的殖民風格獨棟住宅，有護牆板，黃色粉牆，白色飾條，前院兩棵樹葉落盡的楓樹在風中顫抖，其中一棵掛著鞦韆。像這樣的房子，你隨便猜都會覺得在這裡長大的孩子肯定有個快樂的童年，就瑟萊絲特的例子來說，這個揣測倒是完全正確。

「你們人太好了。」瑟萊絲特說，但梅芙打斷她的話。

「我們送妳進去。」

「你們不用——」

「我們都已經送到這裡了，」梅芙說，把車停好。「最起碼讓我們送妳到門口。」

我反正得下車。我把前座椅子往前拉，然後俯身扶瑟萊絲特下車，幫她提起行李。她爸爸還在他的牙醫診所幫病人補蛀牙，因爲診所感恩節當天和隔天都休診。回家過節的人

---

* Philip Larkin（1922-1985），英國桂冠詩人。前面所引為他的詩作〈家如此淒楚可憐〉（Home is so sad）。

都有拖延著沒治療的牙痛。她的兩個弟弟和朋友一起看電視，對著瑟萊絲特大叫，但沒準備要放下他們的電視節目。相較之下，那隻叫「浪皮」的黑色拉不拉多犬熱情多了。「他小時候叫賴瑞，但長大之後皮毛糾成一球球的，就改叫浪皮了。」瑟萊絲特說。

瑟萊絲特的媽媽很親切，也很忙亂，因為明天中午有二十二個親戚要大駕光臨，她正忙著準備大餐。難怪她忘了去車站接她家老三。（諾克羅斯家總共有五個孩子。）介紹認識之後，梅芙要瑟萊絲特在一張紙上寫下她的電話號碼，說她不時開車進城，可以順道載她，甚至保證下次一定讓她坐前座。瑟萊絲特很感激，她媽媽也很感激，一面攪拌爐子上的一鍋蔓越莓。

「你們兩個應該留下來吃晚飯。我欠你們一份情！」瑟萊絲特的媽媽對我們說，但馬上就知道她錯了。「我在講什麼啊？你們也才剛回來。老天爺啊！你們爸媽一定很想見你們！」

梅芙謝謝她的邀請，接受瑟萊絲特的輕輕擁抱。瑟萊絲特和我握手。我姊和我踏過門外積雪的步道。每一幢房子的每一盞燈似乎都亮了，整個街區，街道兩側。萊道爾的每一個人都回家過感恩節了。

「妳從什麼時候開始讀詩的啊？」我們一回到車上，我就問。

「從我看見她袋子裡塞了一本詩集開始。」梅芙調高這車子不太管用的暖氣。「怎樣？」

梅芙從來不刻意讓誰留下好印象，就連對葛奇律師也不例外，雖然我相信她偷偷愛著他。

「妳幹麼在乎萊道爾的瑟萊絲特覺得妳讀不讀詩？」

「因爲你遲早會找到對象，我寧可你找個萊道爾的天主教徒，也不要找個——呃，什麼地方？——我不知道，摩洛哥的佛教徒吧。」

「妳當眞？妳想替我找女朋友？」

「我只是想保護我自己的利益，就這樣。別想太多。」

我確實沒想太多。

第九章

如果你一九六八年住在簡金頓，或唸袞特，那麼你大有可能碰到當時也在那裡的每個人，就算只是點個頭說哈囉。但紐約市就完全無法捉摸了。每個小時都是一連串機率的組合，選擇走這條街而不是那條街，就可能改變一切：你所遇見的人，你所看見或沒看見的事。我們剛開始交往時，瑟萊絲特最愛講我們相遇的故事給朋友或給陌生人聽，就連我們獨處時，她有時候也講給我聽。她那天原本是要搭一點三十分從賓州車站發車的火車，但她的室友想和她一起搭地鐵到中央車站。這位室友整理行李拖拖拉拉，結果她們就沒搭上火車。

「我很可能搭別班車，」她頭貼在我胸前說，「就算我搭四點零五分的車，也可能坐到別的車廂，又或者坐在同一個車廂，但挑了別的座位。那我們就會錯過彼此了。」

「也許那天會錯過，」我說，指尖輕撫她那不可思議的鬈髮。「但我終究會找到妳。」我之所以這麼說，是因為我知道瑟萊絲特喜歡聽，這個靠在我懷裡，渾身散發象牙香皂香味的溫暖女孩。但我自己也這麼相信，即使不是基於浪漫的想法，至少也有統計學上的依據：住簡金頓和萊道爾、在紐約市唸大學的兩個孩子，遲早會在某處相逢。

「我之所以挑那個位子，唯一的理由就是看見那本化學課本。你人根本不在位子上。」

「沒錯。」我說。

瑟萊絲特微笑。「我一向很愛化學的。」

那段時間瑟萊絲特很快樂，儘管如今回想，她其實是錯誤時機的最終受害者。她覺得自己化學很好，以爲可以嫁個醫生，而不必自己當醫生。若是她再晚幾年才碰見我，或許就不會掉進這個陷阱裡了。

化學課本在這個機遇裡也占有一席之地。如果我在學期開始時就認眞用功，強博士就沒有理由拿「當掉」來嚇唬我，而我也就不會隨身帶著《今日有機化學》。有誰知道化學課本可以成爲釣漂亮女生上勾的誘餌呢？

如果我不是差點被當掉，就不會在火車上唸化學。要是我沒在火車上唸化學，就不會遇見瑟萊絲特，而我如今所知的這個人生也不會就此啓動。

但是講這個故事只提課本和火車，動力學和女孩，就漏掉了一開始我的化學爲什麼會瀕臨被當邊緣的原因了。

梅芙剝奪我想參加哥倫比亞籃球隊的每一絲希望。她說這樣我會上課不專心，影響學業成績，也會失去搶在諾瑪和小光之前用掉教育信託的機會。反正那也不算什麼像樣的球隊。結果是，我只要找得到球伴就去打球。剛升上大三不久，有個晴朗的星期六早晨，我和五個哥倫比亞的男生一起去莫里斯山公園。我有球。我們整群人都瘦巴巴，留長髮、留鬍子、戴眼鏡，還有一個光腳丫。阿利從宿舍出來的時候沒穿鞋，他說他聽人說，莫里斯山總是有幾個傢伙在找人比賽。他一副很權威的樣子，所以我們都信了，儘管事後回想，我肯定他當時根本不知道自己在講什麼。哈林區亂得要死，林賽市長願意在這裡逛大街，但哥倫比亞的學生則寧可躲在我們學校的大門後面*。這和一九五九年梅芙到紐約唸巴納德學院時的情況大不相同。一九五九年，女生和她們的約會對象都還盛裝打扮，到阿波羅劇院度過業餘藝術愛好者之夜；但一九六八年，這個國家的每一吋希望都拿去對付高牆與槍彈。哥倫比亞的男生去上課，哈林的男生上戰場，這樣的現實卻沒能阻擋星期六臨時湊合的籃球友誼賽。

走向公園途中，我們六個開始接收到周圍發送的訊息。我們睜大眼睛，所以也看見我們經過的每一雙睜大的眼睛——躺在門廊上的小孩，聚在街角的男人，從窗口探出身來的女人——每個人都在看我們。走過的女人和女生叫我們滾回家去死。路邊堆疊著一個又一個垃圾袋，袋口敞開，垃圾散落街道。有個穿白色無袖內衣的男子在捲捲的黑人頭後面插把和餐盤一般大的髮梳，探身進敞開的車窗，打開車上的收音機。一幢褐石建築窗戶封了窗板，大門不見了，貼了張告示：「欠稅查封，公開標售」。我可以想見爸爸從胸前口袋掏出隨身攜帶的線圈小筆記本，記下拍賣的日期和時間。

「看見像這樣的告示，」他有一次告訴我，那時我還小，我們站在北費城的一幢公寓建築前面，「就等於聽見它說：**來吧，來買我**。」

我告訴他說我不懂。

「屋主放棄，銀行放棄。唯一沒放棄的是替國稅局工作的人，因爲他們永不放棄。你只要付清稅款，就能擁有這棟房子。」

「康洛伊！」和我一起上化學課的一個名叫華勒斯的男生轉頭叫我。「快點跟上。」

他們已經走到這條街尾了，拿著籃球的我是落單的白人男生。

---

*哥倫比亞大學位於曼哈頓北端的晨邊高地（Morningside Height），北邊緊鄰哈林區。

「康洛伊！抬起屁股！」坐在隔壁房子門口的三個男生之一喊道，接著另一個也跟著喊：「康洛伊，給我做個三明治！」

就在這時，人在一二〇街的我突然警醒過來。

我指著那幢貼有拍賣告示的房子。「這是誰住的房子？」我問那個以爲我是來幫他搞定午餐的男生。

「他媽的我怎麼知道？」他用那種十歲男生專有的調調說。

「是個警察。」另一個男生說。

「警察沒種。」第三個男生說，這句話讓他們三個一起狂笑。

我的隊友在等我，他們現在腳步更快了，轉頭看我。「該走了，老兄。」阿利說。

我一個胸前傳球的動作，把球丟給穿紅T恤的小孩，他把球直接丟回來——一次、兩次。

「傳給我。」他旁邊的那個男生說。

「帶他們去公園，」我對這些男生說，「我馬上就來。」大家都不覺得這是個好主意，不只是我的隊友，也包括坐在門口的那幾個小男生。但我已經轉身跑向街角的酒鋪，看能不能借支筆。我把我需要知道的全部訊息，都寫在手掌心。

走去莫里斯山公園打球的路上，我成了爸爸遺產的唯一受惠者，而我得到的，遠比父親的事業或房產來得多。我的整個人生瞬間展現面前，如同彩色電影般鮮明清晰：我需要一棟房子，特別是一二〇街靠萊諾克斯大道的這幢房子，才能讓我成爲我註定該成爲的那個人。我會親手爲這幢房子裝上窗戶，換好大門。我會修補沒塗灰泥的牆壁，打磨地板，然後有一天，我就會在星期六來收租金。梅芙相信唸醫學院是我命定的未來，瑟萊絲特相信她是我命定的未來，但她們兩個都錯了。星期一，我打電話給葛奇律師，說明我的情況：我父親爲我準備了教育經費，沒錯，但是用這筆錢來買棟房子，開拓他向來希望我有所發展的房地產事業，不是更能完成他的心願嗎？撇開暴力惡行和口袋深不可測的富豪世家不談，曼哈頓畢竟只是個島，而島的這個部分毗鄰一所不斷擴展的大學。他可以替我向教育信託提出請求嗎？葛奇律師耐心聽完，才解釋說，期望與邏輯並不在教育信託的考慮之列。我爸爸所作的安排是爲了我的教育，而不是我的房地產事業。兩個星期之後，我參加了那場原本應該改變我一生的房產法拍會。房子以一千八百元售出。我沒有任何計畫可以挽回頹勢。

但一如既往，事實證明我錯了。在我巡狩的這個區域有許多建築，很容易就可以找到火舌焚燬、磚瓦傾頹、已安排好法拍日期的建築。我在哈林區耗費的時間多到讓我都自我懷疑了。一個白人在這裡，若不是有東西想買，就是有東西想賣，再不然就是盤算著要阻撓其他人的生意。我也是這樣的人，儘管我想買的不只是一袋大麻那樣的小東西，而且我打算長期待下來。哥倫比亞大部分的學生都沒到過哈林區，而我對這個區域卻熟得可以當導遊。我在圖書館和登記處辛勤搜尋資料，找出方圓十條街之內各處房地產的稅金與價格。我約時間去看那些準備出售的建築，在報紙上找尋房產查封的訊息。我唯一置之不理的就是化學，後來範圍又繼續擴及拉丁文、生理學和歐洲史。

我爸爸教我如何檢查門廊下方的托梁，尋找腐朽的跡象，如何安撫生氣的房客，如何裝電源插座，但我從沒見他買過比三明治更值錢的東西。我發現我所認識的他，有兩個不同的人生故事：第一個他住在布魯克林，很窮；另一個他擁有房地產公司，從事建築開發，很有錢。而我缺少的是兩個故事之間的橋梁。我不知道他是怎麼從人生的那一端來到這一端的。

「房地產。」梅芙說。

有個星期六，我打電話回家給她，一小袋理當存起來的兩毛五銅板，擱在宿舍公用電話的金屬架上。「我知道是房地產，但他是怎麼辦到的？他買了什麼？如果他真像他說的那麼窮，那又是誰借錢給他的？」

這一連串的問題花掉了一分鐘。「你在幹麼？」

「我想要理解我們的人生究竟是怎麼回事。我想做的就是妳一直在做的事：解開過去的謎團。」

「在星期六早上，」她問，「打長途電話來？」

梅芙是我談這個問題的不二人選，因爲她是我姊，也因爲她對錢的問題向來很靈通。如果有任何人可以幫助我解決這個問題，那肯定就是她了。但是她夢想著要讓我上醫學院，任何會誘使我偏離這條道路的事情，她都不想聽。更何況，就算我可以告訴她原委，又要對她說什麼呢？說我在哈林區找到另一幢正要拍賣的房子？一幢空間很大的房子，每一層樓都有一間浴室？「我只是想搞清楚，究竟是怎麼一回事。」我說，這句話倒是事實。我在爸爸的公司裡消磨了無數時間，卻從來沒問過他半個問題。接線生插進來，說我必須再投七十五分錢，才能再講三分鐘。我沒再投錢，於是電話斷線。

只有強博士看見我偏離正軌，也是強博士把我叫到他的研究室，把我帶回到化學的正確道路上。他要我去找系辦祕書安排時間，每個星期在他的輔導時間去見他一次。他說我已經沒有假可請了，從這天起，不管生不生病，每一堂課都得出席。每上完一章，其他同學都只被指定做四、五個題目，但我必須做完全部的題目，而且還要交出解答來讓他檢查。我始終不確定，他格外注意我，究竟是爲了懲罰我，還是對我特別好。但不管是哪一種情況，我都覺得我不值得他這麼做。

「帶你爸媽來吧，」在週末家長日的幾天前，他對我說，「我會告訴他們，你表現得有多好，請他們放心。」

我當時站在強博士研究室門口，愣了一晌，不知道是該告訴他實情呢，或者就只是說謝謝你，不再多作解釋。我喜歡壓迫我唸書的這個人，但我的故事太複雜，太容易引發別人的同情，這是我無法忍受的。

「怎麼？」他等待我的回答，「沒有爸媽啊？」

他以爲我在開玩笑，所以我大笑。「沒有爸媽。」我說。

「好吧，如果你和你的法定監護人想過來的話，我星期六會在研究室，因爲我是這個親師活動的一部分。」

「我們也許會喔。」我說，然後謝謝他就走了。

我並不難拼湊出事情的原貌，而多年之後，莫利斯·強——大家都叫他老莫——證實了我的揣測：他到註冊組去查我的檔案。他沒再問起我爸媽的事，但開始建議我們把每週一次的會面，改到匈牙利點心店去吃午餐。他邀我去參加他們夫婦爲化學系研究生舉辦的晚餐會。他查看我其他門課的成績，也請其他老師注意我的情況。莫利斯・強同情我，成爲我的顧問，覺得我是因爲無父無母才會在學業上慘遭困境。事實上歸根究柢都是因爲我爸爸。大學才唸一半，我就知道我和爸爸很像。

阿基米德原理說，全部或部分浸在靜止液體中的物體會承受向上的浮力，而浮力的大小等於物體所排開的液體重量。換個方式來說，你把一顆沙灘球壓進水裡，手一鬆開，球就會馬上浮起來。在漫長到沒完沒了的求學過程裡，我徹底壓抑我的天性。我應付課業的所有要求，但同時，只要經過求售的房子，就偷偷記下來：出價、售價，在市場上公開銷售的週數。我不時偷偷在法拍會附近流連，這是很難戒掉的習慣。和瑟萊絲特一樣，我的有機化學拿了A。於是我第二個學期修了生物化學，接著大四又修了一年的實驗物理學。在我溺水時遇見我的強博士，此後再也沒把視線從我身上轉開。除了那半個學期之外，我一直都是個好學生，但即使我重回正軌，強博士也還是認爲我可以表現得更好。他教我怎麼學習與複習，教我怎麼認眞研讀，讀到每個問題的答案都像印在指尖上。我告訴他說我想當醫生，他相信了。到了申請醫學院的時候，他不只幫我寫推薦信，還帶著我的申請表往上城的方向走了二十條街，親自交給哥倫比亞醫學院的招生處主任。

至於我不想當醫生的這個事實微不足道，頂多只是沒有人在意的故事註腳。你一定會想，克服重重困難才成功進入醫學院的人，怎麼可能不想當醫生，但其實我並不是唯一的一個，在這個歷史久遠且高貴的自我約制傳統裡，我只是其中一員罷了。我猜，我們班上的同學至少有一半都寧可置身他處。我們都是爲了滿足別人加諸於我們身上的期待：醫生的兒子應該要成爲醫生，才能繼承光榮傳統；移民的兒子應該要當醫生，才能爲家人創造更好的生活；最用功也最聰明的兒子應該當醫生，因爲那個年代行醫還是聰明小孩應該選擇的專業。當時哥倫比亞大學部還不准女生註冊入學，但我們醫學院班上已經有幾個女生。誰知道呢，說不定她們才是眞心想當醫生的人。一九七〇年，沒有人期待自己的女兒當醫生，女生還得爲此奮鬥爭取。P＆S，亦即內外科醫師學院*，有個由學生組成的劇團，非常活躍，看著他們在P＆S俱樂部演出的戲劇——了無生氣的放射科與泌尿科未來醫生畫上兩公分長的眼線，放聲歡樂高歌——也看見了他們的人生如果只屬於他們自己，那麼該會有什麼樣的人生風貌。

開學第一天的新生簡介在座位像體育館的大講堂舉行。各個教授提出了各種不可能的病例，告訴我們說，到第一年結束時，我們就算還無法解決這些案例，至少也應該有能力運用專業知識進行討論。心臟外科主任站上講台，讚頌心臟外科的課程有多麼厲害。告訴媽媽說他們想當心臟外科醫生的那群男生吹口哨、歡呼、鼓掌，每個人都認爲自己有一天會和他一樣。接著上台的是神經外科醫師，另一群學生歡呼。一個接一個的，每個器官都擁有燦爛的一刻：腎臟！肺！噢，多麼光采奪目啊！我們真是一群最聰明的白癡。

唸醫學院的時候，我公寓裡裝了電話。我們每一個人都裝。儘管我們才剛踏進醫學院，但他們也希望我們了解，醫院隨時會打電話給我們。開學第二個星期，我才剛進門，電話就響了。

「我有個**最**不可思議的消息要告訴你。」梅芙說。長途電話從六點開始實施優惠費率，到十點之後就又調回原價。當時是五點十分。

「洗耳恭聽。」

「我今天和葛奇律師一起吃午飯，純粹吃飯，他覺得他應該扮演父親的角色。吃到一半的時候，他提到安德莉亞和他聯絡。」

這個消息應該會讓我精神一振才對，但我實在太累，沒力氣關心。要是我能馬上開始

---

* College of Physicians & Surgeons，內外科醫師學院即為哥倫比亞大學醫學院，在美國為首屈一指的醫學院，學生除學業成績優異之外，也展現在音樂、運動、西洋棋、寫作等其他領域的出眾才華，因此學院內的 P & S 俱樂部有各種社團可發揮個人專長。P & S 劇團非常活躍，每年演出一齣音樂劇與兩齣舞台劇，享有極高聲譽。

做功課，凌晨兩點應該可以上床睡覺。「然後呢？」

「她打電話給他，說她覺得送你去唸醫學院太超過了。她說她一直認爲教育信託只支付大學學費。」

「誰讓她這樣以爲？」

「沒有人。她自己想的。她說你唸裘特她沒抱怨，因爲你那時才剛失去父親，但現在她覺得我們是在詐騙信託的錢。」

「我們是在詐騙信託的錢沒錯。」我坐在廚房唯一的一把椅子上，靠著小餐桌。電話在廚房裡，我都叫這個廚房是櫃子。我看著一隻蟑螂爬過黃色的金屬櫃面，從門底下溜出去。

「他告訴我，她查過哥倫比亞的學費，發現這是全國最貴的醫學院。你知道嗎？排名第一喔。她說這就是證據，證明這是我們用來對付她的陰謀。說你可以去唸學費只要一半的賓州大學醫學院，留些錢給兩個女孩。她告訴他，她不打算再付哥倫比亞的學費。」

「又不是她付的。是教育信託支付的。」

「她以爲她自己就是信託。」

我揉揉眼睛，兀自點點頭。「好吧，那葛奇律師怎麼說？她這麼主張有根據嗎？」

「沒有！」梅芙得意的聲音在我耳朵裡顯得好大聲。「他說你大可以一輩子都留在學校裡。」

「這是不可能的。」

「誰知道。有很多美妙的事情值得追求啊。你可以一輩子追求心靈發展。」

我想起那座像大迷宮的哥倫比亞長老教會醫學中心，以及我們那些身穿白袍穿梭在走廊宛如天神置身天堂一般的教授們。「我不想當醫生。妳知道的，對吧？」

梅芙絲毫不受影響。「你不必當醫生，你只要學習當醫生就行了。唸完醫學院之後，就算你去電視劇裡演醫生，我也不在乎。你愛做什麼都可以，只要能盡可能留在學校唸書就行了。」

「妳快去幫助窮人吧。」我說。梅芙在天主教慈善機構的夜間課程教預算編列，每個星期二晚上批改學生作業、修訂算數到深夜。「我要唸書了。」

「我希望這個消息能讓你開心，」她說，「但老實說，也無所謂啦。我的快樂足夠我們兩個分呢。」

在可見的未來，快樂猶不可得。我選了人體組織學、胚胎學和大體解剖學。而強博士逼我用功研讀化學所養成的習慣始終未改：我把每一章後面的習題全部做完，隔天早晨起床再做一遍。我們四個人一組，分到一具大體，一把鋸子和一把解剖刀，叫我們自己動手。在此之前，我唯一見過的死者是我爸爸。我不難想像一群身穿白袍的禿鷹圍在他病榻旁，等著把他開膛破肚。分解，再組合。我們分到的這具大體比我爸爸年紀稍長一些，個頭比較小，是個褐色皮膚的男人。他的嘴巴同樣張成可怕的形狀，彷彿普天之下所有死者的最後一個動作，都是拚命想吸進最後一口氣，卻未能成功。我原本以爲要切開一具屍體，貼上標籤，至少需要某種程度的好奇心，結果並非如此。我之所以動手，只因爲這是分派給我的功課。第一天，我有幾個同學在實驗室裡嘔吐，其他幾個則衝到走廊或洗手間才吐。但我們執行的這場大屠殺沒擊倒我，我一直撐到離開實驗室都沒吐。我的鼻子彷彿黏了一層福馬林濃濃的甜膩味，我和毒蟲與酒鬼一起在華盛頓高地的人行道上嘔吐。

我大學三、四年級的時候，偶爾和瑟萊絲特見面，也和其他女人約會。約會是需要思考、計畫和時間的活動，而在醫學院，這些都是我無法擁有的餘裕。和瑟萊絲特出去，至少感覺起來像約會。她對我幾乎一無所求，還給我最大的回報。她隨和、開朗、漂亮而不讓人心煩意亂。我搭火車回費城的時候，她和我同行。梅芙和我載她回萊道爾，但瑟萊絲特從不堅持要我花時間和她的家人相聚。那段時間，梅芙和瑟萊絲特還處得很好。梅芙很開心，因爲哥倫比亞醫學院很貴，排名頂尖，而且沒給我任何獎助學金。瑟萊絲特很開心，因為哥倫比亞醫學院位在校本部北邊，還在湯瑪斯．摩爾學院唸英文系的她從學校過來比較近。我的小公寓離醫學院兩條街，瑟萊絲特星期五下午上完最後一堂課之後過來，待到星期一早上才去她打工的牙醫診所櫃台値班。我還在大學部的時候，我們相聚的時間必須依據我室友的行程調整，但上醫學院之後，我們慢慢變成近似一週三天的婚姻關係，如今想想，我們能維持的婚姻關係或許也就只有這樣吧。我們的生活依循著那日在火車上巧遇所建立的規則：我唸書，她順著我，讓我唸。但我們也生活在一九六九年的美國：戰爭沒完沒了，抗議群眾充斥街頭，學生依舊占領行政主管辦公室，而我們只要時間許可，就毫不羞愧地靠著子宮帽保護上床做愛。我不時複習人體解剖學，但不是用我的解剖刀，而是藉著瑟萊絲特裸裎在我床上的年輕軀體。她任由我的雙手撫摸她的每一條肌肉，每一根骨頭，而我一路摸索，一面唸出每個部位的名稱。看不見的部位，我就以手摸索，同時也透過這樣的過程，學會如何讓她更離不開我。和瑟萊絲特在一起的那段時間，我的生活樂趣並不多——深夜在醫院屋頂上，奢侈地吃著裝在白色紙盒裡的四川炒麵；她拿著法文教授給的免費票，和我一起去看《午夜牛郎》，雖然教授原本是打算要她和他一起去的。原本一切都很順利，但後來她開始擔心自己即將畢業，打算規畫未來。就在這時，她告訴我說我們必須結婚。

「我才剛唸完一年醫學院，不能結婚。」我說。但我沒說的是，事實上我根本不想結婚。「這樣會讓情況變得更辛苦，而不是更輕鬆。」

「但我爸媽不會答應讓我和你住在一起的。而且他們也不會幫我付房租，讓我另外找個住的地方等你畢業。他們負擔不起。」

「所以妳會找工作，對吧？大家畢業之後都會找工作。」

但話才出口，我就明白了，**我**就是瑟萊絲特的工作。現代詩的課程和以特羅普洛*為主題的畢業論文都很不錯，但我才是她真正主修的科目。她準備打掃這間小公寓，為我做飯，最後生個小孩。女人在書上讀到女性解放，但很少有人透過行動見識到真正的解放。瑟萊絲特不知道要如何面對完全屬於她自己的生活。

「你這是要和我分手。」她說。

「我沒要和妳分手。」我想要的是維持現狀：一個星期三個晚上。而且老實說，如果縮減成兩個晚上，我會更開心。我不懂她為什麼星期天晚上要在我這裡過夜，然後星期一清晨起床趕搭火車**回學校。

瑟萊絲特坐在床上，瞪著窗外骯髒的通風井和另一邊的磚牆。她拱背彎著脊椎，漂亮的金色鬈髮亂糟糟垂在垮下的肩膀上。我很想叫她說坐直起來。要是她能挺胸坐好，一切都會好轉。

「如果我們不能再更進一步，那你就是要和我分手。」

「我沒要和妳分手。」我又說一遍。但我沒和她一起坐在床上，我沒握住她的手。她那雙圓到不可思議的藍眼睛淚水盈眶。「你爲什麼不肯幫我？」她說。她的聲音好小，小到我幾乎聽不見。

「幫她？」梅芙說。「她不是叫你換間公寓耶。她是要你娶她。」

那個週末我搭火車回家。我必須和我姊談談。我必須徹底思考這些問題，在瑟萊絲特沒躺在我床上的時候。儘管她堅持認爲我要和她分手，但星期五到星期天卻還是在我的公寓裡過夜。我必須回家釐清我的人生。

---

* Anthony Trollpoe（1815-1882），英國小說家。

** 湯瑪斯・摩爾學院位在曼哈頓北邊的布朗克斯區，有通勤火車與地鐵可達曼哈頓。

梅芙說她在車上的置物箱裡擺了一包緊急備用的香菸，而我們都認爲這是破戒的好時機。早春的樹葉與花朵已經遮蔽視線，讓我們看不清楚荷蘭大宅。鶇鶉在人行道巡行，找尋萌芽的小樹枝。「你才剛進醫學院一年，怎麼能娶她。這簡直是瘋了。她不能要求你這樣做。就算你唸完醫學院，開始當住院醫師，情況也只會越來越慘，不會好轉。在完成訓練之前，你不可能有時間的。」

就目前看來，和醫學院的課業壓力相較，大學簡直是一場漫長的羽毛球賽。如果情況只會越來越慘，我眞不知道自己要如何堅持下去。但一向以來，情況都只會越來越慘。「等我完成訓練，就不會有時間了。」我說，「到那個時候我就要開始執業，開始工作。或者，因爲我不想當醫生，所以也不要執業。如果是這樣，那我就得去找份工作，所以時機也不對。我這輩子都可以這樣說，對吧？時機不對。」但強博士告訴我說情況並非如此。他說第一年最辛苦，其次是第二年，接著是第三年。他說這是因爲我必須開始學習一套新的學習系統的緣故，時間越長，就越能如魚得水。瑟萊絲特的事，我並沒告訴強博士。

梅芙剝開香菸包裝的錫箔紙。她一點菸，我就知道她其實沒眞的戒掉。她的動作看起來太自然，太輕鬆了。「那麼問題就不在於時機，」她說，「你是該結婚，但時機永遠都不好。」

「糖尿病患者不該抽菸。」我唸的書已足以讓我了解這個問題。事實上，這是不必唸醫學院也可以知道的知識。

「糖尿病患者什麼都不可以做。」

「妳測過血糖了嗎？」

「天哪，你要開始問我血糖的事嗎？別轉移話題。你究竟要拿瑟萊絲特怎麼辦？」

「我可以在夏天和她結婚。」我氣呼呼地說，因爲她也對我很不客氣。但這句話一說出口，我卻意外瞥見了可行性。有何不可呢？整潔的公寓，好吃的飯菜，不時做愛，快樂的瑟萊絲特，一個我從未想像過的成人生活。我又說一遍，只爲了品味這句話說出口的感覺。**我可以在夏天和她結婚**。在此之前，我心中上演的各種場景都是辜負瑟萊絲特——她受傷，我覺得內疚，然後，在一切結束之後，我會懷念那個裸裎在我床上的女孩。但我從未考慮過答應結婚的可能性，只認爲這是未來一連串時機不宜裡的不宜時機。說不定現在結婚也沒什麼不好。說不定還更好。

梅芙點頭，彷彿早就預料到我會這麼說。「你還記得爸和安德莉亞結婚的時候嗎？」

「當然。」她根本就沒在聽我講。

「說來很怪，可是在我的回憶裡，那場婚禮和葬禮老是混在一起。」

「不奇怪啊，我也是這樣。我想一定是那些花的關係。」

「你覺得他愛她嗎？」

「安德莉亞？」我說，彷彿我們談的有可能是別人似的。「一點也不。」

梅芙又點頭，朝窗外噴了一口長長的煙。「我覺得他是厭倦了孤獨，我是這麼想的。我覺得他生命裡有個大大的洞，而安德莉亞一直在他身邊，告訴他說她是可以填補那個洞的人，所以最後他決定相信她。」

「又或者他聽她說個不停，最後聽煩了。」

「你覺得他之所以娶她，是爲了讓她閉嘴？」

我聳聳肩。「他娶她，是不想再和她討論他是不是該娶她。」我回答了這個問題之後，頓時明白我們討論的是什麼了。

「所以你愛瑟萊絲特，希望和她共度你的人生。」她不是提出疑問，而是用一個肯定句，終結所有的問題。

我那個夏天不會結婚。結婚的念頭消失得無影無蹤，速度之快，就和剛才突如其來出現一樣。而留在我心裡的感覺也正是我之前所想像的：悲傷、興奮、失落。「不，不是這樣的。」

我們就這樣揣著這個最終的決定坐了好一會兒。「你確定？」

我點頭，點起第二根菸。「妳爲什麼從來不談妳的感情生活？那樣應該會讓我很放心。」

「我也會很放心喔，」梅芙說，「只是我並沒有感情生活。」

我認眞盯著她看。「我不相信。」

而我姊，我這個瞪眼睛功力比貓頭鷹還強的姊姊，轉開臉。「這個嘛，你應該要相信的。」

我從簡金頓回紐約之後，瑟萊絲特斷定一切都是梅芙的錯。「離期末考只剩三個星期，她卻叫你和我分手。誰會做這種事？」

我們在我的公寓裡。我本來叫她別過來，我搭火車去找她，我們可以在那裡談，但她說太荒謬了。「那我們就得當著我室友的面前談這件事。」她說。

「梅芙沒叫我和妳分手。她沒叫我做任何事情，她只聽我說。」

「她叫你別娶我。」

「她沒有。」

「話說回來，誰會找姊姊談這種事？你以爲我弟在決定要不要去上牙醫學院之前，會跑到布朗克斯來找我商量嗎？沒有人會這樣做的，太詭異了。」

「說不定他不想和妳談。」我突然覺得很煩，而且讓這個感覺轉變成怒氣，生氣總比歉疚好。「說不定他不找妳談，是因爲妳根本不聽他講話。也或許他會找妳爸媽談，因爲你們有爸媽。但我只有梅芙，好嗎？就是這樣。」

瑟萊絲特覺得自己的優勢一點一滴流失，於是改變策略，像艘在水塘裡迎風轉向的小帆船那樣。「噢，丹尼。」她的手搭在我手臂上。

「別再說了，」我說，彷彿受傷的人是我。「行不通的。這不是任何人的錯。是時機不對，就是這樣。」

聽見我這句脫口而出的安撫，她再次和我上床。事後，她說她想留下來過夜，隔天一早就走，但我說不行。我們沒再多做討論，就收拾好她的東西。我們一人提一個袋子擱在腿上，一起坐火車回布朗克斯。

第十章

我在外科實習的時候表現格外出色。我認眞的程度和班上其他同學不相上下，但我的速度比他們快一倍。這顯然是練籃球帶給我的優勢。速度是醫院得以賺錢的關鍵，所以精準固然可以贏得讚賞，但快速卻可以讓你大受矚目。就快畢業的時候，主治醫師希望我實習結束之後，留在胸腔外科接受三年的次專科訓練。我剛花了兩個小時協助他進行右下肺葉切除手術，他很欣賞我打結的靈巧手法。我們坐在擺有雙層床與書桌的小房間裡，這裡是我們在兩台刀之間可以瞇眼二十分鐘的地方。我一直覺得我聞到血的味道，所以兩度起身到牆角的小洗手台洗臉。這位主治醫師不停說我多麼有天分。我沒心情談這些。我拿毛巾把臉擦乾，告訴他說我或許有天分，但我並沒打算繼續發揮。

「那你待在這裡幹麼？」他微笑說，大概覺得這句話用來對付我的玩笑話剛好。

我搖頭。「因爲要輪流到各科實習啊。這裡不適合我。」沒必要解釋。他爸媽八成是孟加拉來的移民，所以他們的兒子終有一天必須出人頭地成爲紐約的醫生。他們一家人肯定背負沉重債務，不需要聽我講要怎麼努力花完教育信託的事。

「聽我說，」他說，脫掉手術服上衣，丟進污衣桶裡。「外科醫生是王。如果能當國王，何必要當騎士呢，我說的對吧？」

他的肋骨根根分明。「我就是個騎士。」我說。

他笑起來，雖然我根本不是在開玩笑。「從這裡離開的只有兩種人：外科醫生和當不成外科醫生的人。沒有別的。你可以成爲外科醫生的。」

我說我想一想，但目的只是要他閉嘴。我的二十分鐘只剩十四分鐘了，我連一秒鐘都浪費不起。我從來沒這麼累過，累得連一絲氣力都不剩。我很想告訴他，我不打算實習，也不打算當住院醫師。醫學院總有一天會唸完，然後我就可以飛快離開這裡，去解開房地產的祕密，不再回頭多看一眼。

只是我並沒有。我努力過，但失敗了。再嘗試一遍，還是失敗了。一棟棟房子在市場上掛牌標售多年，最然以不到幾分之一的價格售出。在法拍會上，我看過有些房子價格低到只有一千兩百元，儘管這些房子傾頽的外牆畫滿塗鴉，每一片玻璃都被磚頭砸碎，但我還是覺得自己可以拯救它們。請記住，我要救的不是那些曾住在屋裡的人。面對在急診室大廳排隊，等待我撥出一分鐘來檢查他們的那些男女病患，我也從來沒有什麼高尚職志，覺得自己是拯救他們的人。我想要的是房子。但買下房子，我就必須想辦法還清稅金，還得要買門，修窗戶，趕走占住的人和老鼠。而這些我都不知從何下手。

我違背了對自己的每一個誓言，到布朗克斯的亞伯特．愛因斯坦醫院去實習。實習不只不必繳學費（「好吧，」梅芙說，「這我並不知道。」），而且他們還付我錢。所以教育信託只需要支付我的房租，給我一些小錢應付開銷，而我把這些錢都存起來。如今，從實質層面來看，我沒再詐騙安德莉亞的錢了，雖然我以前也並沒有。我也不再替我姊報仇。事實上，我已經完成醫學訓練了。我和同事相處和睦，給老師留下好印象，幫助我的病人，當年從化學課學到的心得，一天比一天強化：要把工作做好，並不必然要喜歡這份工作。我留在亞伯特．愛因斯坦醫院當住院醫師，儘管我偶爾還是到哥倫比亞大學法學院，站在教室後面旁聽不動產法，但去的次數與頻率越來越低。我對房地產市場的關注，就像其他人關注棒球賽那樣：我記住所有的統計數字，但從未下場比賽。

強博士還是很關心我，又或者像他說的，我們已經成爲朋友。每隔三、四個月，他就邀我去喝咖啡，而且非要我先敲定日期才放過我。他會聊起他的學生，而我則抱怨工作量太大。我們談起部門政治，心情好的時候，也會聊聊科學。我沒對他提起房地產的事，也沒問他人生眞正想做的是不是化學研究。我從來沒想過要提起這些問題。女服務生爲我們送上咖啡。

「我們這個夏天要去倫敦，」他說，「我們在騎士橋租了間公寓。我女兒妮兒在那邊工作。你認識妮兒。」

「我認識妮兒。」

強博士很少提起家人，不知道是顧及我的狀況，還是他認爲這不是我們關係的本質。但這天他很開心，敞開胸懷談他的私人生活。「她從事藝術修復工作。她三年前去那裡做博士後，然後留下來做全職工作。我覺得她不會回來了。」

沒必要提起幾年前的除夕，妮兒和我曾在他家公寓有個香檳酒味四溢的吻。我在她爸媽臥房床上堆得像山的黑色大衣裡翻找瑟萊絲特的黑色大衣，她走了進來。房間很黑，走廊那頭的音樂與喧鬧笑聲像遠在千里之外。妮兒．強。我們倒在大衣堆上，好幾分鐘之後才回過神來。

「從她去英國之後，我們一次也沒見到她，」她爸爸繼續說，「我們一直叫她回來。不過愛麗斯終於搞定了籌募健康科學大樓興建經費最重要的一筆捐款。她追這筆錢已經追了五年。愛麗斯告訴他們說，要是他們再不讓她休假，她就要辭職。」

這些年來親切爲我在他們家餐桌留了位子的愛麗斯．強，在哥倫比亞醫學院校務發展處工作。我這時暗忖，我以前就知道她的工作內容是什麼嗎？難道強博士多年前就已經告訴過我，他妻子的工作是爲興建健康科學新大樓籌募經費。難道愛麗斯以前就親口告訴過我，只是我沒放在心上？我不時在校園裡碰見她，她會問起我上課的情況。我是不是也問過她工作的情形，以符合一般對話禮貌？又或者我只回答她的問題，等她再提出另一個問題？

「他們現在把X光用在畫作上，」強博士說，「看看底下是不是還有另一幅畫。不必再胡亂猜測，就可以讓原畫再現。」

「在什麼地方？」我問。我還沒完全理解是怎麼回事，就已經意識到了——我的未來，就在這一刻來臨了。

「泰特。」強博士說，「妮兒在泰特美術館工作。」

我啜了一口咖啡，默數到十。「新的健康科學大樓要蓋在哪裡？」

他揮著手，彷彿要指點方向。在北邊。「我也不知道。你以爲地點應該是最優先確定的，結果他們在收到那一筆捐贈之前，都還沒簽約呢。我想應該會在軍械庫那邊。你知道軍械庫嗎？眞是場大災難。」

我點頭，女服務生送來帳單，我接過來，強博士和我搶。打從我們認識以來，這還是我第一次搶贏。

我順道到哥倫比亞書店，買了醫學院校園和華盛頓高地的地圖，才回布朗克斯。經過我身邊的大學部男生看起來像頂著一頭亂髮、打赤腳要去海灘的十四歲小毛頭。我坐在面向南園的巴特勒圖書館台階上，打開剛買的地圖。我的看法和強博士一致，新大樓的地點一定是在軍械庫附近，雖然醫學院還沒有做出最後決定。田徑軍械庫*將改建成有一千八百個床位的遊民收容所，這個規畫肯定會讓周圍的停車場地價大跌。這裡的地並不難找，才過一個星期，我已經簽下兩塊有六個月實質審核期**的地。敲著上鎖的門這麼多年之後，我終於找到一扇敞開的大門。賣家是個早就相信自己別無選擇的男人。他開除仲介，穿襯衫打領帶來赴約，希望靠自己搞定一切。他疲累厭煩到對我提出的條件照單全收。我告訴他說我是個醫生，很多醫生沒有安全的地方可以停車。我說這也就是爲什麼我們都沒車的原因，惹得他哈哈大笑。他很喜歡我，甚至覺得對有我點抱歉，竟然要賣給我兩個已經求售三年都賣不掉的停車場。我要求在合約裡加一條特別條款，他覺得我簡直是在自尋死路：他必須放棄改變心意的權利，而我也放棄改變心意的權利。我們兩個就這樣和這筆買賣綁在一起。賣方保證六個月之內拿到錢走人；買方保證找到錢，取得停車場所有權。如今回想，情況優劣再明顯不過，但當時，我等於是背對賭桌而立，把骰子往背後丟。我要買下兩個毗鄰大型遊民收容所的停車場，賭上我根本就沒有的錢，只因爲相信自己可以擁有一塊位在還沒開始興建的大樓基地的土地。我連貸款的資格都沒有，但我相信興建大樓的計畫一定會在我必須尋求貸款之前就確定。

五個月之後，我把停車場賣給哥倫比亞醫學院，靠著這筆可觀的收入，我付清給地主的款項，從住宅基金會取得貸款，交付我在西一一六街第一棟房產的頭期款。這棟樓有十八個單位，差不多都租出去了，一樓的兩個店面分別是洗衣店和外帶的中餐館，生意都很好。根據房地產指南，這幢樓貶值了百分之十二。我開始追求超乎我財力的機會。我不是個醫生，我終於成爲我自己。本來在簽下履約保證文件的那天，我就要退出住院醫師培訓計畫，但梅芙說不行。

「你可以唸個化學博士，」她在電話裡說，「你喜歡化學。」

我不喜歡化學，我只是讓自己化學成績很好而已。這我們以前就談過了。

---

* Track and Field Armory，位於紐約曼哈頓華盛頓大道，原為國民衛隊駐地，後成為紐約市民的田徑活動場地，一九八〇年代改為遊民收容所，目前則為公益基金會經營，作為教育、競技之用。

** Due diligence period，即房地產買賣簽約之後，買方可以在約定的期間對標的物進行實質考察審核，期滿後倘無異議，即交付價金，進行後續過戶等程序。

「那就考慮去唸商學院吧，會很有用的。再不然就唸法學院。有法律學位，你就暢行無阻啦。」

答案是不。我有自己的事業，至少是正要起步的事業。這是我一生中最接近揭竿而起的一刻。

「好吧，」她說，「沒必要現在就放棄。先把已經在做的事情做完吧。」

梅芙答應我，在我待在亞伯特．愛因斯坦醫院最後不到六個月的時間裡，幫我記帳，處理交易稅。我並不後悔。最後的這幾個月，是我整個醫學訓練過程裡最快樂的一段時間，因爲我知道我就快要走出大門了。我在法拍會上買了兩棟褐石建築，一棟一千九百元，一棟兩千三百元。兩棟的狀況都很慘。但它們是我的。

三個星期之後，我回簡金頓的聖母無原罪教堂，參加高中籃球教練馬丁先生的告別式。他這輩子沒抽過一根菸，卻罹患非小細胞肺癌，五十歲就病逝。在我爸爸過世之後那段猶如狂風暴雨的時期，馬丁先生一直對我很好。我也記得他太太每場球賽都坐在看台上，爲球隊鼓掌，像是我們的母親似的。儀式結束之後，在教堂地下室有個茶會，我看見有個穿黑洋裝的女孩，一頭金髮夾得整整齊齊的。我走過去，碰碰她的肩膀。瑟萊絲特一轉頭，我就想起她身上我所喜歡的一切。沒有責備，沒有距離。我傾身親吻她的臉頰，她捏捏我的手，彷彿我們早就說好，告別式後要在教堂地下室碰面。瑟萊絲特是馬丁教練女兒的朋友，至於細節，我不是忘了，就是從來都不知道。

在瑟萊絲特離開之後的那幾年，我對她有了更多的了解：我明白她在我用功讀書的時候，刻意不讓我因她而分心。我當時不知感激，直到後來和其他女人在一起，她們會想在我早晨唸書的時候讀報上的文章給我聽，再不然就是唸她們的星座運勢或我的星座運勢，甚至解釋她們對我的感情，然後一面呼天嗆地，說我從不解釋我對她們的感情。瑟萊絲特和她們不一樣，只沉浸在厚重的英國小說裡，靜靜待在我身邊。她不會用力摔盤子引起我注意，或踮起腳尖走路，強調她有多小心不製造噪音。她會給水蜜桃剝皮，在盤子裡切片，或幫我做三明治，默默擺在桌上，就像珊蒂和喬塞琳以前那樣。瑟萊絲特把照顧我當成她的工作，做得極其熟練靈巧，我都沒看見她動手，她就已經做好了。直到她離開之後，我才明白，她星期天之所以留下來過夜，是因爲她都在星期天洗床單、洗衣服、整理床鋪，全部打理妥當之後才離開。

我們從當年情緣斷裂之處再續前緣，又或者應該說，我們重拾的是分手之前幾個月，那更美好的時光。她搬回萊道爾的爸媽家，在公立小學教英文。她說她想念紐約市。沒過多久，她就週五晚上搭火車進城，週日回家，就像我以前希望她做的那樣。我在醫院值班的時候，她在家批改作業。她爸媽就算質疑我們這樣交往的道德問題，也沒說什麼。瑟萊絲特已經下定決心，他們也就隨她去。

從我們第一次在火車上因化學課本結識以來，經過這麼多年，我都沒把心裡的計畫告訴瑟萊絲特。她知道我沒有爸媽，但我沒告訴她具體的細節。她不知道安德莉亞與教育信託的事，也不知道我們以前住在荷蘭大宅。她不知道我買了兩個停車場，賣掉之後去買了一棟房子，也不知道我以後不會行醫。我並不是刻意不讓她知道這些消息，只是不習慣談論我自己的人生罷了。住院醫師訓練即將結束，我的同學都已面試完，接受某家醫院的工作，把家當裝上搬家貨車。向來以不問太多問題為傲的瑟萊絲特很想知道我要去什麼地方，也想知道她是不是要跟著我一起去。我看得出來她還記得上一回提出最後通牒的後果，所以強自壓抑。我知道對她來說，面對這樣的不確定性非常可怕，但我還是繼續和她做愛，繼續吃她準備的飯菜，盡可能拖著不告訴她，只因為這樣比較容易。

當然，到最後我還是把所有的事情都告訴她。一開口，根本不可能講到一半就算了。要說明這件事，就得解釋另一件事，很快的，我們就話說從頭：我媽媽、我爸爸、我姊、大宅、安德莉亞、兩個女孩和教育信託。她理解了一切，而我過往人生的故事，只讓她更加同情我。瑟萊絲特並沒有覺得奇怪，我為什麼拖了這麼久才告訴她這些事；她認為，我現在告訴她，就證明我愛她。我手貼在她大腿上，她翹起另一條腿，壓在我手上，緊緊扣住我。她唯一覺得不解的，是我這離奇身世裡最微不足道的細節：我不打算當醫生。

「要是你不打算當醫生，又何必受這麼久的訓練呢？」這時我們坐在長椅上，眺望哈德遜河。四月底，我們都穿著T恤。「受這麼多教育，花這麼多錢。」

「這就是重點。」我說。

「你本來不想唸醫學院。沒關係，你反正是唸了。但你現在已經是醫生，至少總得試試看吧。」

我搖頭。離我們不遠處，有艘拖船拖著大型平底船，我潛心思索物理學問題，隔了一晌才說：「我不想當醫生。」

「你連醫生都還沒當過。你不能試都不試就放棄。」

我還是望著河面。「這就是住院醫師制度的意義。當住院醫師的時候，你就已經是醫生了。」

「那你這輩子打算幹麼？」

我衷心希望我也能反問她這個問題，但我沒問。「房地產開發。我現在有三棟房子。」

「你是個醫生，但你打算去賣房子？」

對於我的未來，瑟萊絲特沒有任何置喙的餘地。「應該還會多做點別的。」我聽得出來自己語氣裡有求和安撫的意味，但她連這最淺顯簡單的解釋都不願接受。

「這樣太浪費了。」她說，眼睛閃著怒火。「我不知道你怎麼受得了，眞的。你占了別人的名額，你想過嗎？某個想當醫生的人。」

「相信我，無論這個人是誰，他也都不想當醫生。我這是幫了他一個大忙。」

畢竟問題並不在於我，而在於她。瑟萊絲特一心想嫁醫生。

梅芙和我在高中球場打網球，但天空出現一道閃電之後——只有一道——她就不肯打了。我拿的是鋁製球拍，她說她不想眼睜睜看我發球的時候被雷劈死，所以我們上車，開到荷蘭大宅去，只爲了在天黑之前看一眼。夏天基本上已經結束了，我很快就必須回裘特寄宿學校唸第二年了。這讓我們兩個都很難受，雖然難受的原因並不一樣。

「我記得我第一次看到這房子的情景。」梅芙說，眼睛茫然看著前方。毛氈似的天空掛在我們頭頂上，眼看著就要劈裂開來。

「妳才不記得咧。妳那時還只是個小娃娃。」

她搖下福斯金龜車的車窗。「我那時快六歲了。六歲已經會開始記得事情了。所以我告訴你，我絕對記得我們到這裡來的情形。」

她說的當然沒錯。毛毛拿木匙打傷我之後的大小事情，我都記得很清楚。「那天是怎樣呢？」

「爸借來別人的車，載我們從費城來。那天應該是星期六，不然就是他沒去上班。」梅芙停了一下，視線穿透椴樹，彷彿想回到過去。夏天的時候簡直什麼都看不見，因爲樹葉太茂密了。「車子開進車道的時候，這棟房子看起來好嚇人。我只能想到這個形容詞。我的意思是，這裡對你來說很自然，因爲你在這裡出生。在成長的過程裡，你八成以爲每個人都住在像這樣的房子裡。」

我搖搖頭。「應該說我以爲唸袞特的每個人都住在像這樣的房子裡。」

梅芙笑起來。儘管是她強迫我去唸寄宿學校的，但每次聽到我中傷學校，她還是很樂。「爸已經買下這棟房子，媽卻一點都不知情。」

「什麼？」

「我是說眞的。他買這棟房子，是爲了給她驚喜。」

「他哪來的錢？」我雖然才唸高中，但這卻是我第一個想到的問題。

梅芙搖頭。「我只知道我們住在軍事基地，然後他說要開朋友的車載我們去兜風。帶上午餐！全家一起！我的意思是，這件事本身就很瘋狂。我們以前從來沒向誰借過車。」

當時家裡就只有他們三個人，我還不知道在哪裡呢。

梅芙曬得黝黑的手臂伸到我腦後的座椅頂端。她替我在歐特森公司找了個暑假打工的機會，清點裝著玉米的塑膠袋，一個個丟進箱子裡。週末我們就在高中打網球。我們在車上擺了兩支網球拍和一罐網球，有時候她會在午餐時間突然冒出來，找我去打球。雖然是在上班時間，但沒有人對我們說什麼，彷彿那家公司是她開的。「爸開車的時候開心得不得了，不時停在路邊，讓我看牛，看羊。我問他說那些牛羊晚上睡在哪裡，他說在山丘的另一邊有很大的穀倉，每隻牛都有自己的房間。媽咪看著他，兩人一起大笑。一路上非常開心。」

我想起那些年裡，爸爸和我一起開車走了多遠的路。他不是那種會停車下來看牛的人。「很難想像。」

「就像我說的，那是很久以前的事了。」

「好吧，所以你們來到這裡。」

她點頭，翻著她的皮包。「爸把車開到門口，我們三個下車，站在哪裡，倒抽一口氣。媽咪問他說這是博物館嗎，他搖搖頭，然後她又問說是圖書館嗎，我說：『這是房子啦。』」

「那時大宅看起來就和現在一樣嗎？」

「差不多，不過院子比較亂。我記得草長得很高。爸問媽說她覺得這房子怎麼樣。媽說：『很壯觀，不錯。』這時他面對她，露出大大的微笑，說：『這是**妳的**房子。我買下來送給妳的。』」

「當眞？」

車裡的空氣沉重且熱，儘管車窗已經搖了下來，但我們的腿還是黏在座椅上。

「一——頭——霧——水。」

這是怎麼回事？浪漫？我當時是個十幾歲的男生，爲妻子買下一棟豪宅當驚喜禮物，在我看來百分之百是愛的表現，但我太了解我姊了，我知道她不是要告訴我一個愛的故事。「然後呢？」

梅芙用火柴點亮香菸。這輛福斯車裡的點菸器永遠都不能用。「她無法理解。說眞的，她怎麼可能理解？戰爭剛結束，我們住在海軍基地，房子小得像餅乾盒，只有兩個房間。這時的情況簡直像他帶她到泰姬瑪哈陵，然後說，好啦，我們以後就住在這裡，我們三個。有人看著你，對你這樣說，但你完全不明白他在說什麼。」

「你們進到屋裡了嗎？」

「我們當然進屋裡了。鑰匙就在他口袋裡。他**擁有**這間房子啊。他拉著她的手，我們一起走上門階。你想想看，那是大宅眞正的入口——」她張開手掌，指著周圍，「——這條街，這些樹，這車道，都只是用來把其他人隔絕在外。但你走到房子正門，面對一整片玻璃，屋裡的一切全展現在你面前。我們不只沒看過像這樣的房子，我們也沒看過像這樣的一幢房子裡，那麼多各式各樣的東西。可憐的媽咪。」想起這個情景的梅芙搖搖頭。「她嚇壞了，就像他把她推進一間滿是老虎的房間似的。她不停說：『西里爾，這是別人的房子，我們不能就這樣闖進來。』」

這就是康洛伊家族的故事：第一代人推門進來，下一代人推門被趕出去。「那妳呢？」

她想了想。「我還小，所以我覺得很有趣。我對媽咪很失望，因爲她整個人嚇呆了。但我知道這是我們的房子，我們以後要住在這裡。五歲多的小孩對房地產沒概念，滿腦子是童話故事，在童話故事裡，你會擁有城堡。如果你想聽實話，我會說我替爸爸感到難過。他所嘗試的一切都沒能成功。比起對媽媽的失望，我更替他覺得難過。」她吞了滿滿一口柔灰色的煙，然後吐向柔灰色的天空。「我想你應該很難想像。記得下午的時候玄關有多熱嗎，即使外面並不太熱？」

「當然記得。」

「那天就是這樣。我們開始到處走，起初沒走很遠，因爲媽咪不想離大門太遠。我還記得咕咕鐘的那艘船停在波浪上，因爲沒有人給它上發條。我記得大理石地板和水晶吊燈。爸想當導遊：『看那面鏡子！看那個樓梯！』好像她看不見樓梯似的。他買下了全賓州最美的一棟房子，但他妻子看他的表情，卻像他開槍射殺她。最後我們走遍每一個房間。你想像得到嗎？媽咪一直說：『他們是什麼人？爲什麼把所有的東西都留下？』我們穿過後走廊，看見很多陶瓷小鳥停在小小的架子上。我的天哪，我好愛那些小鳥！我好想拿一隻收進我的口袋裡。爸說這房子是范胡貝克夫婦在一九二〇年代初期興建的，而他們都過世了。然後我們進到客廳，就看見他們了，巨大的范胡貝克夫婦瞪著我們看，活像我們是小偷。」

「他們一家人都死了，」我代替爸爸說，「我從銀行買下這棟房子，包括他們留下的所有東西。」所有的東西都在?衣服也還掛在衣櫃裡?我幾乎不認識我媽媽，但我一想到那個情景，還是爲她覺得噁心難過。

「爸花了好一會兒工夫才走到樓上。我們走過每一間臥房。所有的東西都在：他們的床，他們的枕頭，還有他們浴室裡的毛巾。我記得主臥房的梳妝台上有一把銀梳子，梳子上還有頭髮。到我房間的時候，爸說：『梅芙，我想妳會喜歡這裡。』哪個小孩會不喜歡啊?你記得我們那天晚上帶諾瑪和小光參觀的情形嗎?」

「事實上，我記得。」

「嗯，我告訴你，我那天就像她們一樣。我馬上走到窗台座位，爸幫我把窗簾拉上。哇，香格里拉。我整個人都暈了。媽也暈了，因爲她還是覺得這一切都會消失，而我會因爲無法擁有這間公主套房而心碎。她說：『梅芙，出來。那不是妳的。』但那是我的。我知道是我的。」

「妳當時就知道?」我從來沒有像這樣環顧四周，發現自己得到什麼的經驗。我只知道我失去了什麼。

她露出疲憊的微笑，手又伸到我腦後。我頭髮剪得很短，脖子上剃得只剩髮碴。儘管當時是一九六〇年代中期，但裘特還有髮禁。「我有點理解，但老實說，我當時也並不完全懂，直到諾瑪和小光喚起了我童年的回憶，我才了解。我想，或許就是因爲這樣，我才會替她們覺得難過。因爲從某個角度來說，我也爲自己難過。」

「是因爲那天晚上的關係。那天我也爲自己覺得難過。」

梅芙沒接續這個話題。現在講的是她的故事，不是我的故事。「臥房參觀大失敗之後，我們爬上三樓。爸想帶我們看屋裡全部的東西。他知道這場參觀越來越慘了，但他無法制止自己。爬上三樓讓他耗盡力氣。他膝蓋戴的護具不夠服貼，上樓的時候腿彎不了。爬樓梯對他來說簡直要命，爬一層樓還可以，但兩層就慘了。他買下這房子的時候，沒爬到三樓來，那天我們一上來，才發現大宴會廳天花板有一部分塌了，看起來像被炸彈轟炸過，大塊大塊的灰泥碎落在地板上。浣熊鑽進屋裡來，而且身上都有跳蚤。牠們咬碎小臥房裡的床墊當窩，撕裂枕頭和床罩，到處是羽毛和羽絨。有一股非常可怕的野獸氣味，好像同時混合了野生動物、動物糞便和野獸屍體的臭味。」她想到那個情景，做了個鬼臉。「要是他想讓我們留下美好的第一印象，就不該帶我們到三樓。」

當時那個人生階段的我仍然認爲，大宅是每一個故事的英雄，是我們深愛卻失去的國土。大宅外面有一排整齊的小黃楊木，刻意修剪成一排長在郵箱上方的小樹籬。我好想下車，過街，伸手摸摸那些樹，就像以前珊蒂派我去拿信時，我習慣做的那樣，彷彿這裡仍然是我的家。「拜託，你們就這樣掉頭走了，對吧？」

「噢，親愛的，沒有喔。我們才剛開始呢。」她轉頭背對大宅，面對我。她身上穿的是我從裘特買回來給她的T恤，和一條舊短褲，一雙曬黑的長腿縮到座椅上。「爸的腿簡直要他的命，但他還是到外面車上拿出一袋午餐，然後從廚房裡找出盤子，拿玻璃杯在水龍頭底下裝水，擺在餐廳裡。而媽咪坐在玄關可怕的法式扶手椅裡，一直發抖。他把三明治擺在餐盤上，叫我們進去。到餐廳去吃！我是說，他如果仔細看她，知道這是什麼情況，應該會讓我們在廚房裡吃飯，或者在車裡還是什麼地方，反正不會是在那個鍍金雕花的藍色天花板下面。他拉著她走到餐桌旁，好像她是個瞎子。她拿起三明治，又放下，反覆好多次，而爸爸滔滔不絕，一直說這個地方占地多大，是什麼時候蓋的，范胡貝克家族又是怎麼在上次大戰期間靠香菸賺進大筆財富的。」她抽完最後一口菸，在車裡的菸灰缸摁熄。「眞是謝謝你們啦，范胡貝克先生夫人。」

雷聲驟然響起，雨剎時落下。大滴大滴的雨密密砸下，把擋風玻璃刷洗得一乾二淨。我們兩個動也沒動，也沒把車窗搖起。「可是你們沒睡在那裡。」我說得一副知情的樣子，因爲我受不了另一個可能性。

她搖頭。雨打在車頂的聲音非常之大，所以她必須稍微拔高嗓音。我們的背開始淋濕了。「沒有。他帶我們到外面繞了一分鐘，但院子一塌糊塗。游泳池滿是落葉。我想脫掉鞋襪，把腳伸進水裡，但媽咪說不行。我以爲她拉著我的手，是因爲怕我會跑掉。但你知道嗎，她拉著我的手，是因爲她必須找個東西撐住她。爸爸拍拍手掌，說我們該回家了。他向銀行的人借了一天車，必須要開回去還。你能想像嗎？他買了這棟房子，但竟然沒有車？我們回屋裡，他拿起所有的三明治，重新包好，放回袋子裡。我們幾乎都沒吃，所以當然要把三明治帶回家當晚餐。他不會浪費這些三明治的。媽咪開始收拾餐盤，而爸爸，我記得最清楚的就是這個部分，他碰碰她的手腕，說：『放著吧，那女孩會收拾的。』」

「不。」

「然後媽咪說：『什麼女孩？』彷彿比其他事情都嚴重的是，她竟然有了個奴隸。」

「毛毛。」

「沒錯。」梅芙說，「我們爸爸是個對自己妻子一無所知的男人。」

第十一章

結果是珊蒂打電話來，告訴我說梅芙住院了。「她不想讓你知道，打算悄悄住院出院，但這太荒唐了。醫院說他們可能要讓她住院兩天。」

問珊蒂究竟發生什麼事情時，我在自己的嗓音裡聽見醫生的語氣，那種刻意保持鎮靜，安撫所有恐懼的語氣：**告訴我，是怎麼回事**。但我心裡真正想做的是奪門而出，一路跑到賓州車站。

「她手上出現一條好可怕的紅色斑紋，長長一條，一路長到手臂上。我在她手上看到，問她怎麼回事，她叫我別多管閒事，所以我打電話給喬塞琳，喬塞琳當機立斷，馬上過去，帶梅芙去看醫生。她說梅芙如果不肯上車，她就叫救護車。喬塞琳一向比我更會威脅人。她可以逼你姊姊做我沒辦法做到的事。我甚至沒辦法叫梅芙梳頭髮。」

「醫生怎麼說？」

「他說她得馬上到大醫院，醫生是這麼說的。他甚至不肯讓她回家拿東西。所以她才打電話給我，讓我幫她帶東西到醫院。她要我發誓，絕對不告訴你。但我才不管。她以爲我不會告訴你說她住院了嗎？」

「她有沒有說那條紅斑出現多久了？」

珊蒂嘆口氣。「她說她一直穿長袖衣服，所以不知道。」

這天是上班日，所以瑟萊絲特在萊道爾的老家。我到了賓州車站之後，打公用電話給她，告訴她我搭的火車幾點會到。她在費城接我，開車載我到醫院，在大門前面的環形車道放我下車。瑟萊絲特很氣梅芙不肯逼我當內科醫生，彷彿梅芙逼我，我就會乖乖聽話似的。她也一直認爲我幾年前和她分手，毀了她的大學畢業典禮，全是梅芙的錯。瑟萊絲特把所有不敢責怪我的事，全都怪在梅芙頭上。至於梅芙呢，她始終沒原諒瑟萊絲特在我唸醫學院第一年就逼我結婚的事。梅芙也相信，瑟萊絲特出席馬丁先生的告別式是經過精心謀畫的，因爲她非常清楚，在那裡肯定會碰見我。這一點我並不同意，不過也不重要。重要的是，瑟萊絲特不想見梅芙，梅芙也不想見瑟萊絲特，所以我就直接下車，去找我姊。

「需要我載你回去的時候，再告訴我。」瑟萊絲特說，親吻我，然後開車離去。

這天是六月二十一日，一年裡白晝最長的一天。晚上八點，陽光還斜穿過醫院朝西的每一扇窗戶。服務櫃台的女人給我梅芙的病房號碼，打發我自己去摸索。我在紐約各醫院耗費了七年的人生，但這段資歷卻還不足以讓我在賓州的這家醫院裡找到我姊的病房。這家醫院的布局相較於其他醫院，毫無邏輯可言——簡直像癌細胞蔓生，一條條隧道般的長走廊盡頭，又出乎意料地接著一棟棟迷宮也似的新翼樓。我花了很多時間才找到住院部，然後又在這片看起來一模一樣的汪洋裡找到我姊住的病房。她病房的門微開，我敲了兩下才走進去。她住的是雙人房，但病床之間的隔簾拉開，另一張病床鋪得整整齊齊的，等待下一個病人入住。有個穿西裝的金髮男子坐在梅芙病床旁邊的椅子。

「噢，天哪，」梅芙一看見我就說，「她拿她妹妹的腦袋發誓，說絕對不會打電話給你。」

「她騙妳的。」我說。

穿西裝的那人站起來。我愣了一秒鐘才想起他是誰。

「丹尼。」歐特森先生伸出手。

我和他握手，俯身親吻梅芙額頭。她臉很紅，微濕，皮膚滾燙。「我很好，」她說，「我好得不能再好。」

「他們給她打抗生素。」歐特森先生指著一根銀色的桿子，那裡掛著一包逐漸消癟的液體。然後他看著梅芙：「她需要休息。」

「我正在休息。還有什麼比這更好的休息？」

她躺在床上看起來很不自然，彷彿只是在某齣戲裡扮演病人的角色，但被子底下穿的其實還是她自己的衣服鞋子。

「我該走了。」歐特森先生說。

我以爲梅芙會制止他，但沒有。「我星期五就回去上班。」

「星期一。妳以爲我們沒有妳，就撐不過一個星期？」

「你們是不行。」她說，他給了她一個非常溫柔的微笑。

歐特森先生拍拍她沒事的那隻手，對我點頭，就走了。過去這些年，我們見過很多次，而且我唸裘特的時候，還有一年暑假在他們公司打工，但是我對他沒什麼特別的印象，只覺得他很害羞。我可能永遠無法理解，像他這樣的人是如何帶動公司業務成長。如今密西西比以東的各州都有歐特森冷凍蔬菜。梅芙告訴我的時候，可不是普通驕傲。

「要是你先打電話給我，我就可以叫你別來。」她說。

「要是妳先打電話給我，我就可以告訴妳說我幾點到。」我拿起掛在床尾勾子上的一個金屬夾紙板。她的血壓九十/六十，每隔六個鐘頭注射一劑西華樂林抗生素。「妳打算告訴我這是怎麼回事嗎？」

「你既然不想當醫生，就別裝出一副醫生的樣子來問東問西。」

我繞到床的另一邊，抓起她打點滴的那隻手。長長的蜂窩性組織炎發炎紅斑從她手上的傷口開始，一路蜿蜒向上，轉進手臂內側，最後消失在腋下。有人用黑色麥克筆順著紅色斑痕畫線，以追蹤發炎的變化。她手臂發燙，稍微腫脹。「這是什麼時候開始的？」

「要是你可以放下我該死的手臂，我就告訴你一件事。本來是想等到週末再說的，不過你既然來了。」

我又問一次，這情況是從什麼時候開始的。也許醫學院的訓練對我還是有點好處的，讓我學會在沒有人想回答我的問題時，還是堅持追問到底。「妳的手是怎麼受傷的？」

「我不知道。」

我的手指往上移到她的手腕。

「放開我的脈搏。」她說。

「有人跟妳解釋過這會造成什麼後果嗎？妳的血液被感染，有敗血症，器官都會失去功能。」梅芙在舊衣回收中心、食物銀行工作，每到週末，就忙著給窮人的衣櫃、食品櫃添加補給。她不時受傷，有些釘得很牢的釘書針或釘子會割破她的皮膚。把箱子搬進等候的車輛後行李廂時，也常會碰撞瘀傷。

「你不要老是這麼悲觀好不好？我現在躺在病床上，不是嗎？他們給我打了好多抗生素。我不知道我還能做什麼。」

「妳應該在手上的感染還沒影響到妳的心臟之前，就來看醫生。妳的手紅得像有人拿畫筆畫過似的，難道妳都沒注意？」

「你到底要不要聽我告訴你的事？」

看見她躺在這裡，我氣到不行。她在發燒，手應該也很痛，只是她死也不會對我承認。我告訴自己，別再生氣，否則她什麼都不會告訴我。我走回病床另一側，坐在猶有歐特森先生體溫的椅子上。我開口說：「妳生病，我覺得很難過。」

她盯著我看了一會兒，想判斷我是不是真心的。「謝謝。」

我雙手交疊擱在膝上，免得又伸手去拉她。「把妳的消息告訴我吧。」

「我看見毛毛了。」她說。

在醫院的這天，我已經二十九歲，梅芙三十六歲。我們上次看見毛毛的時候，我四歲。「在哪裡？」

「你覺得是在哪裡？」

「妳肯定是在開我玩笑。」

「我覺得如果是在車上告訴你，應該會更好。我本來都計畫好了。」

我們都把最重要的話留在車上講，但考量到現實的情況，我們得在病房裡談，在這間鋪綠色磁磚地板、低矮吸音天花板、播音系統不時播放預錄警語的病房裡。「什麼時候？」

「星期天。」她微微豎起床頭，雖然還是躺著，但可以轉頭看我。「我從教堂出來，想說回家的時候可以順道繞到荷蘭大宅看看。」

「妳住的地方離教堂只有兩條街。」

「別打岔。不到五分鐘之後，有輛車停在我後面，有個女人下車，過街。是毛毛。」

「天哪，妳怎麼知道那是毛毛？」

「我就是知道。她已經五十幾歲，而且頭髮剪短了。不過頭髮還是紅的，再不然就是染的。反正那就是毛毛，我清清楚楚記得她。」

我也記得。「所以妳下車——」

「我待在車上看她。她站在車道前面，我看得出來她在思考，也許是在想要不要走上前去敲門。她在那裡長大的，你知道，和我們一樣。」

「和我們才不一樣咧。」

梅芙靠在枕頭上點了點頭。「我下車過街。打從我們離開那天起，我就沒再踏進對街一步，如果你想聽實話的話，我可以告訴你，那讓我覺得有點反胃。我一直在想，安德莉亞會拿著炒菜鍋從車道盡頭衝出來。」

「妳說了什麼？」

「就只叫了她的名字。我說：**費歐娜**。她轉身。天哪，丹尼，你應該看看她臉上的表情。」

「她知道妳是誰？」

梅芙又點頭，目光灼亮。「她說我和媽咪年輕的時候很像。她說她怎樣都認得出我來。」

一名頭戴白帽的護士走進來，看見我們時，停下腳步。這時的我身體前傾，下巴幾乎靠在梅芙肩膀上。

「現在不方便嗎？」護士問。

「太不方便了。」梅芙說。護士又說了什麼，但我們都沒注意聽。她走出病房，關上門，梅芙又開始講。「毛毛說她剛好經過，所以就想，不知道我們是不是還住在那裡。」

「然後妳說，沒有喔，我只是偷偷靠近這個地方而已。」

「我告訴她說，六三年爸爸過世之後，我們就離開了。我知道我不該劈頭就這樣講的，但根本也沒想那麼多。我的話才說出口，可憐的毛毛就滿臉通紅，淚都快掉下來了。我想她是希望能在那裡找到他。我想她是來看他的。」

「然後呢？」

「嗯，然後她就開始哭，我不想站在街的這邊，所以就叫她過來，坐到我車上，我們才能談。」

我搖搖頭，「妳和毛毛把車停在荷蘭大宅前面。」

「就只是為了講話。丹尼，這是最神奇的事。她坐進車裡，我們靠得很近，就像你我現在這樣，而我覺得——我快樂得不得了，好像心臟都快要迸開了。她穿一件舊的藍色開襟毛衣，幾乎和我記憶裡一模一樣。我差點就要俯身親她。我心裡一直以為我恨毛毛，因為她打你，因為她和爸爸上床，結果我一點都不恨她。我彷彿再也沒辦法恨安德莉亞出現之前的任何人，或任何東西。而毛毛待在我們家的那段時間，是在安德莉亞出現之前。她現在還是很漂亮。我不知道你是不是記得她的長相，但她的五官很柔和，很愛爾蘭。雖然已經沒有捲捲的頭髮，但還是有雙綠色的大眼睛。」

我說我記得她的眼睛。

「一開始都是我在講話。我告訴她爸再婚，過世，安德莉亞把你趕出來，你知道她怎麼說嗎？」

「怎麼說？」

「她說：『眞是個賤貨！』」

「毛毛！」

梅芙笑起來，笑到臉頰發黑，開始咳嗽。「我告訴你，她講的一點都沒錯。」她說，我遞給她衛生紙。「她想知道你的情況。我說你是醫生，她很佩服。她一直說你小時候有多皮，她想像不到你竟然會坐下來好好讀書，更不要說唸完醫學院了。」

「她這是在替自己開脫吧，我才不皮咧。」

「你明明很皮。」

「她這些年都在哪裡？」

「她以前住在曼哈頓。她說爸爸把她趕出去之後，她不知道該怎麼辦。她說她就站在車道外面一直哭喊，後來珊蒂出來，說會打電話叫老公過來載她。珊蒂夫婦收留了她。」

「老好人珊蒂。」

「她說他們想破腦袋商量了好幾天，最後決定去聖母無原罪教堂找神父。克魯丘老神父幫毛毛找到一份工作，在曼哈頓的有錢人家當保姆。」

「天主堂幫一個因爲打小孩被開除的女人，找到一份幫人帶小孩的工作。眞是太帥了。」

「別鬧了，你再一直打岔，就聽不到這個故事了。她找到當保姆的好工作，在小孩還小的時候，就嫁給她工作那個大樓的門房。她說她怕丟工作，所以懷孕之前都沒敢聲張。她說他們第一個孩子是女兒，現在已經唸羅格斯大學了。她正要去羅格斯看女兒，決定順路來看看老房子。」

「現在沒有人唸地理了嗎？從紐約市到羅格斯，根本不會經過荷蘭大宅。」

「她現在住在布朗克斯，」梅芙不理我，繼續說，「她和她丈夫。他們總共有三個小孩，一個女兒，兩個兒子。」

我很努力克制才沒指出，從布朗克斯到羅格斯也不會經過荷蘭大宅。

「毛毛說她偶爾會來看看大宅，因爲不由自主。在我們還沒搬進來之前，就是她負責照顧房子的。在范胡貝克夫人過世之後，打理房子也是她的工作。她說她不敢去敲門，因爲不知道爸看見她的時候會說什麼，但她總是希望能碰見你或我。」

我搖頭。這麼多年之後，我爲什麼會懷念范胡貝克夫婦呢？

「她問我是不是還有糖尿病，我說當然啦，所以她又覺得很難過。我記得我們小時候，毛毛是很凶的，誰知道呢？也許她一點都不凶。」

「她很凶。」

「她想見你。」

「我？」

「你住得離她又不遠。」

「她為什麼要見我？」

梅芙瞥我一眼，彷彿是說，我這麼聰明，應該可以自己想出答案來。但我完全沒頭緒。「她想要彌補。」

「告訴她，沒什麼好彌補的。」

「聽我說，這很重要，而且你又不忙。」梅芙不認為我搞房子的事情算得上是工作。在這一點上，她和瑟萊絲特倒是意見相同。

「我不需要和某個打從四歲之後就沒見過的人重新取得聯繫。」我承認，梅芙見到毛毛的經過，確實讓我有種毛骨悚然的不可思議感，但我自己沒興趣去建立這樣的關係。

「嗯，我把你的電話號碼給她了。我跟她說，你會和她在匈牙利點心店碰面。不會對你造成什麼麻煩的。」

「這不是麻不麻煩的問題，我只是不想這麼做。」

我姊誇張地打個哈欠，頭往枕頭裡埋得更深一些。「我累了。」

「妳別想逃避。」

她抬頭看我的時候，那雙藍眼睛一圈紅，我猛然想起我們人在哪裡，以及爲什麼在這裡。突如其來的睏倦讓她無力招架，她閉上眼睛，彷彿別無選擇。

我坐在椅子裡看著她，心想，我是不是應該搬回離家更近的地方。我已經結束住院醫師訓練，不必再住在紐約了。我擁有三棟房子，但我也深知，眞正出色的不動產王國都是從城市以外的地方發跡的。

醫生進來查看梅芙的時候，我站起來和他握手。

「我是藍柏醫師。」他說。他不比我大多少，甚至可能和我同齡。

「我是康洛伊醫師，」我說，「梅芙的弟弟。」

醫生抬起梅芙的手臂，用手指摸著消失在睡衣袖子裡的那條紅色斑紋，梅芙一動也沒動。起初我以爲她是假裝的，因爲想迴避問題，後來才發現她是眞的睡著了。我不知道我來之前，歐特森在這裡待了多久。我和她聊太久了。

「她兩天前就該來了。」藍柏醫師看著我說。

我搖搖頭。「我是最後一個知道的。」

「那麼，別被她給騙了，」他說，彷彿病房裡只有我們兩個人。「這很嚴重。」他放下她的手，幫她把被子重新蓋好，然後在病歷上做了紀錄，就離我們而去。

第十二章

完成短暫的行醫生涯，讓我擁有出乎意料的輕鬆感。結束住院醫師訓練，有一段時間，我可以好好欣賞一切事物的美好，特別是惡名昭彰的北曼哈頓。我成年以來第一次，可以浪費一個鐘頭在五金行和別人討論密封劑。我可以在修東西的時候犯錯，比方說修馬桶，而不必受良心譴責。我給大樓裡的一間空公寓打磨地板，粉刷牆壁，完工之後搬進去。拿我打從奢侈年少時代以來住過的每一間宿舍和小套房當作標準來看，這間公寓的空間非常寬敞——陽光充足，喧嘩吵雜，而且是我自己的。擁有自己住處的產權——或者應該說是銀行擁有，只是掛上我的名字而已——填補了多年來在我心裡咻咻叫的一個洞。瑟萊絲特在萊道爾用她媽媽的縫紉機裁製窗簾，搭火車帶來。她在哥倫比亞附近的小學找到工作，開始教閱讀，以及他們稱之爲「語言藝術」的課程。我先是整修這棟大樓的其他公寓，接著開始整理那兩棟褐石建築。我沒有理由認爲瑟萊絲特已經接受我的決定，但她很明智，知道不該再問這個問題。我們已經踏進一條帶著我們不斷前進的河流。大樓、公寓、她的工作、我們的關係，都循著這無可辯駁的邏輯繼續發展。瑟萊絲特喜歡講我們的故事，那經過淡化柔和的版本，說我們如何因為時機與環境的影響，在畢業之後分手，然後又如何在一場告別式上重新找到彼此。「這是上天註定的。」她會依偎在我胸前說。

所以我完全忘了毛毛。我沒再想起她，直到梅芙出院幾個月後，電話響起，另一端的聲音說：「是丹尼嗎？」那一瞬間我就知道了，就像梅芙在范胡貝克街看見毛毛時，馬上就知道她是誰一樣。我知道她拖這麼久才打電話，是為了要鼓足勇氣。我也知道，不論我願不願意，我們都會一起在匈牙利點心店喝咖啡。我想要用來抵抗的每一分力量，都會流失。

點心店無時無刻不擠滿人。毛毛提早來候位，要到靠窗的座位。她看見我從人行道走來，就敲敲窗戶，朝我招手。我走到桌前，她站起來迎接我。我一直很懷疑，單靠梅芙的描述，我是不是能認得出她來。但我從來沒想到，她可以根據我在她記憶裡四歲時候的模樣，認出我來。

「我可以擁抱你嗎？」她問，「這樣可以嗎？」

我張開雙臂摟住她，因為不知道該如何拒絕。在我的記憶裡，毛毛是個高大的女人，而且隨時間推移，印象裡的她越長越高。但實際上，她個頭嬌小，性情溫和。她穿著寬鬆長褲，上身是梅芙提到的那件藍色開襟毛衣，但也許她有不只一件藍色開襟毛衣。她臉頰壓在我胸骨上，但馬上就放開。

「哇！」她說，一面用手搧著臉，一雙綠眼睛淚水盈眶。她坐下，面前的桌上有咖啡和丹麥酥。「這對我意義重大。你是我的寶寶，你知道，我每次看見我照顧的小孩，都會這麼想。但你是我的第一個寶寶。當時我還不知道不該全心全意愛一個不是你自己生的小孩，那簡直是自殺。但那時候的我，也還只是個大孩子。你媽媽離開，你姊生病，還有你爸。」她省略了對他的形容詞。「和你特別親的原因有很多。」她停頓了一下，時間長得足以喝掉半杯冰水，然後用紙巾揩揩嘴。「這裡好熱，對不對？也許是因爲我自己的關係。我好緊張。」她拉拉上衣的圓領，讓領口不貼在脖子上，前後搧動。「我很緊張，而且我也到**年紀**了。我告訴你沒關係，對吧？你是醫生，雖然你看起來像高中生。你眞的是醫生嗎？」

「我是。」沒必要多做解釋。

「嗯，那很好。我很高興。你爸媽會以你爲榮。我可以再講點別的嗎？我坐在這裡看著你，你的臉長得很好。我不知道我以爲會看見什麼，但你臉上完全看不到疤。」

我想要把眉毛旁邊的小疤痕指給她看，但想想還是算了。有個我認識的女服務生，一頭黑色鬈髮用橡皮筋綁在頭頂上，名叫麗茲的，走向我們的桌子，把咖啡和罌粟籽馬芬糕擺在我面前。「剛做好的。」她說完就走開。

毛毛驚訝地看著她走開。「他們都認識你？」

「我住在附近。」

「而且你很帥，」她說，「像你這麼帥的男生，女生是很難忘掉的。梅芙說你有女朋友，你大概知道，她不太喜歡那個女孩。這不關我的事。我只是很慶幸，我沒毀了你的臉。上次我看見你的時候，你滿臉是血，不停尖叫，喬塞琳跑來帶你去醫院。我以爲我殺死你了，流那麼多血。但你竟然沒事。」

「我很好。」

她勉強拉開嘴唇，做了個近似微笑的表情。「珊蒂告訴我說你沒事，但我不相信。不然她還能怎麼說？這件事一直在我心裡，一年又一年。我覺得很難過。我沒再和她們聯絡，你知道的。搬到這個城市來之後，就不再回頭看了。有時候你就是必須把過去留在過去。」

「沒錯。」

「說到你父親，」她喝掉杯裡其餘的水，「梅芙告訴我說他過世了。我覺得很遺憾。

你知道你長得和他好像嗎？我的小孩都是混血兒，三個都是。他們既不像我，也不像我老公，沒一個像。巴比是義大利人，姓狄卡米羅。費歐娜．狄卡米羅也是個混血名字。巴比不知道我和你父親的事。」她停下來，突如其來的驚慌讓她脖子紅了起來。她是個生理反應洩露心理狀態的女人，每一個心情轉折都掩藏不了。情緒在她臉上宛如信號旗般明顯。

「梅芙告訴你了，對吧？你爸和我的事？」

「她說了。」

毛毛呼一口氣，搖搖頭。「天哪，我以為我只是犯個小錯。巴比不需要知道。你八成也不需要知道，但你還是知道了。我當時只是個孩子。我太蠢了，以為你爸會娶我。我就睡在二樓，你和你姊房間隔壁，我以為我只不過是要搬到走道對面的房間而已。唉。」

匈牙利點心店的女服務生得把咖啡壺舉得高高的，側身穿過桌子之間。每個人都挨得好近，光線照在美耐板桌子、刀叉和厚重的白磁杯盤上，而我什麼都沒看見。我回到荷蘭大宅的廚房，毛毛也在那裡。

「那天早上，」她說，點個頭確認我知道她說的是哪個早晨。「你爸和我吵了一架，我腦筋不太清楚。我不是說那天的事不是我的錯，我是說，我那天不太對勁。」

「你們為什麼事情吵架？」我把視線轉向甜點櫃，那些蛋糕和派餅都有正常蛋糕派餅的兩倍高。

「吵我們爲什麼不結婚的事。他從沒親口告訴我說他要娶我，但那個年頭，是一九五〇還是五一，對吧？我一心以爲我們一定會結婚。我當時人在他床上，請原諒我這麼說，他起身穿衣服，我覺得好快樂，所以我說，我們應該開始擬計畫。他說：『擬什麼計畫？』」

「噢。」我說，覺得有點不自在，因爲這場景太熟悉了。

毛毛揚起眉毛，讓那雙綠眼睛顯得更大。

「光是他不想娶我這件事，就已經夠慘了，而理由——」她停下來，用叉子掰下一小片丹麥酥，然後一口接一口的，把整個丹麥酥吃完。就這樣。從我進門之後，就講個沒完沒了的毛毛，像隻需要再投幣的機器馬那樣，突然停住了。我等待她再次開口把故事講完，但等了好久，確定她並不是在思索該怎麼說。

「妳打算告訴我嗎？」

她點頭，渾身充沛的活力已經棄她而去。「我有很多事情要告訴你。」她說。

「洗耳恭聽。」

她嚴肅地看我一眼，是舍監盯著牙尖嘴利小孩的那種表情。「你爸爸說他不能娶我，因爲他和你媽媽還有婚姻關係。」

這是我從未想到的情況。「他們還是夫妻？」

「我竟然自甘墮落，我覺得我是。我和不會娶我的男人上床——好吧，是我的錯，這我接受。但我以爲你爸已經**離婚**了。我絕對不會和已婚的男人上床。你相信我，對吧？」

我告訴她說我相信，絕對相信。

我沒告訴她的是，想和睡在走道對面的漂亮保姆上床的男人，是絕對不會娶她的。有什麼藉口比告訴她說他還沒離婚更好？我爸爸和我一樣，都不是太虔誠的天主教徒，但他信天主教，不可能犯重婚罪，而且安德莉亞這麼精明，也不可能嫁個重婚的人，更何況，細心的葛奇律師絕對不會放過這樣的細節。

「我從來沒做任何對不起你媽媽的事。我喜歡你父親，沒錯。他英俊、哀傷，身上的每一個特質，都是我那個年紀的女孩覺得很迷人的，但艾娜·康洛伊是我最愛的人。我從來沒想過要取代她，沒有人能代替得了她，但我想按照她的方式，照顧你、你姊和你爸。她離開之前，一直很擔心你們。她好愛你們三個。」

我還來不及想出所有該問的問題，就感覺到有隻手用力壓著我的肩膀。「丹尼！你今天休假。」強博士對我微笑，「你住院醫師訓練結束了，我應該更常見到你才對。我聽到很多傳聞。」

毛毛和我坐的是四人桌，桌上還有兩副沒人用的刀叉和餐巾，我希望他夠敏銳，知道要當沒看見。「強博士，」我說，「這位是我的朋友費歐娜。」

「我是莫利斯。」強博士傾身越過桌子和她握手。

「請叫我毛毛。」

莫利斯．強微笑點頭。「嗯，我知道你們有事要談。丹尼，你不會逼我去追查你的行蹤吧？」

「不用。請替我向強太太問好。」

「強太太知道那兩個停車場是誰的，」他笑起來，「你大概不會受邀來參加感恩節晚餐了。」

「很好，」毛毛對他說，「那丹尼就可以和我們一起過感恩節了。」

他離開我們桌邊之後，毛毛意識到我們不可能一直待在匈牙利點心店不走，於是決定切入正題。「你知道嗎，你媽媽在這裡，」她說，「我見過她。」

麗茲又走了過來，對著我舉起咖啡壺。我搖搖頭，毛毛端起杯子，再要一杯。「什麼？」門口灌進冰冷的風。**她死了**，我很想說，**她現在肯定已經死了**。

「我不能告訴你姊，我不能讓她的糖尿病變得更嚴重。」

「知道媽媽沒死，並不會讓她的糖尿病惡化。」我說，想在這個完全沒有邏輯可言的對話裡運用邏輯。

毛毛搖頭。「當然會。你不記得她當時病得多重嗎？你還太小。你媽媽不時來來去去，回來又走，最後永遠離開，害梅芙差點死掉。這是事實啊。事情發生之後，你爸叫她永遠別再回來。梅芙住院的時候，你爸給你媽寫了封信，我知道。他告訴她說，她會害你們兩個孩子都沒命的。」

「我們兩個？」

「這個嘛，」她說，「你當然沒事。他把你拖進來，只是要讓她覺得更難受。要是你問我，我會說他其實是希望她會因此而回來。但他顯然錯了。」

在這場會面的一個鐘頭之前，如果有人問我，我對我媽有什麼感覺，我肯定會發誓說我對這個問題什麼感覺也沒有，所以此時心中湧起的熾烈怒火，讓我相當難以理解。我豎起手，要毛毛暫停一下，讓我的大腦有機會消化這些訊息。她抬起手用掌心輕碰我的掌心，彷彿在測量我手指的長度。也許是因為強博士和學生——一個和我當年與強博士第一次見面時年紀相仿的男生——坐在隔我們兩桌的地方，讓我想到那次站在強博士研究室門口的情景。

沒有爸媽?他問。

「她現在人在哪裡?」我突然驚覺,我媽說不定也有可能走進匈牙利點心店,拉開椅子坐下。說不定我和毛毛的重聚是爲某個可怕的驚喜所設下的圈套。

「我不知道她**現在**在哪裡。我見到她是一年多以前,也許兩年了。我很不會記時間。但我確定是在包爾利。我坐在公車上,隔著車窗看見她,艾娜·康洛伊站在那裡,好像在等我似的。我心臟差點停止跳動。」

我呼一口氣,心臟又開始跳動。「妳是說,妳坐在公車上,看見有個長得很像我媽的人?」在公車車窗外面看見某個你認識的人,感覺上是很牽強的說法。但我沒搭過公車,就算我搭公車,應該也不會看窗外。

毛毛翻個白眼。「天哪,我又不是白癡,丹尼。我**下**車了。我回頭去找她。」

「那個人確實是她?」艾娜·康洛伊,丟下丈夫和兩個熟睡的孩子,半夜跑去印度的那個艾娜·康洛伊,現在人在包爾利?

「她和以前一模一樣,我敢發誓。但她頭髮變得灰白了,像梅芙以前那樣,紮成辮子。她和梅芙一樣,都有一頭多到很難想像的頭髮。」

「她還記得妳嗎？」

「我又沒變那麼多。」毛毛說。

我才是變很多的那個人。

毛毛把咖啡倒進水杯，讓冰塊融化。「她問起的第一件事就是你和梅芙，但我既然不知道，也就沒什麼可告訴她的。我甚至不知道你們住在哪裡。我覺得好羞愧，當年那些事突然回到眼前，像昨天才發生似的。我想到我被開除，想到我**爲什麼**被開除，我沒遵守我對她的承諾，留下來好好照顧你們。」她的悲傷在我倆之間懸浮不散。

「我們是她的孩子，她才應該留下來，自己好好照顧我們。」

「她是個很好的人，丹尼。她當時情況很不好。」

「因爲住在荷蘭大宅，所以情況很不好？」

毛毛低頭看她的空盤子。這不是她的錯。即使她打過我，即使她因此而被趕出去。我不是個寬宏大量的人，但我把身上僅有的這一點點寬恕給了毛毛。

「你不了解，」她說，「她沒辦法過那樣的生活。她發食物給窮人，彌補她的罪過。她想要贖罪。」

「她要向誰贖罪？是我，還是梅芙？」

毛毛想了想。「向上帝吧，我想。如果不是這樣，她就不會在包爾利了。」

我，在哈林區和華盛頓高地收購房地產的我，連碰都不會碰包爾利一下。「她什麼時候離開印度的？」

毛毛撕開兩個糖包，加進她的冰咖啡裡，攪拌著。我很想告訴她，如果趁咖啡還熱的時候，把糖加進去，應該會比較容易溶解。事實上，我很想告訴她，如果我們坐在一起討論糖如何溶解，情況應該會好很多很多。「很久以前。她說已經很多年了。她說大家都對她很好。你能想像嗎？她很樂意留在那裡，但她必須到需要她的地方去。」

「而那個地方不是艾爾金公園？」

「你一定要了解，她放棄了一切。她放棄你，放棄你姊、你爸和大宅，去幫助窮人。她住過印度，天曉得還有哪些可怕的地方。她來到包爾利。那個地方有多髒，你也知道。臭氣沖天，垃圾啊人啊都是。你媽媽發食物給毒蟲和醉鬼。如果這不是歉意，那我就不知道什麼叫歉意了。」

我搖搖頭。「這是妄想，不是歉意。」

「我眞希望可以和她多聊聊。」毛毛說，顯然覺得很受傷。「可是我那天上班要遲到了。我現在是照顧新生兒的保姆，總是在投入太多感情之前，就換工作。而且老實說，滿街都是遊民晃來晃去，我站在那裡也覺得很不舒服。我才剛動了這個念頭，她就說她要陪我走到公車站。她挽著我的手，好像我們是對老朋友。她說她在那裡工作了很長一段時間，如果我願意的話，可以回去和她一起服務，或只是去看看她也行。我一直在想，哪天休假要去找她，但巴比不答應。他說我才沒必要去幫那些嗑藥的毒蟲煮午餐咧。」

我靠在椅背上，努力消化這些消息。我很慶幸梅芙不在紐約。我可不希望她哪天在車窗外面看見我媽站在街上。「妳知道她現在人在哪裡嗎？」

她搖頭。「我應該想辦法早一點找到你們，就可以把這個消息告訴你們。找你們應該不會難才對。我覺得很過意不去。」

我招手叫麗茲拿帳單過來。「如果我們媽媽想見我們，她應該自己來找我們。就像妳說的，應該不會太難才對。」

毛毛手指扭著紙巾。「相信我，我知道每個人都有段難熬的時期。我也經歷過。但是你媽媽有比我們更崇高的目標要完成，眞的。」

我把錢放在桌上。「那就祝福她盡情享受。」

我看看手錶，發現已經誤了時間。我原本安排好了要和包商晤談，免得和毛毛的會面拖得太長。她和我一起走了兩條街，才發現她走錯方向。她拉拉我的手。「我們會再見面的，對吧？」她說，「梅芙有我的電話號碼，我很想見你們兩個。我也想讓你們見見我的孩子。他們都是好孩子，像你和你姊一樣。」

梅芙說的沒錯。再次見到毛毛不只很重要，而且我一點都不生她的氣。她當時處在無能為力的狀況，沒人能把發生的一切怪到她頭上。「妳會離開他們嗎？」

「誰？」

「你那幾個好孩子？」我說，「妳會拋下他們，離開家門，再也不讓他們知道妳還活著嗎？妳會在他們還沒大到可以記得妳模樣的時候就拋棄他們？把他們留給巴比，讓巴比獨力撫養他們？」

我看得出來我這一擊的力道在她身上慢慢擴散。她退開一步。「不會。」她說。

「那妳是個好人。」我說，「我媽不是。」

「噢，丹尼。」她說，聲音卡在喉嚨裡發不出來。她擁抱我，道別。走開之後，還轉身看我好多次，彷彿一次次在人行道上繞著同心圓慢慢前進似的。

事實上我也見過我媽媽，雖然我當時並不知道。和毛毛分手，走在一一六街上時，我非常確定這件事。那是某天午夜時分在亞伯特·愛因斯坦醫院的急診室，大約兩年前，也許是三年也說不定。候診室的椅子坐滿人。爸媽腿上抱著半大不小的小孩，有的是懷裡摟著孩子踱來踱去。有人靠在牆邊流血呻吟，吐在自己腿上。典型的刀槍俱樂部*週六夜。我檢查一個呼吸道受傷的女病人（是因為汽車方向盤？還是男朋友？），內視鏡一插進鼻咽腔，她兩邊的聲帶就同時塌陷，血和唾液從四面八方冒出來，花了彷彿無止無盡的時間才把氣管內管安置好。完成處置之後，我走到候診室找到送她來醫院的人。我喊著病歷上的名字，有個女人在我背後拍拍我肩膀說：「醫生。」大家都是這樣，病人和替病人發聲的人都會一遍又一遍哀求：醫生，護士，醫生，護士。亞伯特·愛因斯坦醫院急診室像是被人流龍捲風襲捲的現場，最重要的訣竅就是專注做你該做的事，不理會其他的。但我一轉身，那女人看我的表情——該怎麼說，驚詫？恐懼？我記得我還伸手摸摸臉，看是不是沾了血，因為以前有過這樣的情況。她個子很高，瘦得可怕，我心中默默把她歸類為病入膏肓的肺癌末期或結核病患者。但這並不會讓她在眾人之中顯得特別。她之所以特別引起我的注意，是因為她喊我：「西里爾。」

我應該要問她為什麼會知道我父親的名字，但這時有個男的說我剛處理的病患是他女朋友。我帶他到走廊，很懷疑是不是他勒女朋友的脖子。我在候診室只待了不到一分鐘，但等我有機會想起那個紮著灰髮辮子、喊我父親名字的女人時，她老早就離開了，而我也已經失去興趣。我不好奇她是不是我爸的房客，或他以前在布魯克林的舊識。我怎麼也沒想到她可能是我媽媽。就像在急診室工作的其他人一樣，我只專注於眼前的工作，只努力想辦法熬過這一夜。

成長過程中有個離家跑去印度，再也無音信的媽媽是一回事——沒什麼好討論的，就當她死了吧。但發現她就住在一號線往運河方向十六站之外，卻從未和你聯繫，那簡直是野蠻了。無論過去曾經有過多少浪漫的想法，曾經爲她找過多少藉口或理由，此時都像火柴一劃，燒得精光了。

我回到大樓的時候，包商已經在大廳等我，我們討論要把正面磚牆上的窗框拆掉。一個鐘頭之後，瑟萊絲特下課回來，他還在測量。她心情很好，非常開心，一頭黃髮被狂風吹得亂七八糟。她聊起她班上的孩子，說他們是怎麼拿美術紙剪葉子，然後在葉子上寫名字，讓她可以在教室門上貼成一棵樹。我聽著聽著，越來越沒注意她在說什麼，只沉浸在她悅耳的聲音裡。我知道瑟萊絲特會永遠在我身邊。她一再證明她對我的眞心。如果男人註定要娶個像他們媽媽的女人，嗯，這就是我扭轉宿命的機會。

---

* *The Knife and Gun Club*，為丹佛綜合醫院急診室醫生尤金・理查斯（Eugene Richards）所寫的急診室紀實，後被引用為「急診室」的代稱。

「啊！」她說，把書袋丟在地上，抬頭吻我。「我講太多了！我好喜歡那些小孩喔。我該住嘴了。告訴我成年人的世界發生了什麼事。你今天過得好嗎？」

但我什麼也沒告訴她。我沒提起點心店或毛毛或我媽。我告訴她，我一直在想，我想我們該結婚了。

第十三章

我眞希望我沒把份內的工作全丟給梅芙，害她得開車到萊道爾去找瑟萊絲特和她媽媽吃午飯，討論餐巾的顏色，以及酒會上供應烈酒，或只提供啤酒、葡萄酒與供敬酒的香檳，各有何優劣。

「冷凍蔬菜，」後來梅芙告訴我，「我眞想告訴她說我可以提供冷凍蔬菜，給他們家後院鋪滿青豆，這樣我們就不必再討論七月的草地是不是夠綠了。」

「對不起，」我說，「不該讓妳處理這些事情的。」

梅芙翻個白眼。「是喔，但你又不可能自己處理。更何況如果我不參與，那婚禮上就沒有人可以代表我們啦。」

「我打算自己在婚禮上代表我們。」

「你不懂。我雖然沒結婚，但我懂。」

瑟萊絲特說梅芙眼看我比她早結婚，所以心裡難受。瑟萊絲特也說，梅芙都已經三十七歲了，很難找到對象，所以婚禮帶給她的，顯然不是喜悅。但事實並非如此。首先，梅芙絕對不會嫉妒我的幸福。其次，我一次也沒聽她提起對婚姻有絲毫興趣。梅芙才不在乎婚禮，她的問題在於新娘。

我拚命向我姊解釋，我和很多女人約會過，瑟萊絲特眞的是最好的選擇。而且我也不是倉促決定的。我們從大學時代就開始交往了。

「你從一堆你不喜歡的女生裡，挑出一個你最喜歡的。」梅芙說，「你的對照組基本上就有瑕疵。」

但我挑的是全心全意奉獻自己，為我鋪平坦途，支持我人生的女人。問題是，梅芙覺得她自己才是始終照顧我的人。

至於梅芙的感情生活，或欠缺感情的生活，我一無所知。但我可以說：我這輩子都看著她給自己測血糖，打胰島素，除非是在絕對緊急的狀況下，她從來不會當著其他人的面前動手。我唸醫學院，還有後來當住院醫師的時候，都想過要和她討論她的醫療處置，但她不肯。「我已經有內分泌醫師了。」她說。

「我沒有要當妳內分泌醫師的意思，我只是以妳弟弟的身分發言，關注妳的健康而已。」

「你非常好心。這個話題到此為止。」

梅芙和我有無數個理由可以對婚姻抱持懷疑態度——我們年少時期的經歷足以讓任何人質疑婚姻——但如果非猜不可，我不會把問題怪在安德莉亞或我們爸媽頭上。梅芙眞正擔心的，就我揣測，是她往自己肚皮上扎針的時候，絕對不容屋裡有其他人在場。

「再告訴我一次，我不結婚和你娶瑟萊絲特有什麼關係。」

「沒有關係。我只是想確定妳沒事。」

「相信我，」她說，「我並不想娶瑟萊絲特。她完完全全屬於你。」

如果不是梅芙，這場婚禮的大小事項，包括所有的開銷和決定，都會由諾克羅斯家負責。梅芙相信，在兩家聯姻關係一開始，我們康洛伊家就應該有平等的立足點。畢竟，如果加上叔舅姑姨，以及所有因為血緣與婚姻關係而來的堂表兄弟姊妹，諾克羅斯家族人數多如星辰，而康洛伊家只有我們姊弟倆。我知道我們這邊應該要有人出面，但既然全家就只有梅芙和我兩人，所以就全落在梅芙身上了。我那段時間忙著和電工碰面，同時學習格外困難的技能，想整修沒塗灰泥的石牆。我實在太忙，沒時間打理婚禮細節，所以我派住在離瑟萊絲特娘家只有十五分鐘車程的姊姊，當我的全權大使。

本於分工精神，梅芙自告奮勇撰寫要刊登在報上的訂婚啓事。**威廉・諾克羅斯與茱**

莉・諾克羅斯的千金瑪麗・瑟萊絲特・諾克羅斯，和艾娜・康洛伊與已故西里爾・康洛伊的公子丹尼・詹姆斯・康洛伊謹定於七月二十三日週六舉行婚禮。

但瑟萊絲特不喜歡「已故」這兩個字。她覺得在喜慶的場合，用這兩個字有點觸霉頭。

「還有妳媽媽？」梅芙在電話裡模仿瑟萊絲特的嗓音，怪腔怪調的。「妳當眞要把妳媽媽的名字寫在訂婚啓事裡？」

「啊。」我說。

「我告訴她說，你確實有媽媽。一個失蹤的媽媽和一個死掉的爸爸。我們就是這樣啊。然後她問我，如果我們把他們的名字全拿掉呢？反正他們已經都不在了，這麼做也不會害他們傷心。」

「然後呢？」我並不覺得這個提議有什麼好生氣的。

「這樣會傷害我的感情耶，」梅芙說，「你又不是雨後突然冒出來的蕈菇。你是有爸媽的。」

最後是我那位通情達理的未來岳母站在梅芙這邊，讓問題解套。「就這樣辦吧。」她對女兒說。但提出的妥協之道是，喜帖上不會有我們爸媽的名字。梅芙抱怨了好一陣子，最後終於接受。

從頭到尾，我都沒告訴梅芙，我們媽媽就在附近活動。我之所以隱瞞，並不是覺得這個消息會影響梅芙的病情，而是因爲沒有她在，我們會過得更好。是毛毛提供的消息讓我領悟到這個道理的。在這麼多年的混亂與流離之後，我們的生活終於安定下來。如今想辦法花掉信託的錢既然已非我的工作，我們也就很少提起安德莉亞，甚至很少想到她。我不再行醫。我擁有三棟房子。我即將結婚。梅芙不知基於什麼理由，毫無怨言地繼續在歐特森公司工作。她似乎比我印象裡的她更快樂，雖然她並不樂見我娶瑟萊絲特。這麼多年來，我們的生活始終被過去牽制，但很不可思議的，我們並未陷入泥淖，反而像其他人一樣，總能及時向前邁進。告訴梅芙說我們媽媽就在附近，告訴她說我不確定我們爸媽是否眞的離婚了，也就意味著要重新點燃我耗費畢生之力拚命撲滅的大火。我們何必去找她呢？她一直沒回來找我們啊。

我不是說梅芙不該知道，也不是說我永遠不會告訴她。我只是覺得時機不對。

七月下旬一個燠熱的日子，瑟萊絲特和我在萊道爾的聖怡樂教堂結婚。秋天的婚禮應該會更宜人，但瑟萊絲特說她希望在九月開學之前把所有的事情都安頓好。梅芙說瑟萊絲特是不想讓我有取消婚禮的時間。諾克羅斯家租了一頂帳篷舉行酒會，瑟萊絲特和梅芙爲了這個場合暫時擱下她們的嚴重不合。莫利斯．強是我的男儐相。他覺得我離開科學研究簡直可笑至極。「我在你身上浪費了我大半個教學生涯。」他說，手臂攬著我的肩膀，和任何一位驕傲的父親一樣。多年後，我在河濱道買下一幢宛如珠寶盒般精緻的戰前高級大樓，有裝飾藝術風格的大廳和鑲嵌綠色玻璃的電梯門。我把頂樓一半的空間留給強博士夫婦，也把屋頂的鑰匙交給他們，但只收他們一間小套房的租金。他們就在那裡安享餘年。

度蜜月時，琵萊絲特把她的避孕子宮帽丟進大西洋。那天清晨，我們看著它掉進平緩的海浪裡，漂離緬因州海岸。

「這樣有點噁心。」我說。

「別人會以爲那是水母。」她啪一聲關上粉紅色的空盒子，丟進皮包裡。我們前一天嘗試下水，但儘管是七月底，但水才淹沒膝蓋，就冷到受不了，所以我們回飯店，琵萊絲特穿上泳衣，就只爲了讓我幫她脫掉。她覺得我們已經等太久了。二十九歲的她不想再拖過任何一次週期。我們的女兒在九個月之後出生。我不顧她的抗議，用我姊的名字給她命名，但爲了妥協，我們叫她小梅。

小梅從出生就不添麻煩。我告訴瑟萊絲特，如果她願意的話，我可以在我們床上鋪防水布，在家幫她接生，但她不願意。我們半夜搭計程車到哥倫比亞長老教會醫院，六個鐘頭之後，我們的女兒就由我以前的同學接生。瑟萊絲特的媽媽來住一個星期，梅芙待了一天。經過婚禮籌備的過程，梅芙和茱莉·諾克羅斯對彼此互有好感，而且梅芙發現，只要我岳母在，她和瑟萊絲特就處得比較好。此後她就按照這個原則安排短期造訪。瑟萊絲特辭掉哥倫比亞學校的教職，五個月之後再度懷孕。她很會生小孩，她老是喜歡這麼說。她打算善用她的實力。

但是生小孩的問題，運氣成分居大，沒有人能保證第一次很容易，第二次也會很容易。懷第二胎的第二十五週，瑟萊絲特開始宮縮，只能臥床安胎。醫生診斷她的子宮頸無力，沒有辦法撐住胎兒，抵抗無時無刻不存在的地心引力。她爲此而責怪自己。

「去年他們沒說我子宮頸無力。」她說。

要不是他們認爲我也算合格醫生，可以監控用藥，替她量血壓的話，醫生就會要她住院了。我唯一應付不來的是小梅，因爲我有工作，又有瑟萊絲特要照顧。

「我們得請人來幫忙，」我說。瑟萊絲特說得很明白，她不希望她媽媽搬到紐約來，而請梅芙來幫忙更是連討論都不必的想法。

「我只是希望能找個我們認識的人。」瑟萊絲特說。她很沮喪，很害怕，也很氣自己不能像以往一樣自己打理好所有的事情。「我不想要陌生人來照顧小梅。」

「我可以找毛毛試看看。」我說，雖然我這個提議也非全然真心。打電話給毛毛，就像某些事情一樣，似乎是往後倒退一大步。我把小梅摟在腰上，她扭動身體，伸出肥肥的小手想找媽媽。

「什麼毛毛？」

「就是毛毛啊。」

「你在說什麼？」

「我沒對妳提起過毛毛？」

瑟萊絲特嘆口氣，把毯子拉平。「我想沒有。誰會忘記叫毛毛的人。」

我們剛開始交往的時候，瑟萊絲特問起我眼睛旁邊那道小傷疤，我告訴她說是在裘特打網球雙打的時候，被反手拍打傷的。我不想告訴躺在我床上的這個漂亮女孩說，我的愛爾蘭保姆拿木匙打我。我既未提起毛毛，瑟萊絲特當然也就不知道我爸的風流韻事。很難開口推薦一個既和僱主上床、又打小孩的保姆，但我徹底原諒她了，而且就像梅芙說的，我們沒必要怨恨我們那段人生裡的任何人。「她是我們以前的保姆。她也住在布朗克斯。」我說。

「我還以為你們的保姆是珊蒂和喬塞琳。」

「珊蒂是管家，喬塞琳是廚子，毛毛是保姆。」

瑟萊絲特閉上眼睛，靜靜點頭。「我搞不清楚你家的那些傭人。」

「我該打電話給她嗎？」小梅這小孩很不可思議，就是有辦法集中自己的重量，讓我活像抱了一袋五十鎊重的馬鈴薯。我放下她，讓她躺在媽媽身邊。

「就試試吧，她把你帶得很好啊。」瑟萊絲特伸手摸摸女兒。小梅只能躺在她身邊，她不能抱。「最起碼是個開始。」

就這樣，距離我們上次住在同一個屋簷下將近三十年之後，毛毛來到一一六街照顧我們的女兒。瑟萊絲特相當樂見這樣的安排。

「到處都是跳蚤！」我們僱用她的隔天，我聽見她對我妻子說。我剛好走到門口，站在狹小的玄關。我不是有意偷聽，只因為我們的公寓太小。她們知道我就站在那裡。「我第一次去見康洛伊一家人的時候，他們站在那裡抓癢。我拚命想留給他們好印象，妳知道的。那房子沒人住之後，就由我看管，我希望他們能讓我留下來，所以我穿上最好的衣服，過去自我介紹，他們就帶了一疊箱子站在那裡。我看見梅芙一雙小腿上有跳蚤。她走到哪裡，跳蚤就跟到哪裡，當她是塊糖似的。」

「慢著，」瑟萊絲特說，「妳沒住在那棟房子裡？」

「我住在車庫。車庫樓上有間公寓，以前我爸媽替范胡貝克夫婦工作的時候，就住在那裡。我照顧老太太的時候，當然就住在大宅，我從沒留她一個人在屋裡。但是她過世之後，我觸景傷情，所以就搬回車庫住。我是在那裡長大的。以前大宅裡有很多女傭，但後來整個房子就只有我一個傭人，起初照顧老太太，接著看管房子，然後又變成康洛伊家的保姆，先是帶梅芙，接著帶丹尼。」

最後妳又成了情婦，我放下手裡的郵件，心想。

「除了照顧房子不行之外，我其他工作都做得很好。」

「可是照顧人和照顧空房子，」瑟萊絲特說，「是完全不同的工作啊。」

「我很怕那棟房子。我總是覺得范胡貝克夫婦還在裡面，變成鬼魂了。雖然他們已經死了，但我還是無法想像那個地方沒有他們會是什麼樣子。就算一個星期找個大白天進去看一眼，我都很害怕，所以根本不知道那些滿身跳蚤的浣熊已經鑽進大宴會廳了。牠們一定才住進來沒多久，因爲銀行的人來的時候，還沒有跳蚤，康洛伊先生來看房子的時候也沒跳蚤。可是等他們搬進來的時候，就到處都是跳蚤了，你都看得見牠們在地毯、牆壁上跳來跳去。他們那天如果當場把我轟出去，我也不怪他們。」

「有跳蚤又不是妳的錯。」瑟萊絲特說。

「可是妳仔細想想，確實是我的錯。我整天都在睡覺不做事。妳想怎麼樣呢？要不要我把孩子放下來，幫你們做午飯？」

「丹尼，」瑟萊絲特喊我，「你要吃午飯嗎？」

我走進臥房。瑟萊絲特平躺在床上，毛毛坐在椅子上，小梅在她懷裡睡覺。

瑟萊絲特抬頭對我微笑。「毛毛在跟我說跳蚤的事。」

「他媽媽收留我。」毛毛說，笑容燦爛，彷彿收留她的是我。「她不比我大多少，但我把她當媽媽看。我那時好孤單！而且她人那麼好。艾娜自己日子很不好過，卻還是讓我覺得她很高興有我在她身邊。」

「她日子不好過，是因爲有跳蚤？」

「是因爲那棟房子。可憐的艾娜討厭那棟房子。」

「我想吃點東西。」我說。

「爲什麼是『可憐的艾娜』？」瑟萊絲特問。自從我把身世告訴瑟萊絲特之後，她就對我媽格外沒好感。她覺得拋下兩個兒女一點道理都沒有。

毛毛低頭看著我那沉睡在她胸前的女兒。「她人太好，不應該住在像那樣的地方。」

瑟萊絲特抬頭看我，很困惑。「我以為你說那棟房子很好。」

「我要去弄個三明治。」我說，轉身離開。我很想叫毛毛別說了，但又何必呢？她是在講給瑟萊絲特聽，而瑟萊絲特是天底下唯一一個肯聽這個故事的人。毛毛講荷蘭大宅的故事給瑟萊絲特聽，就像《一千零一夜》裡的雪赫拉莎德想辦法要再多爭取一夜，而聽著故事的瑟萊絲特也終於得以拋開心裡的煩憂，無論如何都不讓她離去。

凱文早產，在保溫箱裡住了六個星期，總是隔著透明塑膠箱壁，用那雙霧濛濛的眼睛盯著我們。毛毛在家裡陪小梅。「一切都很好，」毛毛對我說，一面親小梅額頭，一連串飛快的輕吻。「我們在這裡好好的。」瑟萊絲特住院的時候，梅芙搭火車過來，陪毛毛和以她命名的姪女住了幾天。梅芙和毛毛兩個在一起的時候，總有說不完的往事。她們宛如置身荷蘭大宅，穿過一個又一個房間。「妳記得那個爐子嗎？」她們其中一個問。「得要用火柴才能點著的那個爐子？要花好長的時間才能點得著，我每次都以為我就要把整個房子炸掉了。」「妳記得三樓臥房的粉紅色眞絲床單嗎？我這輩子沒再見過像那樣的床單。我敢說到現在都還完好如初，因為那張床根本就沒人睡嘛。」「妳記得我們兩個去游泳池游泳，喬塞琳說上班日看見保姆像海豹那樣游來游去，眞是不成體統？」然後她們兩個就一直笑，一直笑，笑到小梅也跟著她們笑。

小梅出生之後不久，我在自然歷史博物館北邊不遠處爲瑟萊絲特買下一幢褐石建築，利用週末親自整修。這幢四層樓的獨棟大宅超出我們的負擔能力，卻是我們可以度過餘生的那種房子。附近環境不算非常理想，但比我們現在的住處來得好。中產階級風已開始吹向上西區，我希望能趕在潮流之先。爲了展開新生活，我們必須搬遷跨過二十五條街。我打算付錢請珊蒂和喬塞琳週末過來，還有毛毛，一起幫我們把東西打包裝箱，搬到新家之後再拆封。

「我們**現在**就要搬？」我們坐在新生兒加護病房等候室時，瑟萊絲特問。探病時間九點開始。

「搬家永遠沒有好時機。」我說，「現在搬，凱文回家的時候就可以直接到新家。」

新家有四間臥房，但凱文和小梅還小的時候，我們讓他們住同一個房間。「最好別一直走來走去，」毛毛說，「這裡有太多該死的樓梯。」瑟萊絲特同意，還逼我在擁擠的嬰兒房裡硬是塞進一張單人床。最後緊急剖腹生產的她說，她希望孩子一哭就能趕到，不必走太遠。

有天晚上，毛毛從我們位在頂樓的臥房幫瑟萊絲特拿毛衣，接著把要洗的衣服拿到一樓的洗衣間，然後又到三樓幫小梅換尿布，穿上乾淨的衣服，再把髒衣服拿到樓下洗。做完這些工作之後，她倒在瑟萊絲特旁邊的沙發上，雙頰熾紅，胸膛劇烈起伏。

「妳還好嗎？」瑟萊絲特問，懷裡抱著凱文。小梅一顛一顛地走向壁爐。我才剛在爐裡生火。

「小梅。」我說。

毛毛深吸一口氣，伸出雙手，於是小梅轉身，步履不穩地衝向她。

「樓梯太多了。」瑟萊絲特說。

毛毛點頭，又過一分鐘，呼吸終於緩了過來。「這總是讓我想起可憐的范胡貝克夫人過世之前的那段時間。我恨死那些樓梯了。」

「她跌倒了嗎？」我問，因爲我對范胡貝克夫婦一無所知，只知道他們因爲香菸生產而致富，後來死了。

「這個嘛，她沒跌下樓梯，如果你要問的是這個問題的話。她在花園裡摘牡丹花的時候跌倒。跌在柔軟的草地上，摔斷臀骨。」

「什麼時候？」

「什麼時候？」毛毛說，突然被這個問題難倒了。「我只知道那個時候正在打仗。當時她兒子都死了，范胡貝克先生也死了，大宅裡只剩我和夫人。」

毛毛剛來爲我們工作的時候，原本也想叫瑟萊絲特「夫人」，但瑟萊絲特說什麼都不肯。

「她兒子是怎麼死的？」瑟萊絲特把毯子拉起來蓋住凱文脖子。雖然壁爐有火，但房間還是很冷。我得修理窗戶才行。

「妳想知道他們每一個的情況？林納斯得了白血病。他很早就死了，大概還不到十二歲吧。比較大的皮耶特和馬頓，都死在法國。他們說如果美國不讓他們上戰場，他們就回荷蘭去打仗。我們先是聽說他們兄弟其中一個死了，不到一個月之後，就聽說另一個也死了。他們都長得很帥，像圖畫書裡的王子。我說不上來我比較喜歡哪一個。」

「范胡貝克先生呢？」我坐在火爐邊的大椅子問。時鐘滴滴答答，夜晚一分一秒流逝。我沒打算和她們待在一起，但還是留了下來。我們置身火光閃爍的客廳裡，聽見一條街之外，百老匯大道車來車往的聲音。我聽見雨聲。

「肺氣腫。所以我從來都不抽菸。老范胡貝克先生一個人抽的菸，抵得過全家人的份。那種死法很可怕。」毛毛看著我說。

瑟萊絲特把腿縮到身體下方。「那范胡貝克夫人後來呢？」她想聽故事。小梅在毛毛腿上嘟嘟囔囔一陣，然後安靜下來，彷彿也在聽。

「我打電話叫救護車，他們把她從花園裡抬起來，載走。我開著大宅裡僅剩的一輛車跟著去。我爸是司機，你們知道，所以我會開車。我問醫院，我可不可以睡在老太太病房裡照顧她，護士說不行。她說他們要給老太太屁股打釘子，所以她需要好好休息。當時我爸媽已經一起在維吉尼亞找到工作，因爲經濟大蕭條的緣故，所有的員工都遣散了，大宅只剩我一個人。我已經二十出頭，但這輩子從沒自己一個人過夜。」毛毛想到這裡，搖搖頭。「我嚇壞了，老是覺得聽見有人在講話。後來天黑之後，我才突然醒悟，平常都是我在保護老太太啊，不是反過來。難道我以爲是那個小老太太在保護我嗎？」

小梅打個哈欠，仰頭靠在毛毛胸前，看她一眼，確信自己還在她懷裡，然後安心閉上眼睛。

「她在醫院裡過世的嗎？」我問。我想一九四〇年代的臀部固定手術應該不怎麼進步。

「噢，不是。她後來好了。我每天都去看她，兩個星期後，救護車又送她回來。這就是我剛才會提到這件事，說我恨死樓梯的原因。他們用擔架把她扛上樓，讓她躺回床上，我拿枕頭幫她固定好姿勢。她很高興能回家，還謝謝救護車的那些人，說她這麼重，眞是不好意思，事實上她輕得像隻小母雞。她睡在你爸媽住的那間靠前院的大臥房。救護車離開之後，我問她要不要喝茶，她說好，所以我下樓泡茶。從這時開始，就沒完沒了了。她總是要這個，要那個，然後又再要別的。所以我每隔五分鐘就要上下樓梯一趟，這也沒什麼問題，因爲我還年輕。但過了大約一個星期之後，我發現我犯了大錯。我應該讓她睡在一樓的，就在玄關那邊，這樣她就可以看見外面。如果是在一樓，她可以看著外面的草地、樹木和鳥，這一切都還在她的生活裡。但在樓上，她只有壁爐可以看。躺在床上，她看不見窗外的景物，只看得見天空。她從來不抱怨，但讓我很替她難過。我知道她不會好轉了，沒有任何理由能讓她好轉。她像隻小鳥，這麼老，但這麼可愛。每次我必須出門買東西或幫她拿藥，就得多餵她吃顆藥，讓她睡著，否則她就會搞不清楚我爲什麼不在，想要自己下床。她不記得自己臀部骨折，這就是問題。她總是想要起床。我叫她不要動，快速衝下樓去拿她要的東西，但回到樓上的時候，十次有五次，她都已經爬起來，一腳踩在地板上，然後我就又要拚命把她拉回床上，用一大堆枕頭擋住她，像擋住小寶寶一樣。所以下樓的速度得快上一倍才行。我簡直可以跑馬拉松了，只是我想當時應該還沒有馬拉松才對。」她低頭看小梅，手摸摸寶寶柔軟的黑髮。「我這個人一點都不多愁善感。」

剛開始的時候，有時候瑟萊絲特會想要講梅芙的事，但毛毛不肯聽。「我愛我的孩子，」她說，「梅芙是我帶的第一個孩子。我救過她一命，妳知道的。她糖尿病發作的時候，是我帶她去醫院的。想想看，以後小梅長大了，有人要講她的壞話給我聽，」她抱著小梅在她腿上下跳動幾次，逗得小梅哈哈笑。「這——絕對——不行。」她對著寶寶說。

瑟萊絲特很快就乖乖遵守這個原則。如今在她的生活裡，和她維持最重要關係的成年人就是毛毛，她很怕有一天大家會認爲寶寶夠大了，她應該要自己帶孩子。她之所以需要幫手，不只是因爲兩個孩子年齡差距如此之小，同時也是因爲毛毛知道該怎麼處理耳朵痛、皮膚疹和無聊。她比我還了解什麼時候才是去看小兒科醫生的適當時機。毛毛是個天才，知道如何應付所有和寶寶相關的事情，但她對媽媽的感受也很敏銳。她對瑟萊絲特的照顧，並不下於對凱文和小梅。瑟萊絲特做任何正確的決定，她都不吝於稱讚。同時，她也會告訴瑟萊絲特什麼時候該休息，教瑟萊絲特怎麼做燉菜。下雨、天黑或太冷不宜外出的時候，她總有許多范胡貝克的故事可以說給瑟萊絲特聽。瑟萊絲特也非常愛聽這些故事。

「車庫在大宅的另一邊，但如果我站在馬桶上，打開窗戶，就可以看見來參加宴會的客人。那個年代沒有誰家辦的宴會比得上他們家，全世界都沒有。大宅所有的窗戶都打開，客人從露台穿過落地窗走進屋裡。天氣冷的時候，他們在樓上的大宴會廳跳舞，但如果天氣很好，可以在外面跳舞，白天就會有工人來把一片片上過亮光漆的木板拼成舞池，這樣客人就可以在草地上跳舞。宴會裡有小型的管弦樂團，每個人都在笑，笑啊笑的。我媽以前常說，天底下最像絲布一般光滑閃亮的聲音，就是有錢女人的笑聲。她整天在廚房忙，搞定所有的菜餚，上菜上到凌晨兩三點，然後又要開始收拾。當然有很多人手來幫忙，但那是我媽的廚房。我爸把所有的車開去停，等客人要離開的時候再開回來。他們回來的時候，我都已經在沙發上睡著了，不管我怎麼努力撐著想等他們，都沒有用，畢竟我還只是個小女孩。我媽會叫醒我，給我一杯酒瓶裡剩下的沒氣的香檳。她叫醒我說：『費歐娜，看我給妳帶什麼來了！』我喝掉香檳，然後倒頭又睡。我那時候頂多五歲吧。那香檳是天底下最好喝的東西。」

「妳覺得我爸怎麼會有錢買下大宅的？」有天晚上我問毛毛。夜已深，萬籟俱寂到簡直可以說是聖潔的時刻。兩個孩子都在搖籃裡沉睡，瑟萊絲特躺在勉強塞進嬰兒房的小床上，才一分鐘就已睡得不醒人事。毛毛和我併肩而立，她洗碗，我擦乾。

「是因爲你爸爸在法國醫院裡碰見的那個男孩。」

我轉頭看她，手裡還拿著餐盤。「妳知道？」我甚至不知道我爲什麼要問，也不認爲她可能知道答案。

毛毛點頭。「他從飛機上摔下來，肩膀骨折。我猜他住院住了很久，那醫院不時有人住院出院。有幾天的時間，他旁邊的病床躺了個胸口中槍的男孩。我儘量不去想他是怎麼回事。那男孩清醒的時間不多，但醒著的時候都會和你爸講話。他說他如果有錢，就會在霍舍姆買地。絕對會，他說，所以你爸問他爲什麼。我想能有講話的對象大概很好吧。那男孩說，因爲還在打仗，所以他不能洩漏機密，但是他叫西里爾記住兩個地名：賓夕法尼亞州，霍舍姆。而你爸爸記住了。」

我從她滿是肥皀泡的手裡接過一個盤子，然後又一個玻璃杯。廚房靠房子後方，水槽上有個窗戶。毛毛總是說，對女人來說，最奢侈的享受莫過於水槽上方有扇窗。「是我爸告訴妳的？」

「你爸？天哪，當然不是。就算我問你爸，他也不會告訴我。是你媽告訴我的。我們兩個很親，你媽和我。你要記得，他們第一天到荷蘭大宅來的時候，她都還相信自己很窮。她逼你爸告訴她錢是怎麼來的。她逼他。她一心以爲他做了什麼不法的事。當時有誰能賺這麼多錢。」

我想起我還在唸大學的時候，找到第一棟法拍屋，拚命想知道我爸是怎麼賺到錢的。

「那後來呢？」

「噢，後來那個可憐的男孩死掉，讓你爸有大把的時間去想他。他在那間醫院裡又住了三個月，才等到運輸機有空位，把他送回美國。之後，他在費城的船塢找到一份文書工作。他以前從沒到過費城。在他和你媽安頓好之後，他弄到一張地圖，找到霍舍姆，離費城只有不到一個鐘頭的車程。他決定到那裡去，我想是出於對那個男孩的尊重吧。我不知道你爸是怎麼到那裡去的，不過那裡什麼都沒有，只有農地。他做了一些調查，看看有沒有地方要賣，後來找到有個人想賣十畝地，價錢便宜得不得了。你知道的，便宜的地，便宜得像土。」

「可是他哪裡來的錢買地呢？」地或許很便宜沒錯，但要是你沒錢，再便宜也沒用。這是我的經驗之談。

「他在田納西河谷管理局*工作時存的錢。戰爭之前，他在那裡的水壩工作，薪水不高，但他是個不浪費任何一分錢的人。但你要曉得，你媽在和他結婚之前，並不知道這些

* Tennessee Calley Authority（TVA），成立於一九三三年，總部位於田納西州諾克斯維爾，是美國經濟大蕭條時期，羅斯福總統的新政之一，透過興建水壩、發電、植樹等，解決密西西比河谷問題。

事情。她不知道他有存款，也不知道那個男孩和霍舍姆的事，什麼都不知道。六個月之後，海軍來拜訪他們，說他們預定要在那裡蓋海軍基地。」

「不會吧？」

毛毛點頭。她臉頰泛紅，雙手也因爲泡在水裡而變紅。「如果事情到此爲止，那就是個美好的故事。但你爸把賣地的錢拿去投資河邊的一棟工業建築，賣掉之後，又開始買進大片大片的土地。而在這段時間，你媽每天泡花豆煮晚餐，你爸幫海軍採購用品，他們帶著梅芙住在基地裡。然後有一天他說：『嘿，艾娜，我借了輛車，要給妳一個大驚喜。』她沒殺了他還眞是奇蹟。」

我們肩併肩站在廚房，碗碟已洗好，我困惑不得解的人生最大謎團也解開了。這時我突然想起，就是這個女人在我小時候打了我。她和我爸上床，想嫁給他。我不禁想，要是毛毛如願以償，人生應該會變得更美好吧。

第十四章

我用很不錯的價格賣掉我們婚後住的第一棟房子，也賣掉最初買的那兩棟褐石建築，然後用獲利買了距我們家六條街，位在百老匯大道上的綜合大樓。大樓裡有三十個出租單位，一樓是家義大利餐廳。就算從年頭到年尾的每一天，醒著的每一分每一秒，我都待在這棟大樓裡，還是有無數非做不可的整修工作，永遠也做不完：無法控制的蒸汽供暖系統；違法丟棄的垃圾；有個房客的女兒把橘子丟進馬桶，想看看能不能沖下去；有個房客不關門，讓他的貓可以到走廊上大便，然後隔壁隔壁那家養的小獵犬老是吞下貓糞，在走廊上大吐特吐。每碰到一個危機，我就多學會修理一樣東西，學會如何安撫那些來找我解決問題的人，儘管那些問題根本不該由我解決。

我賺了錢，僱了大樓管理員，開了一家大樓管理公司。要知道哪棟房子值得買，最確切有效的方法就是先去管理那棟樓，或者管理那條街上有另一幢樓要賣的某棟大樓。那段時間紐約到處有樓要賣，只要你知道該去找誰打聽。我認識市議員，認識警察。我在各大樓地下室進進出出。梅芙幫我記帳，替公司處理稅務，也負責我的個人稅務。這讓瑟萊絲特非常不安。

「你姊沒有權利介入我們生活的每一寸空間。」她說。

「她當然有權利，因爲是我要求她這麼做的。」

瑟萊絲特現在在家帶小孩，所以養成了凡事小題大作的習慣。毛毛又開始當新生兒保姆，在離我們家十條街的地方，替我們的朋友帶小孩。他們剛領養了一對雙胞胎。她在我們家待了很多年，比原先講好的時間更長。現在一個星期也還會來看我們一次，幫我們煮鍋湯，抱著凱文在廚房轉來轉去。瑟萊絲特自己洗衣服，在公園替孩子安排玩伴，模仿卡通的聲音唸第一百萬遍《胡蘿蔔種子》：「有個小男孩種下一顆胡蘿蔔種子。他媽媽說：『我怕長不出來。』」她竭盡全力做好一切，但她那顆轉個不停的大腦仍然還有多餘的空間，於是就常拿來對付我姊。

「你不能讓家裡的人幫你記帳。你得找個專業的人。」

「梅芙**就是**專業的人啊。妳以爲她在歐特森公司幹麼？」兩個孩子都睡了，儘管百老匯大街上有輛消防車鳴響警笛，還是沒能吵醒他們。但爸媽的吵架聲，會讓他們直接從昏迷狀態驚醒。

「天哪，丹尼，她是運蔬菜的。我們做的是貨眞價實的事業，賭上大筆金錢的生意。」

對於我的生意，瑟萊絲特不知道我賭上的是什麼。她完全不知道我們的持股有多少，負債有多大。她沒問。她如果知道我讓我們承擔了多大的財務風險，肯定再也睡不著覺。她唯一確定的是，她不希望讓梅芙靠近，雖然從很多方面來說，管理稅務和貸款的梅芙才是眞正掌舵的人。「好吧，第一，歐特森是一家貨眞價實的企業。」梅芙告訴過我公司的獲利，雖然她應該不能透露才對。

瑟萊絲特豎起手。「別再給我上課，講青豆什麼的。」

「第二，請看著我，我是認眞的。第二，梅芙絕對遵守職業道德，比管理紐約房地產公司的某些會計師更有道德。她一心只記掛著我們的最大利益。」

「是**你的**最大利益吧，」她聲音低得像耳語，「她才不在乎我的利益。」

「我們的事業成功，就是妳最大的利益。」

「你幹麼不乾脆請她來和我們住在一起？她會喜歡的吧？她可以睡在我們的臥房。我們什麼祕密都沒有。」

「妳父親替我洗牙。」

瑟萊絲特搖頭。「這不一樣。」

「妳的牙齒、我的牙齒、孩子們的牙齒。妳知道嗎？我很喜歡這樣。我很感激妳父親。他很厲害，所以我去萊道爾請他補牙。我信任他。」

「我想這點剛好印證了我們長期以來的假設。」

「什麼假設？」

「你是個比我更好的人。」瑟萊絲特一說完就走出臥房，去查看孩子，確定他們沒聽到我們說的話。

我身上招惹瑟萊絲特討厭的每一件事，都是梅芙的錯，因爲生丈夫姊姊的氣，絕對比生丈夫的氣來得容易。她或許已經把最初的失望打包裝進箱裡，但走到哪裡都還是帶著這個箱子。她永遠不可能眞正忘記，她從湯瑪斯·摩爾學院畢業的時候，我不肯娶她，害她帶著挫敗回萊道爾。而我在房地產業投入更深，做得更開心，也沒能讓她釋懷。瑟萊絲特錯看我了。她原本打算給我自由的空間，讓我幡然醒悟自己誤入歧途。然而我從未再想起醫學，除非是和強博士吃午飯，或是碰見某個如今在急診室靠壓住槍傷傷口維生的老同學。小梅大到會要求我買大富翁當聖誕節禮物的時候，我坐在聖誕樹旁陪她一起玩。我無法想像爸爸陪我玩桌遊的情景，但這個遊戲眞的很厲害：房宅和飯店，所有權狀和租金，意外之財與稅金。大富翁就是真實世界。小梅每次都挑蘇格蘭犬*，凱文那時年紀還小，沒辦法專心玩遊戲，但會拿著跑車沿棋盤邊緣轉，把綠色的小房子拿來蓋金字塔。每回擲骰子，移動鐵鑄棋子往前走的時候，我都覺得自己好幸運：住在大城市裡，有工作，有家庭，有房子。我不必待在小得像盒子的房間裡，告訴某人的父親說他得了胰臟癌，告訴某人的母親說我在她胸部發現了一顆腫瘤，或告訴某個孩子的爸媽說我們已經盡了全力，能做的都做了。

但這也不是說我的醫生角色永遠沒機會派上用場。在孩子成長的過程裡，有很多次，我以前所學到的醫學技術都發揮了作用。比方說，有一回我們開休旅車去布萊頓海灘，同行的吉伯特家是我們透過孩子認識的朋友。人生裡有個階段，我們都是這樣認識朋友的。吉伯特家的男孩安迪腳被釘子刺穿。那根釘子釘在木板上，而木板半埋在沙裡，事情究竟怎麼發生的，我並沒看到。那時男孩們從水裡出來，彼此追逐。安迪的爸爸是個公設辯護律師，名叫察克。我和察克，以及兩個女孩在沙灘上。我們各有一個女兒，她倆站在淺水處，拿著水桶撿海玻璃。在浪濤、海風和其他孩子呼嘯叫嚷的聲音裡，我們突然聽見安

*傳統版的「大富翁」遊戲，棋子造型是蘇格蘭犬、禮帽、跑車、戰艦、馬、大炮等。

迪・吉伯特的慘叫。瑟萊絲特和安迪的媽媽躺在浴巾上聊天，一面盯著下海游泳的男孩，離他們比較近。我們同時奔向安迪：爸爸、媽媽、姊妹。他應該是九歲左右，因爲他是凱文的朋友，而凱文這年夏天滿九歲。男孩的母親很漂亮，一頭褐色直髮，穿紅色兩截式泳衣（我記得她的泳衣，卻不記得她的名字，眞是不好意思）。她伸手摸兒子的腳，卻完全不知該如何是好。瑟萊絲特手搭在她肩上，說：「讓丹尼來處理吧。」

那女人看看我太太，然後看看我，顯然很懷疑我怎麼知道如何從腳上拔出釘子。我們跑到他們身邊的時候，我兒子凱文正對他這個腳上有釘子、慘叫不止的朋友說：「沒事，我爸也算是個醫生喔。」

吉伯特夫婦還因茫然恐懼而呆若木雞的那個瞬間，我一腳踩在安迪腳邊，固定住木板，然後指尖伸進他腳背的柔嫩肌肉與木板之間，迅速拔出釘子。他大聲慘叫，當然會慘叫，但沒流太多血，顯然沒刺傷動脈。我抱起他。天氣雖然很熱，但哭號不止的他渾身發抖，身上還沒乾的海水閃閃發亮。我頂著午後眩目欲盲的太陽，抱他走向車子，其他人匆忙收拾東西，結束我們在海灘的一天。察克・吉伯特走到我後面，撿起那塊木板，或許是怕其他的孩子會踩到，也或許是出於律師蒐集證據的本能，就像我拔出釘子的本能一樣。

那天晚上吃晚飯的時候，小梅不停講這天發生的事給我們聽。我本來覺得應該開車回市區，送安迪去大醫院。但吉伯特夫婦擔心我們會塞在路上，所以最後去了布魯克林的一間急診室。我們全部的人都坐在那裡，疲累非常，滿身海沙。急診室醫生給安迪打了一針破傷風，清理他的腳，照了X光，包紮好。匆匆離開布萊頓海灘的時候，吉伯特太太忘了她的外衣，於是只好上身半截紅色泳衣，腰間圍著浴巾，坐在急診室裡和醫生講話。小梅說這些事情給我們聽，彷彿是她從陌生國度帶回來的新消息。我想，搭我們便車回東區公寓的吉伯特夫婦應該不會感激她一再覆述事發經過。她從中間開始講（撿海玻璃，尖叫），然後又回開頭，再一路講到完。她開始講我們是怎麼開車到海邊，我們每個人午餐吃了什麼，以及兩個男生迫不及待下水，雖然他們不該剛吃完飯就去玩水。她也講她和小琵——安迪的姊姊，同時也是小梅的朋友——和我與吉伯特先生一道走。「小琵撿到一個貝殼的時候，」小梅黯然說，「我們聽到第一聲慘叫。」

「夠了。」她媽媽終於說。「我們也都在場。」瑟萊絲特把一盤冷雞肉傳給大家。她曬太多太陽，蒼白的皮膚變成暗紅色，肩膀、胸口、臉都是。我甚至可以感覺得到她身上散發的熱氣。我們都累了。

「你沒問安迪說你可不可以碰他的腳。」小梅對我說，媽媽的嚇阻完全沒起作用。「你甚至也沒問他爸媽。你難道不該先問嗎？」

我對她露出微笑，我這個漂亮的黑髮女兒。「不必。」

「是醫學院教你該怎麼做的嗎？」凱文問。兩個孩子都沒曬傷。瑟萊絲特很細心照顧他們，但對自己就沒那麼留神了。

「當然啦。」我說，這時才發現我有多慶幸，被釘子刺傷腳的不是我兒子。「有一個學期我們專門學怎麼在海灘上幫小男生拔釘子，然後下一個學期，我們學怎麼救被魚骨噎著的人。」

醫學院眞正教我的是如何果斷堅決：鑑別問題，權衡選項，然後採取行動——所有的步驟同時完成。而房地產事業教我的，也是同一件事。就算我沒學過一天解剖學，我還是會當機立斷，拔出安迪．吉伯特腳上的釘子。

「你不要講得這麼輕鬆，」我妻子說，「你是眞的知道怎麼做。」

小梅和凱文停了下來。凱文手裡一穗玉米，小梅放下叉子，兩人都在等媽媽繼續往下說。我們看著瑟萊絲特，等待著。她搖搖頭，只曬了一個下午的太陽，她鬈髮的髮色好像就變淡了。「嗯，這是事實。」

「你是**醫生**。」小梅身體往前靠，抬眼看我說，「你應該當醫生。」小梅可以模仿我們每一個人，但她模仿起瑟萊絲特更是唯妙唯肖。

我們過著非常優渥的生活，我醫學院的同學除非偷賣處方箋，否則絕對過不起像這樣的生活。儘管如此，瑟萊絲特還是喜歡向別人介紹我是醫生。**這是外子，康洛伊醫師**。雖然我請她不要再這麼說，但她還是照做不誤。我們吵架若不是因爲我姊，大半的原因就是我的這個頭銜。

但這天夜裡在床上，瑟萊絲特趴在我身上，頭靠著我的肩膀，所有的爭吵都在這天煙消雲散。「摸我的脊椎。」她說。

她還沒洗澡，身上飄著海洋的氣味，宛如吹過布萊頓沙灘的海風。我的手指穿過她的頭髮，摸著她顱骨底部。「寰椎，樞椎，頸椎，」我輕輕壓著每一節，彷彿壓下鋼琴琴鍵，壓下，放開，從第一節按到第七節。「胸椎。妳應該要多塗點防曬油的。」

「噓，別打岔。」

「胸椎。」我往下算到第十二節，然後就到了腰椎。我稍微施力，畫著圓圈揉她的下背，她發出像牛般的輕柔聲音。

「你還記得嗎？」她問。

「當然記得。」我喜歡她趴在我身上的重量，還有她皮膚散發的高溫。

「那些年我都在幫你用功讀書。」

「那些年妳都在妨礙我用功讀書。」我親吻她的頭頂。

「你是個出色的醫生。」她輕聲說。

「我才不是。」我說，但她還是揚頭看我。

離開醫學院多年，買進賣出許多大樓，賺夠了可以償清房屋貸款，積攢儲蓄的錢之後，我開始掛念那根本不可能達成的所謂「公平」。我接受教育的過程花費了那麼多的時間與金錢，而梅芙什麼都沒有。我已經爲小梅和凱文設立了信託，那麼梅芙爲什麼不能去上法學院，商學院呢？唸書永遠不嫌遲。畢竟她向來是最聰明出色的一個，無論決定唸什麼，她肯定都會帶給我極大的助益。

「我已經對你有極大助益了啊。」她說，「我不需要爲此再唸一個法律學位。」

「那就唸個數學碩士。我不會叫妳去唸妳沒興趣的東西，只是不希望看妳在歐特森公司裡浪費一輩子。」

她沉默了一分鐘，想決定該不該繼續這個話題。「爲什麼我的工作讓你這麼困擾？」

「因為妳做那個工作是屈就。」我迫不及待把她早就知道的一切告訴她。「因為這是妳大學畢業回家來做的第一份工作，而妳現在四十八歲了，還在做。妳老是驅策我去追求更多，現在何不讓我回報妳呢？」

梅芙越是生氣，思慮就越周密。在這方面，她讓我想起我們爸爸——她講的每一個字都精心推敲。「如果這是我送你去唸醫學院所該受的懲罰，那好，我接受。不過我並沒有逼你去追求更多的人生目標，我想你很清楚。但你的意思如果是說你對我的生活感興趣，那麼我可以告訴你：我喜歡我現在做的一切。我喜歡和我一起工作的人。我喜歡我一手協助成長的這家公司。我的工作很有彈性，有包括眼科和牙科在內的醫療保險，累積的有薪假期也夠我環遊世界，只不過我不想環遊世界，因為我**喜歡**我的工作。」

我不知道我為什麼不肯放手。「妳也可能喜歡別的呀，妳連試都沒試過。」

「歐特森需要我。你明白嗎？他很懂運輸和冷凍，或許也懂一點蔬菜吧，但對錢完全沒概念。我一天比一天相信我不可或缺，所以別再煩我了。」

梅芙在歐特森公司做的是全職工作，但她只花一半的時間在公司。此時，歐特森已經不在乎她在哪裡做她的工作，也不在乎她花多少時間在工作上，因為她總是可以搞定一切。他讓她當公司的財務長，雖然我很難想像這家公司會需要財務長。她也幫我的公司管帳，而且向來鉅細靡遺，絲毫不大意。她連麻雀都看顧＊：要是我某棟大樓大廳的燈泡燒壞了，她會要我提供更換紀錄。我每個星期寄給她一整個卷夾的收據、帳單、租金支票，她把所有的數字登記在很像我們爸爸用的那種帳本裡。我們在簡金頓的銀行開戶，所有的戶頭都有梅芙的名字。她負責開支票，處理紐約的州稅、市稅、退稅和獎勵減免。她寫信給租金逾期未付的房客，態度堅定，但公正不倚。我每個月一次，附上一張支票，用以支付她的薪水。但她每個月一次，都沒去兌現。

「我不付錢給妳，也要付錢給別人。」我說，「而且換成是別人，這就會是一份全職的工作。」

「那你就眞的要去找個可以把這些小事變成工作的人。」她替我做的工作都是在她的餐桌上，邊吃晚飯邊完成的。「每個星期四做。」她說。

多年來，梅芙都住在離聖母無原罪教堂兩條街的地方，一幢租來的紅磚小屋，有兩間臥房，和一個很深的前廊。廚房陽光充足，但設備老舊，望出去是一個長方形院子，她沿著後圍牆種了大理花和蜀葵。這房子其實也沒什麼不好，除了太小之外：衣櫥非常之小，而且只有一間浴室。

「不管你多有錢，一次也只能用一間浴室吧。」梅芙說。

「這個嘛，我有時候會過來。」雖然我已經幾乎不在這裡過夜了。梅芙會是首先指出這個問題的人。

「我們有多少年共用浴室？」

我提議要幫她買棟房子，用來代替薪水，但她還是拒絕。她說再也沒有人可以指揮她該住哪裡，或不該住哪裡，就算是我也不行。「我花了五年的時間，好不容易才讓覆盆子結出像樣的果子。」她說。

於是我去找房東，買下她住的這棟房子。在我買賣房地產的紀錄裡，這無疑是最不划算的一筆買賣。既然知道你想買一棟原本並不打算賣的房子，房東就可以獅子大開口，任意開個驚人的價格，而他也確實這麼做了。不過沒關係。我把所有權狀夾在每週寄給梅芙的收據和支票裡，一起寄給她。很少興奮也從不驚喜的梅芙，這回既興奮且驚喜意外。

「我一整個下午在屋裡走來走去，」她打電話告訴我，「房子變成你的之後，看起來

＊典出福音歌曲〈祂既看顧麻雀〉（His Eye is on the Sparrow），緣於聖經馬太福音十章二十九至三十一節：「兩個麻雀不是賣一分銀子嗎？若是你們的父不許，一個也不能掉在地上。就是你們的頭髮也都被數過了。所以，不要懼怕，你們比許多麻雀還要貴重。」意指上帝會看顧一切，無分大小，不需憂慮。

就不太一樣了。我以前都不知道耶。房子看起來更棒了。現在沒有人能讓我離開這裡了。我要像范胡貝克老太太那樣，被抬著出去。」

準備回紐約之前，我們一時興起，在荷蘭大宅停了一下。只逗留短短一分鐘，這樣往火車站的路上才不會碰上傍晚的交通尖峰。在椴樹後面，有兩個男的開著龐大的割草機，在廣闊的草坪上循著直線來回割草，我們搖下車窗，聞著青草剛割下的氣味。

我們姊弟倆都已經年過四十了。我剛四十出頭，梅芙則年近五十。我到簡金頓的行程已有固定的模式：每個月第一個星期五的早晨搭火車來，當晚回去，利用搭車的時間，把我要交給梅芙的文件整理好。隨著公司業務的擴張，我大可以每個星期來找我姊一起檢查帳單和合約，至少一個月兩次，絕對有必要，但是，每回啓程到簡金頓，都得和瑟萊絲特奮戰一番。她說我應該用這些時間陪小孩。「凱文和小梅現在還喜歡和我們在一起，」瑟萊絲特說，「但他們不會永遠都這樣的。」她說的沒錯，但我還是沒辦法不回去，而且我也不願意就這樣不回去。我已經對瑟萊絲特做出極大的妥協，雖然她並不這麼認爲。

梅芙和我在一起的時候有很多工作要做，我們已經好幾個月幾乎完全沒想起荷蘭大宅。我們這天在這裡停車，只是一種懷舊的情緒作祟，不是懷念曾經住在這幢大宅裡的我們，而是懷念不時在范胡貝克街上一停車就是幾個鐘頭，抽著菸的我們。

「你想過要回到這棟房子裡嗎？」梅芙問。

割草機的聲音讓我想到犁和驢子。「如果這房子在市場上標售，我會不會進場？大概會。我會不會走上門階去按門鈴？不會。」

梅芙的頭髮開始灰白，讓她顯得比眞實的年齡更老。「不是，我講的比較像是一場夢：如果可以的話，你會不會自己踏進屋裡？就只是到處看看，看這個地方發生了什麼？」

我坐在廚房的藍色桌子上寫功課，珊蒂和喬塞琳在廚房裡大笑，爸爸坐在早晨的餐廳裡，一杯咖啡，一根菸，手裡一份折起的報紙，安德莉亞喀喀喀踩過玄關的大理石地板，諾瑪和小光笑著跑下樓梯，梅芙還在學校唸書，一頭黑髮像毯子般披瀉而下。我搖搖頭。

「不。我不要。妳呢？」

梅芙歪著頭，靠在座椅的頭枕上。「絕對不要。如果你想聽眞話，我覺得那會要了我的命。」

「嗯，那我很慶幸，沒有人邀請妳回去。」光線給每一片草葉染上深深淺淺的色澤，草坪上出現一道道和割草機等寬的直線：深綠，淺綠，深綠。

梅芙轉頭看窗外。「我很想知道我們是什麼時候變了。」

我們變了，是在車子變成我們老家的那個時候：先是奧斯摩比，接著是福斯，然後是接連兩輛的富豪。我們的回憶儲存在范胡貝克街，但已不在荷蘭大宅裡了。如果有人要我明確告訴他們說我的老家在哪裡，我會說我家就在這幢房子前面的這一小塊柏油路面上。這幢原本是布斯鮑家，後來變成舒茲家，現在則不知道是誰家的房子前面。園藝造景公司卡車和長長的金屬拖車占住我們的這個位子，讓我很火大。我不會買下這條街上的任何一棟房子，但如果這條街本身要賣，那我肯定會買。但我什麼都沒說。我只回答她說，我不知道。

「你應該去當精神科醫師的，」她說，「那會很有用。毛毛也這樣說，你知道。她說她也不要回去。她說有很多年的時間，她一直夢見自己在荷蘭大宅裡，走過一個又一個房間，我們也都在：她爸媽、珊蒂、喬瑟琳，還有范胡貝克家族的每一個人，大家都很開心，是她小時候大宅裡常舉辦的那種大亨小傳式的大宴會。她說有好長一段時間，她一心想要回到大宅裡，但是現在，就算大門敞開，她也不會走進去。」

毛毛早就回到小圈圈裡了。珊蒂、喬塞琳、毛毛和我姊再次團聚：荷蘭大宅的員工和她們的女爵一季聚餐一次，細細耙梳往事。梅芙相信毛毛的記憶比珊蒂、喬塞琳，甚至比她自己的記憶更眞確，因爲她當年帶著她所知道的事實離開大宅。珊蒂和喬塞琳兩個人不時聊個沒完沒了，也和我姊一起反覆嚼啃咀嚼我們共同的回憶。但毛毛沒有。在爸爸趕她出去，讓她提著行李站在車道盡頭之後，她要對誰說去？她的新僱主？她的男朋友？就連在我家工作時，她講的也只有瑟萊絲特愛聽的故事，范胡貝克家的、宴會的、服裝的故事。瑟萊絲特只有一次不經意關心康洛伊家取得大宅的事。我想是因爲在我們家的所有故事裡，梅芙都是不可撼動的中心人物。但這樣其實更好。毛毛的故事始終藏在她自己心裡，歷久長新。毛毛依舊知道她當初所知道的。

「毛毛告訴我說，媽咪本來想當修女。」梅芙說，「你會不會覺得她後來又冒出這個念頭？她已經成爲見習修女，結果爸爸去帶她離開修女院。毛毛說他們兩個在同一個街坊長大。他是她哥哥詹姆斯的朋友。我告訴她說我們知道，因爲我們小時候曾經去過布魯克林，找到他們住的那間公寓。毛毛說媽咪立誓之前，爸爸去找她，才有後來的事。她還沒永遠離開之前，不是常常不在嗎？她就是回修女院。那些修女很愛她。我是說，大家都愛她，但修女格外愛她。她們常打電話給爸爸，叫他讓她多留幾天。『她需要多休息。』她們是這樣說的。」

「她一定很受歡迎。」

割草的那兩人從車道出來，走到馬路上。其中一個比個手勢，要梅芙倒車，好讓他們可以移動拖車。

「老實說，我現在一點都不在乎。」她說，「但如果我在少女時期知道這件事，我肯定會加入修女會，就只爲了惹他生氣。」

我腦海裡驀然浮現高大嚴肅的梅芙身穿深藍修女服的畫面，不禁露出微笑。我很好奇，我們媽媽是不是還在某個慈善廚房工作，也很想知道這份爲窮人服務的心，是不是就是她當年想當修女的原因。我很多年前就該告訴梅芙這件事，但從來沒說。如今問題更棘手了，因爲我知道我已經拖得太久。「我相信如果妳那樣做，他想不注意都不行。」

「沒錯。」梅芙發動車子，打了倒車檔。「我也許應該那麼做才對。」

「天哪，」後來我想告訴瑟萊絲特這個故事時，她說，「你們兩個簡直像漢賽爾與

葛麗泰＊，不管長到幾歲，都還手拉著手穿過黑暗森林。整天不停回憶往事，你們不累嗎？」

有很長一段時間，我默默發誓，不和妻子談起我姊的事，只談簡金頓的天氣，或搭火車來回紐約途中發生的事，其他一概不談。但這個策略惹惱了瑟萊絲特，她說我什麼事都瞞著她，拒她於外。於是我逆轉定見，決定相信她的說法是對的。夫妻之間應該無所不談，毫不隱瞞。藏著祕密並沒有好處。在這段時期，只要她問起我去簡金頓的事，問起我姊姊的情況，我都一五一十坦誠回答。

不管我說什麼都沒差。我的回答再怎麼溫和，都還是會惹她生氣。「她都快五十歲了耶！她眞的以爲有一天還可以把媽媽找回來，把她的房子要回來？」

「我沒這樣說。我說的是，她告訴我，我們媽媽年輕的時候想當修女。我覺得這很有趣。就這樣。」

瑟萊絲特不肯聽。只要涉及梅芙的事，她就不肯好好聽我說。「你什麼時候才要告訴

＊格林童話〈糖果屋〉裡被遺棄在森林的一對手足。

她，沒錯，我們的童年很悲慘，本來很有錢，然後又沒錢，實在很可怕，但每個人都得要長大的，好嗎？」

我忍著沒指出瑟萊絲特心知肚明的事實：她父母健在，仍然在萊道爾的諾克羅斯宅子裡活得好好的，仍然在爲他們漫長婚姻生涯裡失去的一隻又一隻拉不拉多犬而黯然心傷，其中有一隻還是多年前在某個春日衝出大門被車撞死，英年早夭。他們都是好人，瑟萊絲特的家人，從來沒碰上什麼不好的事。我也希望他們一直如此。

但我不能接受的是，瑟萊絲特責怪梅芙不到紐約來，但她明明最不樂見的就是梅芙來找我們。「她那冷凍蔬菜事業還眞是忙呢，忙到沒辦法撥一天過來？她指望你放下所有的事情——你的公司、你的家庭——只要一通電話，就衝去找她？」

「我又不是去幫她割草。她幫我們做這麼多工作，還不收我們的錢。我搭車去找她，是我最起碼可以做的。」

「每一次？」

她雖沒說出口，但意思再清楚不過：梅芙沒有丈夫，沒有子女，所以她的時間比較不値錢。「妳別隨便許願，」我說，「要是梅芙眞的每個月來一趟，我可不覺得妳會比較開心。」

我以爲我們就要開始大吵特吵了，但這句話卻讓瑟萊絲特冷靜下來。她雙手掩臉，開始笑。「天哪，我的天哪，」她說，「你說的沒錯。你就去簡金頓吧。我不知道我在說什麼。」

梅芙不需要告訴我她痛恨紐約的原因：交通、垃圾、人潮、沒完沒了的噪音、無所不在的窮人，隨便一挑都是理由。經過多年尋思之後，我終於問了她這個問題。她看著我，彷彿不敢相信我竟然不知道。

「什麼？」

「瑟萊絲特。」她說。

「妳放棄整個紐約，就只爲了迴避瑟萊絲特？」

「不然還有什麼別的理由？」

不管梅芙和瑟萊絲特多年前對彼此不盡公平的指責是什麼，如今都已變得抽象模糊了。她們對彼此的厭惡已經成爲一種習慣。我忍不住想，她們兩個如果在其他場合認識，如果是和我完全沒關係的兩個人，她們應該會非常喜歡對方。她們當年剛認識的時候就是那樣。她們都聰明、風趣，極度忠誠，我姊姊和我妻子都是。她們都說她們愛我超過一切，卻沒發現代價是要我眼睜睜看著她們撕裂彼此。我怪罪她們兩個。她們大可以不要這麼做的。她們可以選擇把怨懟擱在一旁，但她們沒有。她們緊抓著自己的痛苦不放，她們兩個都是。

雖然梅芙的原則是不到紐約來，但她也知道有原則就有例外。她來參加小梅和凱文的第一次領聖餐禮，偶爾也來為他們慶生。她最開心的莫過於孩子們到諾克羅斯家看外公外婆。他們每次都會邀梅芙去吃飯。然後她可以帶凱文回家過夜，隔天讓凱文陪她去上班。不愛吃自己盤子上蔬菜的凱文，卻愛極了冷凍蔬菜，去工廠多少次都不膩。他喜歡那些巨大的不鏽鋼機器處理小胡蘿蔔的精確有序，也喜歡那裡永遠都冰涼涼的，大家在七月還是穿毛衣。他說那是因為歐特森先生是瑞典人的關係。「冷天氣的人。」他說。他把歐特森先生當成是製造農產品的威力．旺卡*。一整天看夠了青豆封進塑膠袋的過程，等梅芙一把他送回外公家，他馬上就打電話給媽媽，說他以後要從事蔬菜業。

和小梅共度的日子，則和凱文完全不同。小梅喜歡和姑姑一頁頁翻看相簿，指著相片裡的每張臉孔發問。「梅芙姑姑，」她說，「妳以前真的這麼年輕嗎？」小梅最愛和姑姑開車停在荷蘭大宅外面，彷彿停留在往日是某種也會遺傳的狀態。小梅堅稱她很小很小，小到記不得是什麼時候，也曾住在那裡。她把毛毛講的那些宴會和舞會的故事，和自己的回憶混在一起。有時候她說她和毛毛一起住在車庫樓上，她們一起喝沒氣的香檳。有時候她又說她是范胡貝克家族的遠親，睡在那間她聽過太多次的、有窗台座位的漂亮房間裡。她發誓說她記得。

有天晚上，我女兒在梅芙家的客房睡著之後，梅芙打電話給我。「我告訴她說大宅裡有游泳池，她好生氣。今天很熱，大概有三十八度吧。小梅說：『我有百分之一百的權利可以在那個游泳池游泳。』」

「那妳怎麼說？」

梅芙笑起來。「我告訴她事實，可憐的小東西。我告訴她說，她什麼權利也沒有。」

---

* Willy Wanka，童書《查理與巧克力工廠》（*Charlie and the Chocolate Factory*）裡的巧克力工廠主人。此故事曾多次改編為電影，包括二〇〇五年由強尼・戴普主演的《巧克力冒險工廠》。

第十五章

那段時間，小梅非常認眞學跳舞。她八歲就考進了美國芭蕾學校*。他們說她足背夠高，而且髖關節外旋的角度也夠大。每天早上在廚房裡，她把頭髮高高盤起，一手扶著流理台，足尖抵地，一次一次優雅地畫著半圓形。多年之後，她告訴我們，她當時認爲芭蕾是讓她可以最快站上舞台的一條路。而她說的一點都沒錯。十一歲那年，她在紐約市立芭蕾舞團的《胡桃鉗》舞劇裡，取得小老鼠的群舞角色。其他女生或許想穿紗裙，與雪花共舞，但小梅卻爲她那身毛茸茸頭套與尾巴長似鞭子的戲服激動不已。

「埃利斯女士說比較小的舞團會讓孩子們一個人跳好幾個角色，」小梅拿到角色的時候告訴我們，「但是紐約舞團有太多出色的人才。如果妳演老鼠，那妳就是老鼠。妳就只能跳這個角色。」

「這不是個小角色，」她媽媽說，「雖然是隻小老鼠。」

一整個秋天漫長的排練期間，小梅都沉浸在她的角色裡，雙手蜷縮在頷下，滿屋子走來走去，吃胡蘿蔔的時候用門牙小口小口囓咬，老是惹得她弟弟很惱。她堅持要姑姑來看她在紐約舞台（這是小梅的說法）上的表演，而她姑姑也認為這絕對是可以打破原則的重大場合。

梅芙計畫帶瑟萊絲特的爸媽來紐約欣賞第一個週日午場的演出。她會到萊道爾接他們到火車站，一起搭火車來紐約。瑟萊絲特有個弟弟住在新羅歇爾，而她姊姊也在紐約，他們都會帶家人一起來。我們在觀眾席裡顯得好壯觀，特別是我們根本無從得知舞台上的那群小老鼠裡哪一隻是我們家的。劇場燈光暗下，觀眾的騷動聲平息，布幕隨著柴可夫斯基的序曲拉起。衣服精緻到不行的漂亮孩童奔向聖誕樹，燈光乍亮的舞台，出現了彷彿是荷蘭大宅再現的場景。這是一種建築的海市蜃樓，如果真有這種可能性的話。這是一種視覺的錯覺，我知道這一切都不是真的，但在那個瞬間，我卻又那麼深信不疑。梅芙和我坐在一長排諾克羅斯與康洛伊家人裡，中間隔了六個座位，所以我沒辦法傾身問她是不是也看見了：掛在精緻壁爐架上那兩張巨大肖像，那兩個不是范胡貝克夫婦的畫中人眼神微微側

* School of American Ballet，位於紐約林肯中心，芭蕾舞家巴蘭欽（George Balanchine）所創，為美國最頂尖的芭蕾舞學校。

望彼此。還有那張綠色的長沙發，我們以前的沙發也是綠色的嗎？那桌子、那椅子、第二套沙發，有玻璃櫃門的大書櫃。有漂亮木紋的書櫃裡裝滿漂亮的皮面精裝書，但一本本都是荷蘭文。我還記得我小時候，第一次從書桌裡拿出鑰匙，爬上椅子，打開玻璃櫃門，拿下一本又一本書，詫異得不敢置信，因爲書裡那些原本熟悉的字母，竟然以完全沒有道理的順序編排組合。芭蕾舞劇的場景就像這樣。我認得懸吊在舞台上方的那盞水晶吊燈，我絕對不會看錯。曾經有無數個鐘頭，童年的我仰躺在地上望著吊燈，看著燈光與水晶相互折射的光芒，執意要自我催眠，只因爲我曾在圖書室的書裡讀過這樣的方法。當然，家具都散開來，排成很不自然的一條線，好挪出空間來給舞者，但如果我可以爬上舞台，重新擺放，就可以重現我的往日時光。事實上，這不僅僅是《胡桃鉗》。隔著一段距離望見的這些奢華陳設，彷彿一扇可以窺見我年少時代的窗戶。這就是我和自己年少時代的距離。瑟萊絲特在我左邊，凱文在我右邊，舞台燈光讓他們的五官顯得柔和。赴宴的賓客在跳舞，孩子們手拉手，繞著他們圍成一個圈。在他們跳著退場，舞台夜色降臨之後，小老鼠才跟在邪惡的鼠王背後現身。他們在地板上打滾，抬起小腳拚命凌空踢著。我手覆在瑟萊絲特手上。這麼多小老鼠！這麼多孩子在跳舞！胡桃鉗士兵出現了，戰爭展開，活老鼠拖走死老鼠，讓出空間給更多舞者跳舞。

第一幕有很多條故事線，但第二幕就只有舞蹈：西班牙舞者、阿拉伯舞者、中國舞者、俄羅斯舞者、無數舞動的花朵。欣賞芭蕾舞劇，卻抱怨舞蹈場景太多，實在很不合理，但沒有老鼠可看，沒有家具擺設可懷想，我很難找到意義何在。凱文戳戳我的手臂，我俯身挨近他，聞到他嘴裡牛奶硬糖的味道。「怎麼這麼久啊？」他輕聲說。

我無可奈何看著他，用嘴形無聲地說：「不知道。」孩子們還小的時候，瑟萊絲特和我曾鼓勵他們上教堂，不過沒太認眞就是了。後來我們放棄，讓他們繼續賴床。在這座刺激不斷的城市裡，我們沒讓他們有機會培養坐下來欣賞《胡桃鉗》第二幕所需要的強大內心世界。

芭蕾舞劇終於結束，糖梅仙子、胡桃鉗、克拉拉、卓賽爾麥亞叔叔和雪花各自接受他們應得的如雷掌聲（小老鼠沒有謝幕的機會），觀眾拿起外套，站起來走向走道，但梅芙沒有。她留在座位上，眼睛直瞪著前方。我看見岳母一手搭在梅芙肩上，接著俯身不知對她說了什麼。周圍喧鬧騷亂，我們一大家子站在那裡不動，擋住了路。和我們同排座位的祖父母和媽媽們，轉身往反方向的出口走去。

「丹尼？」我岳母喊我。

我們是很醒目的一群人，幾個康洛伊家人和好多個諾克羅斯家人——配偶、小孩、爸媽、手足。我從他們前面擠過去。梅芙鼻尖和下巴冒出汗珠，頭髮濕答答，彷彿趁我們大家看芭蕾舞的時候，偷偷溜出去游泳。梅芙的皮包在地上，我在裡面找到那個如今用橡皮圈束起來的老舊黃色塑膠盒，從盒內的小塑膠袋裡掏出兩顆葡萄糖錠。

「家。」她低聲說，儘管眼皮下垂，但她的眼睛還是瞪著前方。

我把葡萄糖錠塞進她兩排牙齒中間，一顆，再一顆，叫她嚼。

「我該怎麼做？」我岳父問。今天是梅芙去載他們，帶他們搭火車來的，因為我們都不希望比爾．諾克羅斯開車到紐約來。「她需要救護車嗎？」

「不。」梅芙說，但頭還是一動也不動。

「她不會有事的。」我對比爾說，彷彿這是我們常碰到的事。以前的冷靜又回到我身上了。

「我需要——」梅芙說，閉上眼睛。

「什麼？」

瑟萊絲特和凱文拿來一杯柳橙汁，和包著冰塊的餐巾。我根本沒看見他們走開，他們就已經拿著我們需要的東西回來了。他們很清楚她需要什麼。瑟萊絲特站在我們後面一排，拉起梅芙濕透的頭髮，把整包冰塊貼在她脖子上。凱文遞給我柳橙汁。

「你們怎麼這麼快就拿到？」走道上擠滿小女孩和帶她們來的人，興奮討論每一個舞步。

「我用跑的，」我兒子說，他整個表演過程都拚命壓抑自己過剩的活力。「我告訴他們說這是緊急情況。」

凱文知道如何在人群中迅速移動，這是在大城市裡長大的好處。我把我的手帕墊在梅芙嘴巴下方。「喝一口。」

「你知道嗎，你搶先拿到柳橙汁，會讓你姊嫉妒得要死，」瑟萊絲特對凱文說，「她寧可當英雄，不當小老鼠。」

「沒事。」梅芙平靜地說。

凱文微笑，他忍耐這場無聊的表演，終於得到回報。「她不會有事吧？」

「你先帶大家到大廳去，」瑟萊絲特對她父親說。像凱文一樣，她父親也很想幫忙。

「我一會兒就出去。」

梅芙閉緊眼睛，然後又睜得大大的。她努力想嚼葡萄糖錠，喝下果汁，但沒太成功，有些從她嘴邊流下來。我把杯子遞給瑟萊絲特，從黃盒子裡掏出血糖試紙。梅芙的手冰涼潮濕，我戳她的手指。

「你覺得是怎麼回事？」瑟萊絲特問我。

梅芙點頭，吞了吞口水。她的精神慢慢集中了。「舞跳太久了。」

大家總是急著離開劇場，想第一個去上廁所，第一個上計程車，想趕在訂位被取消之前抵達餐廳。不到十分鐘之前，喝采、獻花熱鬧不已，但此時，偌大的紐約州立劇院已經人去樓空，幾乎沒有人了。最後幾個坐在很前面的小女孩穿著毛領大衣，踮著腳尖，旋舞著離開座位。所有的絲絨座椅都自動折合了。有個工作人員停在我們這排，是個穿白襯衫與前開釦背心的女人。「你們需要幫忙嗎？」

「她沒事。」我說，「她只需要一分鐘。」

「他是醫生。」瑟萊絲特說。

梅芙微笑，用嘴形說：**醫生**。

工作人員點點頭。「如果有什麼需要，請告訴我們。」

「我們需要再坐一會兒。」

「慢慢來。」那女人說。

「對不起。」梅芙說。我擦擦她的臉。試紙顯示她的血糖值三十八。應該要九十才正常，但如果能有七十，我就滿意了。

「妳不舒服應該要說的。」瑟萊絲特把冰塊挪到梅芙頭頂。

「噢，這樣好舒服。」梅芙說，「我不想起來，我以爲——」她深吸一口氣，閉上眼睛。

我叫她再喝一口果汁。

她吞下一口，又說：「我是不是掃了大家的興？」梅芙身上的襯衫、外套、羊毛長褲，全都濕了。

瑟萊絲特一手攏住梅芙的頭髮，一手拿著那包冰塊。「我要去後台接小梅，然後一起去吃晚飯。」她對我說，「她覺得好一點的時候，就先帶她回家。」

「丹尼應該要去的。」梅芙說。她還是沒看我們兩個。

「丹尼不會去的。」瑟萊絲特說，「我們有一大群人，沒有人會想念他的。我們暫時休兵，好嗎？妳病了。小梅會希望見到妳的，所以你們先回家裡。」她把冰塊和浸濕了的餐巾交給我。葡萄糖錠發揮效果了。我看著生命力慢慢爬回我姊臉上。

「告訴小梅，她是隻很棒的老鼠。」梅芙說。

「妳自己告訴她。」瑟萊絲特說。

「我得送妳爸媽回家。」梅芙的聲音向來很大，但這時卻輕到我不知道瑟萊絲特是不是聽見了。聲音輕飄飄地飄向高聳的天花板。

瑟萊絲特搖搖頭。「乖乖聽丹尼的話吧。我得走了。」

我俯身親吻瑟萊絲特。她應付這樣的場面綽綽有餘。幾個工作人員在一排排座椅之間撿拾遺落在地板上的節目表，把糖果紙掃進畚箕裡。瑟萊絲特穿過他們身邊，往外走去。

梅芙和我一起坐在劇場的椅子上。她頭靠在我肩上。

「她人很好。」梅芙說。

「她大部分時間都很好。」

「暫時休兵。」梅芙說。

「妳好多了。」

「好一點了。但這樣坐著很好。」她拿起我的手帕，擦擦臉和脖子。我抓起她的手，又在她指尖戳個洞，測試血糖。

「如何？」

我看看試紙。「四十二。」

「我們再等一分鐘。」她閉上眼睛。

我望著周圍如汪洋般的空座位，吸進一口飄浮在我們上方空氣裡的綜合香水味。老鼠、雪花、聖誕樹和客廳擺設——所有的東西都不見了，所有的人都走了，只剩下我們兩個。

這只是小小的估算失誤，梅芙不會有事的。

我開始想，我可以讓梅芙搭我的車，載她去看我的各幢大樓。我可以載她到哈林區，讓她看我買的第一棟褐石建築，然後到華盛頓高地，讓她看看我曾經持有五個月、如今已蓋成健康科學大樓的那兩座停車場。我可以帶她繞上一整圈。梅芙對我公司每一分錢的進出都瞭如指掌，卻從未親眼見過這些資產。結束大樓之旅後，我們可以到盧森堡咖啡館吃牛排薯條，然後再回家。凱文和小梅看見姑姑到家裡來會很開心，而梅芙和瑟萊絲特或許會明白該放下宿怨了。如果她倆眞能有前嫌盡釋的一天，那就是今天了，在我們沉醉於《胡桃鉗》，然後又倉促滴血測血糖的這天。畢竟瑟萊絲特也伸出援手，而且梅芙非常感激。就連積怨最久的怒氣也會消失吧。梅芙一杯紅酒下肚——如果她覺得自己可以喝杯酒的話——上樓到小梅房間，把絨毛玩具堆到另一張床上，姑姪倆面對面一起躺在黑暗裡。小梅會告訴她，透過兩個小眼洞往外看是什麼情景，而梅芙也會告訴她，從第十四排座位看見的舞台是什麼模樣。而在我們位於頂樓的房間裡，瑟萊絲特會告訴我說，我姊住在我家沒關係，甚至比沒關係更好一點。她終於可以看見我眼中向來所見的那個梅芙。

「不，」梅芙說，「載我回家。」

「別這樣，」我說，「今晚很重要。」

她拉拉毛衣領子。「我沒辦法穿這身衣服熬過一整夜。就連這樣坐車回家，我都不確定我受不受得了。」

「我幫妳買幾件衣服。妳還記得嗎，我到學校去看妳那次？爸把我丟在紐約，我連牙刷都沒帶，什麼東西都沒有。妳帶我去買東西。」

「噢，丹尼，你是認眞的？我沒辦法去買東西，我沒辦法一整個晚上陪諾克羅斯家的人聊芭蕾舞。就連坐在這裡，我眼睛都快睜不開了。我的車在火車站。我明天一早有會要開。我想吃點東西，然後爬上我自己的床睡覺。」她在座椅裡轉身面對我。紐約州立劇院很快就不會再歡迎我們逗留了。

當然，她說的一點都沒錯。我該思考的，是如何把她帶到大廳，而不是如何帶她去市區兜風，打發大半個晚上。我向來不曾把我姊和「脆弱」這兩個字連在一起，但她此刻的表情神態，在在讓身上的脆弱無法掩藏。她拉住我的手。「我告訴你怎麼做：你開車載我回家，留下來過夜。你有多少年沒在我那裡過夜了？明天我們一大早就起床，我到時候就沒事了。你可以開車載我到車站拿車，趕在交通尖鋒時間之前回紐約。你應該早上七點就可以到家了。這樣應該沒問題，對吧？瑟萊絲特有家人在。」

問題多得很呢，但我不知道我們還能怎麼辦。在所有的人都去參加小梅的慶功宴，在瑟萊絲特帶去餐廳的老鼠形狀蛋糕還沒端上桌之前，梅芙和我搭計程車回我家。我知道小梅會很失望，瑟萊絲特會很生氣，但我也知道梅芙的病況有多嚴重，她有多筋疲力竭。我知道，這世界上只有她一個人會爲我做同樣的事。我家前門旁邊有條小長凳，是冬天用來穿脫靴子用的。梅芙坐在這條長凳上，等我上樓收拾包包，留字條。

大半的車程，梅芙都在睡覺。這時是十二月初，白晝很短，而且很冷。我在夜色裡開車前往簡金頓，一路上不停想著我錯過的晚餐，想著小梅戴老鼠頭套跳舞的模樣。我一到梅芙家，就打電話回紐約，但沒人接。「瑟萊絲特，瑟萊絲特，瑟萊絲特。」我對著答錄機說。我想像她在廚房，看著電話，轉身走開。梅芙直接去洗澡。我弄了蛋和吐司，和她一起坐在廚房的小桌旁吃。我們上床睡覺的時候，還不到八點鐘。

「最起碼我們現在各有各的臥房。」我說，「妳不必睡在沙發上。」

「我不在意睡沙發。」她說。

我們在玄關互道晚安。梅芙的客房也兼作辦公室。我看著她書架上擺滿書脊標示「康洛伊」的檔案夾。我本想拿一本下來翻翻，分散注意力，不再去想這一天的種種慘劇，但最後還是決定先閉閉眼睛，一分鐘就好，結果就睡著了。

梅芙來敲我房門，把我從夢裡叫醒。在夢裡，我游向凱文，但每往前划一下，就似乎把他推得更遠，最後拚命掙扎，才勉強看見他伸在水面上的頭。我一直大聲喊，叫他游回來，但他離我太遠，聽不見。我猛地坐起來，大口喘氣，想搞清楚我人在哪裡。這時我想起來了。我好慶幸自己醒過來了，從未如此慶幸。

梅芙把門打開一條縫。「太早了嗎？」

既然已到早晨，昨天的計畫看來似乎絕對合理，也絕對必要。梅芙神清氣爽地在廚房煮咖啡，要讓我知道她情況有多好，彷彿什麼事都沒發生。（「我只需要洗個澡，好好睡一覺。」她說。）我知道我很早就可以回到紐約，足以彌補昨晚的事。我們踏出屋外，天色還是暗的，時間剛過四點。梅芙鎖上她這棟小房子的後門。我們比原本計畫的時間還早出門，一切都在掌握中。

「我們到大宅去吧。」一坐進我的車，梅芙就說。

「當眞？」

「我們從沒在早上這個時間去過。」

「我們從沒在早上這個時間做任何事情。」

「我們不至於來不及。」她活力充沛。我已經忘了她早上起床是什麼模樣，彷彿每個新的一天都是她要努力追上的一波浪潮。荷蘭大宅離梅芙住的地方不遠，而且也和我們要去的方向一致，更何況我們還提早出門了，我看不出來去一下有何不可。街區很暗，街燈還亮著，一直要到七點之後才會熄滅。我在天黑之後離開紐約，也將在天亮之前回到家。這情況應該還不算太糟。

范胡貝克街上的房宅從來就不會完全漆黑。大家都讓門廊的燈整夜亮著，彷彿始終等著某人回家。瓦斯燈在車道盡頭閃爍，客廳前窗有盞燈徹夜不熄。但儘管有星星點點的燈光，但這個地方有種靜寂的氛圍，讓你知道所有的人都還在床上，就連艾爾金公園的狗也還在沉睡。我把車停在我們慣停的地方，熄掉引擎。西方天空上的月亮非常明亮，遮蔽了所有的星光。月光普照世間萬物：樹葉落盡的樹木和車道，散落枯葉的廣袤草地，以及寬闊的門階。月光照亮大宅，也照進梅芙和我所在的這輛車。我小時候可曾見過這樣的景色？可曾在晴朗寒冷的冬夜，天未亮就起床？當時的我應該和所有的街坊鄰居一樣，都在床上熟睡吧。

「你要替我向小梅和凱文說對不起。」梅芙說。

我們一起坐在車裡，卻沉浸在各自的思緒裡。我愣了一分鐘才意會到她指的是芭蕾舞劇和之後的晚餐。「他們不會傷心的。」

「我不希望覺得我毀了她的重要夜晚。」

周遭的一切都在晨霜與月光裡閃閃發亮，我沒辦法集中精神思考小梅的事。也許我還沒完全清醒。「妳早上來過這裡嗎，像這麼早？」

梅芙搖搖頭。我覺得她甚至沒看這棟房子，沒看大宅矗立在夜色中有多麼美麗。我從很久以前就不太看這房子了，但偶爾會有些情況發生，就像今天這樣的情況，讓我的眼睛再次睜開，讓我看見矗立在眼前的大宅——龐大、荒謬、壯觀。胡桃鉗兵團隨時會從陰暗的樹籬裡潮湧而出，遇上一群頑抗的老鼠。草地上有點點宛如糖霜的冰。並不是林肯中心裡紐約州立劇院的舞台擺設得像荷蘭大宅，而是荷蘭大宅本來就是一齣荒謬的童話芭蕾舞劇的場景。有沒有可能我們爸爸第一次開進這個車道，就頓時領悟，這就是他想安家樂業的地方？白手起家致富的窮人，就應該擁有這樣的大宅？

「看。」梅芙輕聲說。

主臥房的燈亮了。主臥房位在大宅正面，而梅芙那間衣櫥較小但較漂亮的房間，面對後院。幾分鐘之後，我們看見樓上走廊的燈亮了，接著是樓梯的燈，就像我第一次從裘特回來，梅芙帶我到這裡來的那次一樣，只是這次亮燈的順序顛倒。坐在車裡，在黑暗之中，我們一句話也沒說。就這樣過了五分鐘、十分鐘。這時有個穿淺色大衣的女人走下車道。按邏輯來說，這人應該是管家或兩個女孩之中的一個，但我們姊弟就算隔著這麼遠的距離，也看得清清楚楚，那是安德莉亞。她頭髮在腦後紮成馬尾，在月光下髮色看起來是明亮的金色。她雙臂抱著自己，把外套攏得緊緊的，露出一截粉紅色的不知什麼東西拖在身後。我們看見她腳上的拖鞋，但或許是靴子也說不定。她看起來一副要朝我們走來的模樣。

「她看見我們了。」梅芙聲音很低，我手壓住她手腕，免得萬一她想下車。

安德莉亞離車道盡頭還有約十呎的距離，突然停下腳步，抬臉望著月亮，一手拉攏大衣領子。她不是因為忘了圍圍巾而停下腳步。她沒想到天猶未亮的清晨如此晴朗，或月亮如此之圓，於是就這樣站著，靜靜享受一切。她比我年長二十歲，至少我記得是這樣。而我這年四十二歲，梅芙四十九歲，就快要五十歲了。安德莉亞朝我們的方向踏近幾步，梅芙手指纏著我的手指。她離我們實在太近了，我們繼母，站在對街，近到不能再近。我看得出來她變老了，但也看得出來她還是原來的她：眼睛、鼻子、下巴。她身上沒有任何異常之處。她就是我小時候認識、而現在完全不認識的女人，一個曾經和我們爸爸有過幾年婚姻生活的女人。她彎腰，從細礫石上撿起摺疊的報紙，塞在腋下，轉身，穿過晨霜覆蓋的前院草坪。

「她要去哪裡？」梅芙輕聲說，因爲她一副要往南面地界樹籬走去的樣子。月光照在她淺色的大衣，她淺色的頭髮上。她穿過成排的樹木，消失身影。我們再也看不見她。我們等待著，但安德莉亞沒再出現在前門。

「你覺得她是繞到後門去了嗎？那沒道理啊，天氣這麼冷。」我到這時才突然醒悟，我們以前每次到荷蘭大宅來，都不是我開的車。而此時我坐在駕駛座上，整個視野也陡然改變了。

「走吧。」梅芙說。

我們沒直接到車站去拿她的車，而是停在一家快餐店，吃和昨天晚上一樣的蛋與吐司，一幕幕解析安德莉亞去拿報紙的過程。她看見了什麼我們看不見的東西嗎？她穿的是拖鞋還是靴子？安德莉亞從來不自己去拿報紙的。她從來不穿著睡袍下樓。也說不定她有，只是那個時間我們都還沒睡醒。當然，她現在很可能自己一個人住在大宅裡。我們雖然一直覺得諾瑪和小光年紀很小，但她們也三十好幾快四十歲了。安德莉亞獨居多久了？

最後，我們檢視完每一個事實和推論之後，梅芙把咖啡杯放在杯碟上。「夠了。」她說。

女服務生走過來，我問她要帳單。

梅芙搖搖頭。她雙手貼在桌上，直瞪著我，是我們爸爸以前教她要有的那種態度。「我受夠安德莉亞了。我向你發誓，我受夠那棟房子了。我再也不回那裡去了。」

「好吧。」我說。

「她往我們車子這邊走來的時候，我以爲我心臟病就要發作了。光是再看見她，我胸口就痛了起來。她把我們趕走是多久以前的事啦？」

「二十七年前。」

「夠了，對不對？我們不必再這麼做了。我們可以去別的地方。我們可以把車停在植物園，去看樹。」

習慣是有趣的事。你或許以爲你懂，但照著習慣做的時候，你根本不可能眞正看清楚這究竟是怎麼回事。我想起瑟萊絲特，這麼多年來，她不斷對我說，梅芙和我把車停在我們小時候住過的大宅前面，簡直是瘋了，而我竟然以爲問題在於她無法理解。

「你好像很失望。」梅芙說。

「有嗎？」我靠在雅座的椅背上。「這不是失望。」我們迷戀自己的不幸，甚至愛上我們的不幸。我之所以覺得厭惡至極，是因爲我這時才發現，我們竟然讓這件事持續了如此之久，而不是因爲我們決定放手了。

但我什麼也不必說，因爲梅芙完全理解。「想想看，要是她早一點出來拿報紙，」她說，「比方二十年前。」

「那我們就能要回我們的人生。」

我付帳，上車，開到三十街車站的停車場。梅芙到紐約看小梅跳舞才只不過是昨天的事。在荷蘭大宅停車，到快餐店吃早餐，已經白白浪費掉我們一大清早起床所爭取來的時間優勢。梅芙回簡金頓的路上不會太擁塞，但我現在要回紐約，就得和尖峰時間的擁擠車潮奮戰了。我會竭盡所能向瑟萊絲特解釋。我會告訴她說，對不起，我昨晚離開紐約，對不起，我回來晚了，然後我也會告訴她，我們成就了什麼。

梅芙和我都同意，我們在荷蘭大宅的歲月結束了。

第三部

第十六章

「要是梅芙病了，那麼就該由你來考慮所有的事情了。」喬塞琳對我說。當時我們在爸爸過世之後梅芙和我住的小公寓裡。「千萬別心煩意亂。心煩意亂只會惹來更多麻煩。」詭異的是，這句話竟然就這樣牢牢鏤刻在我心裡。從來沒有一個星期，甚至沒有任何一天，我沒想起她這句話。我既有能力展現效率，也有等量齊觀的能力可以保持鎮靜，這個事實一再得到證明。歐特森先生從醫院打電話給我，說梅芙心臟病發時，我打電話給瑟萊絲特，請她幫我收拾好行李袋，開車過來。

「要不要我陪你去？」她問。

我很感激，但說不。「打電話給喬塞琳。」我說，因爲我心裡第一個想到的就是喬塞琳。我也想到我爸。他得年五十四，而梅芙現在五十二歲。我很少想到爸爸的過世，常想到的是那天我走出邁克維特主教高中幾何教室時，對上帝提出的交易條件：只要放過梅芙，祂要什麼其他代價都可以。祂要其他任何人都可以。

心臟加護病房的狹小等候室藏在廁所和飲水機再過去的地方。歐特森先生在裡面，看來像已經在這把灰色椅子上坐了一個星期。他手肘擱在膝蓋上，頭髮稀疏灰白。珊蒂和喬塞琳也在。她們都已經聽說事情發生的經過，但這時請他再說一遍。是歐特森救了梅芙一命。

「我們正在和廣告商開會，梅芙突然站起來說她得要回家。」歐特森先生用平靜的語氣開始說。他穿灰色西裝褲、白襯衫，西裝外套和領帶都已脫掉。「她顯然已經想盡辦法忍耐她的不舒服。不知道忍了多久，你也知道梅芙這個人。」

我們都知道。

他們馬上離開會議現場。他問她是不是血糖低，她說不是，是其他的問題，也許是流感。「我說要開車載她回家，她竟然沒反對，」歐特森先生說，「可見情況有多糟。」

離她家還有兩條街的時候，他掉頭，載她到亞賓頓的醫院。他說這完全是直覺。她頭靠在車窗上。「她好像在融化，」他說，「我沒辦法解釋那種感覺。」

如果歐特森先生載她到家，放她下車，陪她走到門口，要她好好休息一下，那麼就會是那個下場了。

事情的其他部分，是梅芙養病期間，我去看她時，她自己告訴我的。她仍然時而清醒，時而昏睡，但一直努力說笑。她告訴我說，歐特森先生對著急診室櫃台的那個年輕女子大聲嚷嚷。要歐特森大聲嚷嚷，就像要其他人舉槍要脅一樣。梅芙聽到他說**糖尿病**，也聽到他說**心臟病**，但她覺得他之所以這麼說，只是爲了引起其他人注意，要他們趕緊過來幫忙。她從來沒想到是她的心臟出問題。但最後她感覺到了，壓力悄悄爬上她的下頜，房間開始旋轉退開，我們爸爸在可怕的大熱天爬上最後一段水泥樓梯。

「別再露出那個表情，」她輕聲說，「我要再睡了。」病房裡的光線一直很亮，我本想用手遮住她的眼睛，但卻握住她的手，看著她的心跳監控器上上下下跳動，直到護士來叫我離開。那個晚上我待在等候室，心情鎮靜。歐特森先生待到午夜過後，雖然我告訴過他很多遍，要他先回家。隔天下午，聽心臟科醫師告訴我，他們置入支架的時候，她有嚴重心律不整，所以要在加護病房多待上幾天，我心情鎮靜。我到梅芙家洗澡，小睡片刻，在她家與醫院等候室之間來來回回，接待不能進加護病房看她的客人，等待一天三次可以進去探視她的機會，去坐在她床邊，心情鎮靜。我始終非常鎮靜，直到第四天早上，我到等候室時，看見有另一個人在——一位老太太，一頭灰白短髮，非常瘦。我對她點個頭，逕自坐在我常坐的位子上。我正打算開口問她是不是梅芙的朋友，因爲我確信我見過她。但就在這時，我突然醒悟，她是我媽媽。

梅芙的心臟病發把她從地板底下引了出來。她沒來參加我們的畢業典禮，也沒出席我們爸爸的葬禮。我們被趕出大宅的時候，她沒現身。我的婚禮，我孩子的出生，感恩節、復活節或無數個有大把時間與精神可以話說從頭的星期天，她都沒現身。然而，此刻，她出現在亞賓頓紀念醫院，宛如死神。我沒和她說話，因爲沒有人該與死神對話。

「噢，丹尼。」她說。她在哭，一手掩著臉，手腕瘦得像十支鉛筆束在一起。

我知道在醫院裡脾氣爆發會有什麼下場。醫院會把他們趕出去，不管他們發脾氣是不是有正當理由。喬塞琳告訴我，心煩意亂是沒有用的，而且照顧梅芙是我的責任。

「你就是那位醫生。」最後她說。

「是我沒錯。」

如果梅芙五十二歲，那她現在幾歲？七十三？她看起來至少要老上十歲。

「你記得？」她問。

我緩緩點頭，但有點懷疑我是不是眞的要坦承到這個地步。「妳那時打辮子。」

她摸摸短髮。「我長頭蝨。我以前也長過，但最近這一次，不知道，特別受不了。」

我問她想幹麼。

她再度垂下眼睛。她簡直像一縷幽魂。「來看你們，」她說，但眼睛沒看我。「來告訴你們，我很對不起你們。」她用毛衣袖子揉揉眼睛。她和醫院等候室裡的其他老太太沒什麼不同，只是更高，更瘦。她穿牛仔褲和藍色帆布網球鞋。「對不起。」

「好。」我說，「我聽到了。」

「我來看梅芙。」她說，轉著手指上細細的金戒指。

我心裡暗想著要殺掉毛毛。「梅芙病得很重。」我說，心想著要在毛毛現身捍衛她之前，在珊蒂、喬塞琳、歐特森先生或其他人來投票決定她留下或離開之前，把她趕出醫院。「等她好一點的時候再來吧，她現在必須集中意念，讓自己恢復健康。妳可以等，不是嗎？畢竟都等這麼久了？」

我媽垂下頭來，就像傍晚的向日葵花朵，頭越垂越低，最後下巴幾乎就快抵到瘦骨嶙峋的胸口。淚水滑下臉頰，從下巴滴了下來。她說她今天早上就已經進加護病房見過梅芙了。

這時甚至還不到七點鐘。我在梅芙廚房裡吃蛋的時候，我們媽媽已經在宛如玻璃金魚缸的心臟科加護病房裡，坐在梅芙床邊，拉著她的手哭，直接把她無比沉重的哀痛與羞愧加諸我姊的心臟上。她用最直接而簡單的方式進到加護病房：她實話實說，至少是部分的實話。她去找護理長，說她女兒梅芙·康洛伊心臟病發，她，梅芙的媽媽，現在才趕到。

這位媽媽看起來一副隨時準備闖進去的模樣，所以護理長違反規定，讓我媽在加護病房探病以外的時間進去看我姊，待了很久，純粹是替我媽著想，而不是爲了我姊好。我知道，因爲我自己事後找這位護理長談過，在我有辦法再次開口講話之後。

「她很高興。」我媽說，她語氣平靜，彷彿過去的都過去了。她以充滿渴望的眼神看我，但我不知道她是在要求我加以彌補，還是在告訴我，她要回來彌補過去的錯誤。

我迅速起身，拋下在等候室的她，不搭電梯，走下五層樓梯。這時是四月，天開始下雨。我這輩子頭一次忖思，爸爸對我姊的愛，是不是遠遠超乎我過往的想像，因爲我始終以爲他對她的愛既抽象，又漫不經心。他有沒有可能是因爲相信梅芙置身險境，所以認爲她應該遠離我們媽媽，才能保護她的安全？我狂躁不安地在一排排車輛之間穿梭。如果有人從病房窗戶看見我，一定會說：**看，那個可憐的人，他不記得他把車子停在哪裡了**。我想保護我姊，想讓她遠離我媽，遠離任何一個輕易拋棄她，然後又在這個壞到難以想像的時機重新出現的人。我想證明我的承諾，我想向我姊保證，我會隨時看顧著她，不讓她再受到任何傷害。但她在睡覺。

從來沒有什麼故事是以迷途知返的母親爲主角的。大富翁不會舉辦宴會歡迎昔日的妻子歸來。這麼多年來在家忍受煎熬的兒子們不會在門口懸掛花環，宰殺羊隻，送上葡萄美酒。她離去的時候，就已經殺了他們，讓他們以各自不同的方式死去。而今，數十年之後，他們並不希望她回來。他們匆忙跑過街道，鎖上大門。父親與兒子齊心合力，外套在呼嘯的大風中翻飛。有位朋友向他們通風報信，他們知道她要回來了，所以必須先鎖上大門。

心臟加護病房的病人每天有三次探病時間，每次十五分鐘，僅限一人。那天接下來的兩次探視時間：正常的上午與下午探病時間，都是我媽進去看梅芙。護士走進等候室，告訴我們說梅芙要找她媽媽。我一直等到傍晚七點那次的探病時間，才獲准進去。我知道這不是鬧脾氣、對質或討論的時機。沒有任何錯誤必須矯正，沒有不公不義必須檢討。我就只是走進去，看看我姊，就這樣。儘管我只當過很短一段時間的醫生，但也知道心情波動有可能造成病情惡化。

或許是因爲距我上次見她，已經過了二十四小時，也或許是因爲我媽的現身讓她心情振奮，梅芙看起來好多了。她坐在床邊唯一的一把椅子上，監測器依舊隨著她逐漸恢復的心臟功能嗶嗶響。「看看你！」我說，俯身親吻她。

梅芙露出罕見的聖誕節早晨式的微笑，不帶一絲狡猾，露出滿口牙齒。她一副隨時會跳起來，用力擁抱我的模樣。「你敢相信嗎？」

我沒說**相信什麼？**我也沒說：**我知道，妳好多了！**因爲我知道她在說什麼，而這不是顧左右而言他的時候。我說：「這眞是個大驚喜。」

「她說毛毛找到她，告訴她說我病了。」在昏暗的燈光裡，梅芙眼神閃閃發亮。「她說她立刻就來了。」

而我沒說，**立刻並且加上四十二年**。「我知道她很擔心妳。大家都擔心妳。我想妳認識的每一個人都會來。」

「丹尼，我們**媽媽**在這裡。其他人都不重要。她看起來很漂亮，對不對？」

我坐在有點凌亂的病床上。「漂亮。」我說。

「你不開心。」

「我很開心，爲妳開心。」

「天哪。」

「梅芙，我希望妳健康。我希望妳一切都順利平安。」

「你就是學不會說謊。」她的頭髮梳過了，我很想知道是不是媽媽幫她梳的。

「我會說謊啊，」我說，「你絕對不相信我多會說謊。」

「我好開心。我剛心臟病發作，但今天是我這輩子最快樂的一天。」

我實話實說，或多或少啦，說我唯一在意的，就是她開不開心。

「我很高興，她回來是因爲我心臟病發，而不是來參加我的葬禮。」

「妳幹麼這樣說？」自從歐特森先生打電話到辦公室通知我之後，這是我第一次差點情緒失控。

「我講的是眞的嘛。」她說，「讓她去住我家吧，家裡也一定要準備好東西給她吃。我不希望她待在等候室過夜。」

我點頭。我必須壓抑心裡的千頭萬緒，連一句話都說不出來。

「我愛她，」梅芙說，「爲了我，別把事情搞砸了。別趁我被關在這個水族缸裡的時候把她趕走。」

那天晚上我回梅芙家，收拾好我的東西。反正我住旅館比較方便。我請珊蒂去接我媽，帶她到梅芙家。珊蒂已經知道一切，包括我心裡的感覺。說來也太神奇，因爲連我自己都無法具體說出心裡的感受。就我拼湊得知，珊蒂、喬塞琳和毛毛面對艾娜·康洛伊的歸來，各有各的應對態度。

「我知道這有多難，」珊蒂對我說，「因爲我知道這樣的事情眞的很難。但我想，你以前如果認識她，應該會很高興見到她。」

我就只是盯著她看。

「好吧，也許不會，但爲了梅芙，我們得把這件事辦成。」意思是，我得辦成，而她會幫我。比起其他兩個人，珊蒂的態度向來溫和得多。

我媽沒親口解釋任何事情。我們一起待在等候室的時候，她總是靠在窗邊，像在思索自己逃脫的出口。她的苦惱折磨彷彿發射出某種高頻的嗡嗡聲，很像日光燈管快燒壞之前發出的聲音。那噪音小到幾乎聽不見，卻又逼得我快抓狂。然後，她會一語不發地離開，彷彿她也一刻都無法再忍受自己。幾個鐘頭之後，她回來的時候顯得輕鬆多了。珊蒂告訴我說，她去別的樓層陪人一起散步，某個病人，或焦急等待消息的家屬。她會陪著陌生人，繞著電話鈴響個不停的護理站一圈一圈走。

「他們也讓她陪？」我問，我覺得這應該違反某些規定吧。

珊蒂聳聳肩。「她告訴他們說，她女兒心臟病發，她也在等。反正她也不是什麼危險人物，你媽媽。」

關於這一點，我並不完全信服。

珊蒂嘆口氣。「我知道，要不是她這麼老了，我也會很氣她的。」

我相信珊蒂和我媽年紀應該一樣大，至少差不多，但我也懂她的意思。我媽就像個跌進冰雪裡的朝聖者，冰封千萬年，最後又不情願地解凍了。關於她的一切線索，都顯示她應該早就死了。

毛毛刻意迴避我，最後我在電梯間逮到獨自一人的她時，她假裝她也在找我。「我一直都知道你是個高尚正直的人。」她說，意思是我應該表現得更好一些。

「我知道妳以前曾經做了一些不太高明的決定，但妳這次眞的是太超過了。」毛毛毫不退讓。「我是爲了梅芙好。」一扇電梯門在我們面前開啓，梯廂裡的人看著我們，但我們搖搖頭。

「梅芙還只是個糖尿病患者的時候，妳說讓她知道我媽的消息不是好主意。那她現在是個心臟病發的糖尿病患者，妳怎麼就覺得這是個好主意啦？」

「這不一樣。」毛毛說，雙頰都紅了起來。

「那就麻煩解釋一下，因爲我實在搞不懂。」我拚命回想我有多麼信任她，回想她是怎麼教瑟萊絲特和我帶小孩。我們對毛毛非常放心，留她一個人在家照顧小梅和凱文。

「我怕梅芙會死，」毛毛說，眼睛開始泛淚，「我希望她能在過世前見媽媽一面。」但梅芙當然沒死。她一天天康復，克服復發的可能性。她每天誰也不想見，只想見媽媽。

讓我覺得最不可思議的是，我們媽媽竟然有辦法把探視梅芙納入她工作時程裡。她不知怎麼的，開始負責起幫忙送花到病房的工作，探訪陪伴沒有媽媽可以和她別苗頭的病人。我不知道她是找誰談過或想了什麼辦法，才獲准這樣做，因爲自我們重逢以來，她大半時間都沉默不語。我覺得她或許是太過不安，沒辦法靜靜坐在等候室，但更接近事實的說法大概是她不想和我坐在一起。她沒辦法看著我。不管是毛毛來探病，或者珊蒂、喬塞琳、歐特森先生、諾克羅斯家族、老好人葛奇律師，還是梅芙工作、教會與鄰居朋友來訪的時候，都是我媽忙著收拾好報紙雜誌，看有誰需要喝瓶水或吃顆橘子。她永遠都在剝橘子。她特別會剝橘子。

「印度究竟什麼樣子？」有天下午喬塞琳問，彷彿我媽剛度假回來。喬塞琳是對我媽疑心最重的人。嗯，應該是排第二吧。

我發現我媽眼睛周圍的黑眼圈不知爲何消失了。她肯定是人類史上第一個因爲加護病房等候室而情況獲得改善的人。當時有喬塞琳、毛毛和我在。珊蒂去上班。艾娜遲早要對我們透露一些事情的。

「印度是個錯誤。」最後她說。

「但妳想幫忙。」毛毛說，「妳幫助別人。」

「爲什麼是印度？」我原本想默不作聲聽她們對話，但這時卻按捺不住好奇心。我媽捻起她墨綠色毛衣袖口的一根線頭，她每天都穿這件毛衣。「我在雜誌上讀到一篇德蕾莎修女的報導，說她要求修女院派她到加爾各答去幫助貧困的人。我現在連那是哪一本雜誌都不記得了。是你們爸爸訂的一份雜誌。」

我完全無法想像，一九五〇年代左右，范胡貝克街上的其他女人忙著在花園俱樂部爭取領導地位或去參加夏日舞會，而我媽坐在荷蘭大宅的廚房裡讀《新聞週刊》或《生活》雜誌上的德蕾莎修女報導。

「她很偉大，德蕾莎嬤嬤。」毛毛說。

我媽點點頭。「她那時當然還不叫德蕾莎嬤嬤。」

「妳和德蕾莎修女一起工作？」喬塞琳問。

在這一刻，所有的想像盡皆可能，包括我媽身穿白色綿布紗麗，懷裡抱著垂死的人。她身上有種質樸坦然，彷彿已經擺脫凡人所關心的一切。又或者是因爲我在她稜角分明的瘦削臉龐找到太多其他意義。她交疊擱在膝上那雙修長細瘦的手，總讓我想起點火的柴枝。而她右手的手指不由自主地摸著她戴在左手上的戒指。

「我本來是打算這麼做的，但是船卻開到了孟買。我離開之前，連地圖都沒看，所以到了印度的另一邊。」她說得一副誰都會犯這種錯誤似的。「他們告訴我，我得搭火車，所以我就準備去，準備搭火車去加爾各答。但是你一旦在孟買待上幾天——」她沒往下說。

「怎樣？」毛毛急著問。

「孟買有很多事可以做。」我媽靜靜地說。

「布魯克林也有很多事可做。」我拿起擱在腳邊的保麗龍杯，但咖啡已經涼了。在醫院喝冷咖啡的日子，早就離我遠去了。

「丹尼。」毛毛說，警告我不懂就別說。

「不，他說的沒錯，」我媽說，「我是應該這麼做才對。我可以在費城為窮人服務，晚上回家，但是我當時太笨，完全沒意識到是怎麼回事。那房子——」

「房子？」喬塞琳說，彷彿我媽不該把她的輕忽怪在荷蘭大宅頭上。

「它讓我失去了所有的判斷能力。」

「房子很大。」毛毛說。

等候室牆角接近天花板處掛了一部電視，正在播放拆除某幢老宅的節目。這部電視沒有遙控器，但我第一天就爬上椅子，把電視關成靜音。四天之後，電視裡的人靜靜走在空屋子裡，指出他們就要動手敲掉的牆壁。

「我從來搞不懂你們爸爸爲什麼想要這棟房子，他也搞不懂我爲什麼不要。」

「妳爲什麼不要？」這世界上肯定有很多比這幢美麗大宅更醜惡的地方。

「我們是**窮人**，」我媽說。我不知道她這麼會改變話題。「我們不該住在那樣的地方，壁爐啊樓梯什麼的，還有這麼多人服侍我。」

毛毛輕輕哼了一聲。「太荒謬了，我們才沒服侍妳。每天都是妳替我們準備早餐。」

我媽搖頭。「我覺得我好羞愧。」

「不是爲爸覺得羞愧？」我一直以爲她是怪我爸。畢竟，買下房子的人是他。

「你爸爸並不覺得羞愧，」她誤會我的意思了，「他非常興奮。他老是帶我看大宅的各種東西，一天可以看上十來次：『艾娜，妳看見那個欄杆了嗎？』『艾娜，出來看那間車庫！』」

「他喜歡車庫。」毛毛說。

「他從來不懂，爲什麼會有人因爲那棟房子而受苦。」

「范胡貝克夫婦就很痛苦，」毛毛說，「至少在最後的階段。」

「妳去印度，就只是爲了擺脫那棟**房子**？」當然不只是那幢房子或丈夫。還有睡在二樓，到目前都還沒被提到的兩個孩子。

我媽那雙淺色的眼睛霧濛濛的，有白內障。我懷疑她的視力能有多清楚。「不然還有什麼原因呢？」

「我一直以爲是因爲爸爸。」

「我愛你們爸爸。」她說。這句話自然而然說出口，她完全不必費心搜尋。**我愛你們爸爸**。

這彷彿是給毛毛的暗號。她站起來，伸伸膝蓋，雙臂高舉過頭，就像回應我們沒說出口的要求似的，說她要去外面給我們買杯像樣的咖啡。這時我媽也站起來，說她要去三樓看新生兒，我說我要去打公共電話給瑟萊絲特，喬塞琳說要是這樣的話，那她就要回家了。我們就這樣談到大家再也無法多忍受一秒鐘，於是就閉口不談了。

當然，那段漫長的日子裡，我們並不只是期待我媽提供聊天的話題。我們都想辦法打發時間。喬塞琳已經退休，而珊蒂還在工作。她說她現在的僱主，要求她吸地毯的時候，吸塵器必須朝著同一個方向推。毛毛談起康洛伊家還未進住之前的荷蘭大宅，說范胡貝克家沒錢之後，她是怎麼照顧范胡貝克老太太，又是怎麼帶著幾件珠寶首飾搭火車到紐約去變賣。在我看來，年輕女孩在那個年代這麼做，眞是勇敢得嚇人。

「妳不能在費城賣嗎？」我問她。

「當然可以，」她說，「但是不管我把一枚戒指賣給費城的哪一個人，他肯定馬上帶到曼哈頓，用兩倍的價錢賣掉。」

范胡貝克夫人摔斷臀骨那次，毛毛賣掉一條三串的珍珠項鍊來付醫藥費，老太太過世之後，毛毛賣掉一枚胸針辦喪禮。一枚鳥喙鑲了翡翠的黃金小鳥胸針。

「還有些東西留下來，」毛毛說，「當然不是像剛開始的時候那麼好的東西，但夫人和我小心計算變賣的速度，因爲我們不知道她還能活多久。銀行賣房子的那些人是徹頭徹尾的大白癡。他們要我列出清單，看房子裡還有什麼有價値的東西，好讓他們可以估價。大部分的東西我都留在屋裡，但也拿走了幾樣。」她舉起手，讓我們看一只款式很老的鑽石戒指，主鑽兩邊各有一顆小紅寶石。從我認識毛毛以來，她就一直戴著這只戒指。

我想這應該是坦白的招認吧，因爲我爸買下了大宅與大宅裡所有的東西。這枚戒指原本屬於范胡貝克夫人，所以也應該和大宅裡的其他東西一樣，屬於我爸。或許他會把戒指送給我媽，而我媽可能會等梅芙長大之後送給她，或者讓我送瑟萊絲特。但這個假設的前提是，我爸是個會檢查珠寶盒的人，但他顯然不是。而我媽也不是個會到處東找西找的人。所以更可能的情況是，這枚戒指會一直躺在它原來的位置，直到安德莉亞住進大宅。

安德莉亞絕對不會忽略大宅裡的任何一件珠寶。

若是我們開口，毛毛肯定會把戒指還給我們之中的任何一個，但我媽只俯身，用她那霧濛濛的眼睛看著毛毛的手指。「好漂亮，」她說，親了毛毛的手一下。「很適合妳。」

我開始唸醫學院之後，第一次回簡金頓應該是一九七〇年的感恩節。第一個學期的功課像雪崩似的重重壓在身上，而我一如強博士預期，蹣跚趕上進度。再加上瑟萊絲特和我善加利用我的公寓，所以我既沒有時間，也不想在週末回家。這時瑟萊絲特還沒提及結婚的事，所以梅芙和她的關係依舊很好。感恩節前的那個晚上，瑟萊絲特和我搭火車回費城。梅芙來接我們，載瑟萊絲特回家。隔天，梅芙和我去諾克羅斯家吃晚飯。大小男生在院子裡玩觸身式橄欖球，我們說是「爲了榮耀甘迺迪家族*」。而大小女生都忙著削馬鈴

*美國總統甘迺迪家族在學生時代都曾是出色的觸身式橄欖球球員。

薯皮、煮醬汁，以及在最後一刻必須趕緊做好的工作。梅芙說她不會做菜，女人家們發現她並不是在開玩笑之後，就把她趕出廚房，叫她去擺餐具。

這頓晚餐非常壯觀，孩子們擠在小房間的幾張牌桌上，像是一大群夢想著有朝一日要攻進餐廳的候補演員。餐桌上有叔舅姑姨、表兄弟姊妹，還有各形各色沒有其他地方可去的朋友，梅芙和我就屬於這一類。瑟萊絲特的媽媽總是為節日準備豐盛美食，而我經歷過好幾個月在醫院自助餐廳隨便抓點東西、或在病房餐盤上隨手抓塊麵包吃的晚餐之後，更是格外感激。比爾條理分明唸出禱詞：「願全能上主悲憫，讓我們衷心感恩。」每一桌的人都雙手合掌，垂下頭聆聽。但他一唸完，我們抬起目光，馬上就看見一碗碗青豆和珍珠洋蔥，堆得像山高的餡料、馬鈴薯泥和甘薯，裝在大盤裡的切片土雞，以及一缽缽肉汁，開始以順時鐘方向傳到每個人手裡。

「你是做什麼的？」我左手邊的女人問。她是瑟萊絲特為數眾多的姑姨之中的一位。我不記得她的名字，雖然我知道我們在門口被介紹過。

「丹尼在哥倫比亞唸醫學院。」坐在餐桌另一頭的諾克羅斯太太說，以防萬一我自己不想提供資訊。

「醫學院？」這位姑姑還是阿姨說，然後她竟然轉頭對瑟萊絲特說：「妳沒告訴我說他唸醫學院。」

長桌中段突然一片沉寂，然後瑟萊絲特聳聳她那漂亮的肩膀說：「妳又沒問。」

「你打算走哪一科？」有個叔叔問。我突然成了大家有興趣的目標。我不知道這位是不是剛才發問的那位姑姑或阿姨的先生。

我眼前出現我在華盛頓高地看見的那一棟棟空建築，有那麼一晌，我覺得應該告訴他們實情：我打算走房地產業。我看見坐在長桌盡頭的梅芙對我亮出一個古怪的微笑，證明只有她一個人知道這麼做有多瘋狂。「我還不知道。」我說。

「你得要把人切開嗎？」瑟萊絲特的弟弟問。我聽說他是第一年上餐桌吃感恩節晚餐。他是全桌年紀最小的人。

「泰迪。」他媽媽警告他。

「呃，就是那個……驗屍！」泰迪說，好不容易想起這個名詞，「他們都要做的，你知道。」

「我們是要做沒錯，」我說，「可是他們會要我們先發誓，不准在飯桌上討論。」

我這句擋箭牌惹得一屋子人哈哈大笑。遠遠的，我聽見有人問梅芙是不是也是醫生。

「不是，」她說，舉起叉著青豆的叉子，「我做蔬菜業。」

晚餐結束之後，我們帶上足夠週末吃的剩菜，瑟萊絲特和我吻別。梅芙答應星期天早上來接她，然後送我們到火車站。快樂的諾克羅斯一家人跟著我們走到車子旁邊，說我們應該留下來。他們待會兒要看電影，吃爆米花，玩牌。浪皮突然從屋裡衝到院子，對著一堆堆落葉吠叫不止，他們把牠趕回屋裡。

「這是我們開溜的機會。」梅芙輕聲說，馬上跳進駕駛座。我繞到另一邊，坐進她旁邊的座位。他們一大家子站在那裡，在我們開車離去時，揮手，大笑。

諾克羅斯家晚餐吃得早，所以這時猶有暮光。我們還趕得及在燈光亮起之前，回到荷蘭大宅。我們答應喬塞琳，晚一點要去她家吃派，所以這是在混進兩戶人家吃豪華大餐之間的短暫幕間休息。我們當時年紀還輕，還能記得小時候過感恩節的心情，不過兒時的回憶並沒有帶來任何眷戀之情。一開始感恩節是我、梅芙和我爸在餐廳裡吃飯，而珊蒂和喬塞琳盡力不表現出想趕快回家陪家人的心情。後來，感恩節就是和安德莉亞與兩個女孩一起吃飯，而珊蒂和喬塞琳再也不掩飾想衝回家的急切心情。自從那個悲慘的感恩節，梅芙被趕到三樓臥房之後，她就想方設法不再回艾爾金公園過感恩節。每年我看著餐桌上她的空位，心裡覺得很難受，雖然我並不明白，她感恩節不在，爲什麼會比一年裡的其他日子不在更讓我難過。和諾克羅斯家共度的這個感恩節彌補了我們許多的遺憾，讓我們重新體會到晚餐的意義，雖然我們最後的離去，倉促得像逃脫似的。擺脫我們年少時期對假日的感傷情懷，或許是有可能的，我們想。

「你得要原諒我，」梅芙說，搖下車窗，迎進凜冽的空氣，「但我如果不馬上抽根菸，一定會死掉。」她拿起一根菸，然後把整包遞給我，讓我自己決定抽不抽。接著又把她的打火機給我。不一會兒，我們就各自對著身邊的車窗吐煙。

「晚餐很好，但香菸更棒。」我說。

「要是你現在幫我**驗屍**，會發現我身體裡面什麼都沒有，就只有黑黑的肉和醬汁，右手手臂的小血管裡也許還有一點馬鈴薯泥吧。」梅芙很留意自己吃進多少碳水化合物。她沒吃諾克羅斯家的派，待會兒到喬塞琳家才能吃塊派。

「我會把妳的案例提到臨床研討會上去討論。」我說，想起比爾．諾克羅斯鋸開火雞屍體的情形。

梅芙微微哆嗦。「我不敢相信，他們讓你把人切開。」

「我也不敢相信，妳竟然逼我去唸醫學院。」

她笑起來，但馬上用手指壓著嘴唇，彷彿怕把晚餐吐出來。「噢，別再抱怨了。說真的，除了把人開腔剖腹之外，還有什麼嚇人的事，說來聽聽。」

我頭往後仰，吐出一口煙。梅芙老是說我抽每根菸都像是準備赴刑場，而我這時心想，這眞的是我的最後一根菸了。我知道抽菸的壞處，雖然那個年代，醫生都還會在白袍口袋裡擺包萬寶路，特別是整型外科醫生。不抽菸，當不了整型外科醫生。「最可怕的是知道你會怎麼死。」

她看著我，兩道黑色眉毛挑得高高的。「你不知道嗎？」

我搖搖頭。「你**以爲**你知道。你以爲你九十六歲的時候，吃完豐盛的感恩節晚餐，躺在沙發上，然後再也沒醒過來。但就算是這樣，你也不能確定你是怎麼死的。這或許是天意的安排，大家都會這麼想。」

「我想都沒想過我九十六歲的時候會躺在沙發上死掉，一秒鐘都沒想過。甚至也沒想過我會活到九十六歲。」

但我沒聽她說，繼續講我的。「妳不知道有多少種死法，除了槍傷、刀傷、墜樓和其他幾乎不可能發生的意外之外。」

「那請告訴我吧，醫生，可能發生的**是**什麼情況？」她忍住不笑我，但我說的是事實：那段時間，我心裡想著的全是死亡這件事。

「白血球過多、紅血球過少、鐵太多、呼吸道感染、敗血症；妳的膽管可能阻塞；妳的食道可能破裂。還有各種癌症。」我看著她。「我們可以坐在這裡一整個晚上，細數各種癌症。我只是要告訴妳，這讓人很不安。身體莫名其妙產生異常狀況的原因有成千上萬種，而妳很可能根本不知道是怎麼回事，等發現的時候已經來不及了。」

「這不禁讓人懷疑，我們當初又何必要醫生呢。」

「一點也沒錯。」

「好吧，」梅芙說，又深深抽了口菸，「我已經知道我會怎麼死了，所以我不必擔心。」

街燈已經亮起，安德莉亞也已經點亮荷蘭大宅的一盞盞燈。我看著她被光線照亮的側臉。她身上的一切都如此鮮明、端正、美麗，洋溢著生命力與健康氣息。「妳會怎麼死？」我不知道我發什麼神經幹麼這樣問，因爲我確信我一點都不想知道。

我醫學院班上那些同學都像翻閱疾病目錄那樣，揣測自己的死因，但梅芙不是，她回答得理直氣壯。「不是心臟病，就是中風。糖尿病患者通常是這樣死的吧。把爸的情況列入考慮，我得心臟病的可能性應該比較高。我覺得這樣倒好，死得比較快，對吧？砰！」

我突然很氣很氣她。她不知道自己在說什麼，何況，這天是感恩節，我們應該要開心玩遊戲的，就像諾克羅斯一家人玩撲克牌那樣。「要是妳這麼擔心自己得心臟病，幹麼還坐在這裡抽菸？」

她眨眨眼。「我不擔心。告訴你吧，活到九十六歲，吃完晚飯躺在沙發上死翹翹的人不是我，是你。」

我把菸丟出窗外。

「天哪，丹尼，快開門，去把菸蒂撿起來。」她手背拍了我肩膀一記。「這是布斯鮑太太的院子。」

第十七章

「妳記得我們住在小房子的時候，隔壁的亨德森太太收到他兒子從加州寄來的一整箱柳橙？」梅芙已經搬到單人病房，我們媽媽坐在她床邊說，「她給了我們三顆。」

梅芙身上的粉紅絨毛睡袍是小梅幾年前幫她挑的，身邊床頭櫃上一束精緻的粉紅玫瑰小花束，是歐特森先生送的。她臉頰也是粉紅色的。「我們切了兩顆分吃，然後妳把全部的皮都切成絲，和第三顆柳橙的果汁一起拿去做蛋糕。蛋糕從烤箱拿出來以後，妳叫我去請亨德森太太過來吃。」

「那真的是拓荒時代。」我們媽媽說。

她們興味盎然地細數小房子裡的東西：有楓木椅腳的褐色木紋沙發，扶手上濺了咖啡漬的淡黃色椅子。屋裡有張裱了框的打鐵店照片（是打哪兒來的？她們尋思，後來又去哪裡了？）廚房裡有張小桌子和幾把椅子，水槽上方單一只白色鐵櫃門在牆上，裡頭四個碟子、四個碗、四個茶杯、四個玻璃杯。

「爲什麼是四個?」我眼睛看著監測器，覺得她的心臟數據應該可以再更好一點。

「我們在等你來啊。」我媽說。

我媽在梅芙羽翼的安全庇護下，比較能輕鬆開口講話了。

「我的床在客廳牆角。」梅芙說。

「每天晚上你爸在床邊架起屏風，說：『我在幫梅芙蓋房間。』」

他們住在小房子的時候，都在基地的軍隊福利社購物，用我媽自己做的精巧繩編提袋提回家。她們回收鐵罐，幫鄰居看小孩，星期一和星期五在教堂開放給窮人取用的食物儲藏室工作。梅芙和我媽，她們兩個總是一起。冬天，我媽拆掉教堂一位婦人給她的毛衣，幫我姊織了帽子、圍巾和手套。夏天，她們幫菜園除草。菜園是所有人家一起種的，種有番茄、茄子、馬鈴薯、玉米、四季豆和菠菜。她們自製一罐罐調味料，醃黃瓜、做果醬。她們兩個回憶當年完成的每一件事，而我坐在牆角看報紙。

「妳還記得花園裡捕兔子的那個兔子圍籬嗎?」我媽問。

「我什麼都記得。」梅芙下床，坐在窗邊的椅子，腿上蓋著摺起來的毯子。「我記得我們晚上把燈全關掉，拿一盞檯燈到臥房衣櫃裡，脫掉鞋子，坐在地上看書。爸在外面巡邏預防空襲。妳得要縮起膝蓋才坐得進去，我跟在妳後面，坐在妳腿上。」

「這個小孩四歲就會看書了，」我媽對我說，「她是我見過最聰明的小孩。」

「妳拿毛巾塞在門縫，讓光線不會漏出去。」梅芙說，「說起來好笑，我當時以爲光線也是配給的，所有的東西都有配額，所以我們不能讓沒用到的光線流到外面的地板上。我們得把光和我們一起留在衣櫃裡。」

她們記得小房子在基地裡的什麼地方，在哪個角落，在哪一棵樹下，但她們不記得我爸在那裡究竟是做什麼工作。「大概是採購之類吧，我想，」我媽說。不過也無所謂。她們很確定前門廊鋪了水泥，有兩級台階，從鄰居家移植來的紅色天竺葵在赤陶花盆裡燦燦盛放。大門一開就是客廳，右邊是爸媽睡的小臥房，左邊是廚房，而浴室就夾在中間。

「那房子小得像郵票。」梅芙說。

「比妳的房子還小？」我問，因爲在我看來，梅芙家小得像娃娃屋。

我媽和我姊互看一眼，放聲大笑。

我有個在我小時候就離家出走的媽媽，我並不想念她。我有梅芙，紅大衣，黑頭髮，站在一樓樓梯口，腳下是有黑色方格的白色大理石地板，背後的窗戶大得像電影銀幕，窗外雪花飄下，一片片閃閃發亮。咕咕鐘裡隨波搖擺的小船送走分分秒秒的時間。「丹尼！」她對著樓上喊我，「吃早餐了！快點下來。」冬天的早晨，她在屋裡也穿大衣，因為天氣太冷，也因為她太高太瘦，每一分能量都用來長大，而不是用來發熱取暖。「妳一副隨時要出門的樣子。」我爸走過她身邊時會這麼說，彷彿她那件外套惹到他了。

「**丹尼！**」她大聲喊，「沒人會端早餐上去給你！」

我床上堆滿毯子，那重量把我壓得動彈不得。在荷蘭大宅冬天的每一個早晨，我醒來的第一個念頭都是：**要是能在床上躺一整天，會是什麼滋味呢？**但是我姊在一樓樓梯口喊我的聲音與咖啡香喚我起床。我年紀太小，不能喝咖啡。「那會害你長不高的，」喬塞琳說，「難道你不想長得像你姊一樣高？」我在地板上找到拖鞋，在床尾找到羊毛睡袍，跌跌撞撞走到樓梯平台，冷得要命。

「王子駕到！」梅芙喊著，歪著臉迎向光。「快點，我們弄了鬆餅，別讓我等。」

我歡樂童年的結束，不是在我媽離開的那天，而是在梅芙離開的那天，在安德莉亞和我爸結婚的那年。

這段時間我媽人在哪裡呢？我一點都不在乎。梅芙出院回家之後，她和梅芙一起坐在梅芙床上，兩雙長腿併排伸得長長的。我在屋裡走來走去的時候，零星聽到片斷的句子和詞彙：印度，孤兒院，舊金山，一九六六。我一九六六年從裘特畢業，進哥倫比亞大學就讀，而那年我媽替一個有錢的印度人家帶小孩搭船去舊金山，以換得那家人大方資助她所服務的孤兒院，還是痲瘋病院？她沒再回到印度。她留在舊金山，去了洛杉磯，又到科羅拉多的杜蘭戈，然後是密西西比。她發現到處都有窮人。我到車庫，找出梅芙的割草機。我得開車到加油站，買回一罐汽油，然後才能開始割草。這個工作帶給我莫大的滿足，所以割完草地之後，我又把割草機開到花圃和人行道上繼續割。曼哈頓的房東從來不必自己割草的。

梅芙出院之後，我搬出旅館，在梅芙的沙發上一夜輾轉無眠。我待在這裡是爲了怕梅芙萬一心臟病發。但我受不了，完全都受不了。所以隔天早上，我搬到諾克羅斯家，住瑟萊絲特還沒結婚之前住的那個房間。毛毛已經回家了，但我媽始終都在。梅芙的朋友在她家門口留下燉菜，還有烤雞、一袋袋蘋果和南瓜麵包，吃的東西多到珊蒂和喬塞琳都得帶一半回家。梅芙和我媽像一對大學女生似的吃東西，我就看過她們一起分吃一盤炒蛋。梅芙很快樂，很疲倦，而且完全不像以往的她。她沒談起她在歐特森公司的工作，或她必須替我做的工作，更沒提到她請假所耽擱的任何事情。她坐在沙發上，讓我媽端吐司給她。她倆之間沒有距離，沒有相互指責。她們一起生活在她們自己回憶的天堂裡。

「別管她們吧。」瑟萊絲特在電話裡說，「她們應付得來。反正有一大堆人上門想幫忙，而且梅芙需要的就只是休息。醫生不是一向都這麼說的嗎？她不需這麼多人陪。」

我告訴她說，我不覺得我是在陪她，但話才一說出口，我就知道明明是。她們在等我離開。

「你遲早得回紐約的。我可以列出一大堆正當理由。」

「我很快就會回來。」我告訴我的妻子。「我只是要先確定一切都沒事。」

「沒事？」瑟萊絲特問。瑟萊絲特沒見過我媽，但她對我媽本能的不信任，比起我，有過之而無不及。

我站在梅芙家的廚房裡。我媽用磁鐵把醫囑貼在冰箱上，塑膠藥瓶在廚房瓶罐前整齊排成一列，並寫上哪顆藥該什麼時候服用。她謹慎限制來訪的人數與時間，時間一到，就催他們走向門口。唯一的例外當然就是歐特森先生，我媽很尊敬他，但歐特森先生從來不會待太久惹人厭。如果天氣不錯，他就陪梅芙到街上散步，一直走到街口再折回來。其他時候，我媽每隔幾個鐘頭，就陪梅芙在後院走個兩圈。這時她們在客廳裡，聊一本她們都讀過，也都說自己很愛的小說《管家》＊。

「什麼？」瑟萊絲特問，然後說：「不。等一下，是爸爸。來。」她又對我說，「和你女兒打聲招呼吧。」

「嗨，爹地，」小梅說，「你再不回來，我就要養一條低過敏品種的狗。我考慮要養貴賓狗。我要叫牠史黛拉。我本來想養貓的，但是媽說沒有什麼貓是低過敏性的。她說凱文對貓過敏，但她怎麼會知道？凱文根本就沒靠近過貓。」

「妳在說什麼？」

「等一下，」小梅壓低嗓音，然後我聽見關門的聲音。「我只要一談到養狗，她就走出去，簡直像魔法一樣。我要到簡金頓來看梅芙姑姑。」

「媽媽要帶妳來嗎？」

小梅發出一個怪聲，她只要覺得大人說了什麼蠢話或做了什麼蠢事，就會發出這種聲音。「我自己來，你在火車站接我。」

「妳不能自己一個人搭火車。」我們甚至不讓她自己搭地鐵。我們讓她搭公車，搭計程車，但絕對不能搭地鐵火車。

「聽我說，梅芙姑姑心臟病發，」小梅宣布消息似的，「你知道她會覺得奇怪，我爲什麼一直沒去看她。媽告訴我們說，印度奶奶回來了，我也想去看看她。這很了不得耶，

---

* *Housekeeping*，瑪莉蓮・羅賓遜（Marilynn Robinson, 1943-）一九八〇年入圍普利茲獎的小說。

比賽都到了這個階段，竟然又找到個新奶奶。」

什麼比賽階段？「她又不是印度人。」我從廚房往外望，看見我那皮膚白皙的愛爾蘭裔母親坐在沙發上，就在梅芙身邊。我轉身背對她們。「她以前住過印度，但那是很久很久以前的事了。」

「不管怎樣啦，反正我要搭火車去。你十二歲就自己一個人搭火車去紐約找梅芙姑姑過復活節，看在老天爺的份上，我現在都十四歲了耶。」

「我討厭妳說看在老天爺的份上，聽起來像我爸會講的話。」

「女生比男生早熟，所以技術上來說，我比你當年自己一個人到紐約的時候，大上不只兩歲。」

我真的把那個故事告訴她了？小梅當然是比我當年來得大，說大上二十歲都不爲過，但我還是不會讓她自己一個人去搭火車。「說的好，但我明天帶梅芙去看完醫生就要回家了。」

「你**自己就是**醫生。」她簡直要崩潰了。

「聽我說，小梅，對妳媽好一點。」

「我對她**很好**，」她說，「可是她讓我抓狂。我要寫一本書叫：《不去費城的六百萬個理由》。讓我和奶奶打聲招呼。」

我媽從未問起我的孩子。一句也沒問。毛毛說那是因爲她全都告訴過我媽了，還有梅芙也是——凱文的自然科成績、小梅的舞蹈。毛毛說我媽好想知道，她沒問我，是我自己的錯，因爲我嘴巴裡講出的每一句話都冷若冰霜。「她在睡覺。」我說。

「她爲什麼在睡覺?現在才兩點鐘。生病的人又不是她。」

「但年紀大的人是她啊。」我說，又轉頭看人在客廳的我媽。她在笑。短髮，滿是皺紋的皮膚，密布斑點的雙手，她有可能是任何人的媽媽，但她是我的媽媽。「等她醒來，我會告訴她說妳打過電話。」

我媽說她在消失的這些年裡住過許多地方，但沒有任何證據顯示她眞的住過那些地方。我懷疑她現在是不是住在梅芙家，因爲她的行李箱在梅芙衣櫃裡。回家之後，我和瑟萊絲特討論我的懷疑，一幕幕解析過去兩個星期的種種。

「你的意思是她無家可歸?」瑟萊絲特問。我們站在廚房裡，她在弄晚餐：鮭魚是給我們兩個和小梅的，小梅不愛吃魚，但從書上讀到吃魚會變聰明；還有兩個漢堡，給沒那麼在乎聰不聰明的凱文。前一天我剛踏進家門的時候，兩個孩子都好開心，但隨即發現我還是他們向來熟悉的那個人。

「我是指她沒有家，並不是那種睡在橋下無家可歸的街友。」但我又怎麼知道呢？

「你爸媽有沒有可能根本就沒離婚？毛毛是這麼想的。她認為你媽也許還擁有那幢房子，只是自己不知道而已。」

我想毛毛一定告訴瑟萊絲特說這是她自己的推測，因為她絕對不會對瑟萊絲特坦承全部實情。「他們確實離婚了。我爸花錢請美國領事館的某人在孟買接她下船。他把離婚文件寄去，那個人直接帶我媽到領事館，在公證人面前簽字。一切合乎法律程序。帶有離婚證書的那個人也給她一封我爸寫的信，信裡叫她永遠不要再回來。我想他一定當場就把所有的手續都辦好了。」這是無數個在我身邊談、卻從未直接對我說的故事之一，梅芙說那封信如果是愛與悲憫的誓言，那我媽一定會馬上踏上甲板，乘船返家。我媽也說如果情況如此，她絕對會這麼做。

「所以她沒擁有大家所不知道的財富？」

我搖頭。「她是個炫耀貧窮的窮人。」

「那你們兩個現在打算怎麼照顧她？」瑟萊絲特開始應付水槽裡的那些紅色小馬鈴薯，拿刷子用力刷，而我則打開冰箱，找瓶已打開的葡萄酒。

「我又沒照顧她。」

「可是你照顧梅芙，而梅芙必須照顧她。」

我想了想，找到我要的酒。「這個嘛，目前是我媽在照顧梅芙。」三餐、用藥、洗衣、訪客。

「那你的角色呢？」

我一直從旁觀察，這就是我的角色。格格不入的我隨時隨地，無所不在。「我只是想確認梅芙沒事。」

「你是怕她會再次心臟病發，還是怕她最後會喜歡你媽媽多過於喜歡你？」

我本來準備給我們兩個各倒一杯酒的，但隨著對話發展的走勢，我只倒了一杯給自己。「這又不是競爭。」

「好，這樣很好，如果不是競爭的話，那就別理她們，隨她們去吧。你對你媽好像沒什麼興趣，而梅芙眼裡除了她，好像也沒有別人。」

我得說一下，梅芙生病的這段時間，瑟萊絲特很用心。她每隔幾天，就寄上孩子們寫的問候卡，梅芙出院回到家，門口就有一大籃牡丹花等著她。賓州東部的牡丹花大概全被瑟萊絲特買光了吧。

「你告訴瑟萊絲特說我喜歡牡丹？」梅芙看著卡片，問我。

事實是，我根本就不知道我姊喜歡牡丹。

「我們幹麼吵這個？」我問瑟萊絲特，「我才剛開開心心回到家。」

她把最後一顆馬鈴薯丟進濾水籃裡，擦乾雙手。「從我認識梅芙以來，她就一直盼著媽媽回來。你們兩個把車停在老家前面，因爲那房子讓她想起媽媽。你們兩個被媽媽遺棄，這輩子都像雙手被鐵絲綁在一起似的相依爲命。現在你媽回來了，而你姊，上主保佑她，你姊終於快樂起來，而你卻開始覺得悲慘。你好像不想擺脫自己的痛苦。如果你這麼在乎梅芙，在乎她快不快樂，那何不就讓她快快樂樂呢？她可以和你們媽媽一起過她的生活，你也可以和我們一起過你的生活。」

「這又不是什麼條件交換。」

「但這就是你心裡害怕的，不是嗎？怕你媽媽不會受到懲罰？怕梅芙和她在一起，比和你在一起更快樂？」

小梅在樓上扯開喉嚨。「你們不知道我聽得見你們說的每一句話嗎？這房子裡有通風口啊，各位。你們想要吵架，就去外面找家餐廳吵。」

「我們沒吵架。」我高聲說。我眼睛看著妻子，有那麼一瞬間，看見了她，那雙圓圓的大眼睛，黃色頭髮。我認識超過半輩子的這個女人在我眼前飄動，瞬即消逝。

「我們是在吵架沒錯，」瑟萊絲特說，眼睛盯著我，聲音和我一樣大。「但我們不會繼續吵下去。」

我大可以整個夏天都留在紐約，監督幾間公寓的拆牆工程，陪凱文打籃球，陪小梅練獨白，但我覺得沒有人會注意我人在哪裡，除了瑟萊絲特之外，而瑟萊絲特會很開心。但一週又一週，我都還是回簡金頓，彷彿只有親眼看見，才能確定梅芙安然無恙。我住在永遠歡迎我的諾克羅斯家，他們現在養的拉布拉多犬名叫拉莫諾。我從紐約開車去，因爲我必須在梅芙家來來回回，也因爲我必須一次又一次去五金行。我永遠在找下一件必須進行的工程，用以證明我人在此地的正當性，而不至於每天坐在客廳盯著她們看。修電燈開關、粉刷櫥櫃、換掉腐朽的窗框，渴望做這些工作是一種隱喻，是在懇求大家不要放大檢視我的存在。

週復一週，我的一雙兒女，有時單獨有時齊聲，說他們要和我一起到簡金頓。整趟行程的安排他們似乎都很喜歡：和瑟萊絲特爸媽共度，和梅芙在一起，離開紐約去好好享受夏日時光。他們稱我媽爲「關係人」，彷彿她是從敵後蹣跚歸來的間諜。她對他們很好奇，而他們對她也很好奇。瑟萊絲特和我同聲一氣不想讓他們接近我媽，卻只讓他們更加快腳步跳上車，但這其實也不是什麼壞事。即便是在當時，我也已經體認到，我們的親子遊只不過是現實情勢的絕佳副產品而已。凱文和我仔細討論丹尼．塔塔布*，想判斷他是不是有資格拿紐約洋基隊的最高薪酬；而小梅則一邊和我講話，一邊跟著錄音帶哼唱音樂劇裡的曲子。我們兩年前帶她去看重新上演的音樂劇《吉普賽人》，她到現在都還念念不忘。「來份蛋卷，葛斯通先生。請用餐巾，請用筷子。快請坐！」她以熱情洋溢的女低音放聲高唱。我們讓她坐後座。她已離開美國芭蕾學校，以便空出更多時間專心練唱。

「這比芭蕾舞還慘。」凱文說。

我媽努力精進她說話的能力，雖然我們很少認眞討論什麼事情，但她逐漸適應我的存在。這一點，她得要感謝我的這對兒女，因爲他們對她沒有任何負面看法。她和凱文討論她少女時代道奇和洋基的相互抗衡**，而小梅則和梅芙講法文，讓梅芙爲她編法國辮子。小梅從六年級就開始修法文，以爲我們會讓她到巴黎去過暑假。我沒告訴她說十四歲的女生是不可能隻身前往巴黎過暑假的，只對她說如今梅芙生病了，巴黎是不可能去的。所以她就整天練習法文動詞變化：je chante，tu chantes，il chante，nous chantons，vous chantez，ils chantent。我開始進行煙囪的煙道更換工程。我在地板上鋪了報紙，但這個工程比我原本的預期來得浩大且髒亂。

「我愛上了法國仔博德加瑞**，」我媽說。她覺得講個棒球員法國仔的故事，我兒子和女兒應該都會有興趣。「我進修女院之前，我爸買了兩張票，帶我去看球賽。我不知道他哪來的錢，但我們的座位就在三壘正後方，在法國仔後面。我爸從頭到尾一直跟我說：『妳仔細看看四周，艾娜，這裡看不見半個修女。』」

「妳是修女？」凱文問，沒辦法把他理解中的修女和他所知的祖母連在一起。

我媽搖搖頭。「我更像是個觀光客。我只待了不到兩個月。」

「Pourquoi es-tu parti？」小梅問。

「妳爲什麼離開？」梅芙說。

那段日子，我媽臉上永遠掛著詫異的表情，總是爲我們怎麼會不知道而覺得不可思議。「因爲西里爾來接我。他去田納西河谷管理局工作，離開了好幾年，回紐約之後來找

---

* Danny Tartabull（1962-），美國職棒大聯盟球星，曾效力紐約洋基隊、芝加哥白襪隊、費城費城人隊等，一九九七年退休，職棒生涯擊出二六二支全壘打與九二五次安打。

** 道奇隊原為紐約布魯克林的球隊，一九五八年遷移至洛杉磯。

*** Stanley George Bordagaray（1910-2000），美國職棒大聯盟選手，因母親的緣故，講話有法國口音，因而外號「法國仔」（Frenchy）。曾效力芝加哥白襪隊、布魯克林道奇隊、紐約洋基隊等。

我哥。他和詹姆斯一直很要好。詹姆斯告訴他我在哪裡。詹姆斯很不喜歡我去當修女。西里爾馬上從布魯克林趕到修女院。到了之後，他告訴門口的修女說，他是我哥哥，有壞消息要通知我，很悲慘的消息。雖然我們那時候是不准見訪客的，但修女還是進來找我。」

「他對妳說了什麼？」凱文剎時把棒球全都拋在腦後了。

「西里爾說：『艾娜，這不只是爲了妳自己。』」

我們面面相覷，我兒子、我姊，還有我那個辮子編了一半的女兒。後來梅芙說：「就這樣？」

「我知道這句話現在聽起來沒什麼，」我媽說，「但卻改變了一切。我必須說，就因爲這樣，今天才會有你們四個人。他說他在外面等我，我進去收拾我的小行李袋，和大家道別。那個年代的年輕人和現在不一樣，我們不會把事情想得那麼透徹。戰爭就要爆發了，大家都知道。我們從修女院出來，沿著西區一路往上，穿過曼哈頓。過橋之前，我們停下來喝了杯咖啡，吃三明治，走到布魯克林的時候，我們已經把所有的事情都談定了。我們要結婚，成家立業。於是我們也就這麼做了。」

「妳愛他嗎？」小梅問梅芙，梅芙說：「L'aimais-tu?」

「L'aimais-tu?」小梅問我媽，因爲有些問題最好用法文問。

「我當然愛他，」她說，「至少我們回到布魯克林的時候，我很愛他。」

那天晚上我們離開之前，小梅從她的包包裡拿出一瓶虹光粉紅指甲油，幫祖母塗指甲，然後幫梅芙塗，最後自己也塗了，非常專心地一層一層塗。「看起來像小小的貝殼。」她說，然後她們一起在燈光下來回轉動手指。

「妳從來沒塗過指甲油？」小梅問。

我媽搖搖頭。

「妳以前很有錢的時候也不塗？」

我媽拉起小梅的手，貼在梅芙和她自己的手上面，看著三隻手上的貝殼同時閃閃發亮。「那時也不塗。」她說。

這個夏天，瑟萊絲特也在費城。她和我們一起回來探望她爸媽。她會載凱文過來，接小梅走，因此見過我媽很多次，但就算同處一室，瑟萊絲特也想辦法迴避我媽。「我得馬上回我爸媽家，」她一進門就說，「我答應我媽要幫她弄晚飯。」

「當然，當然。」我媽說，然後梅芙就到院子裡剪一把紫色的蜀葵讓瑟萊絲特帶回家，她們好像都沒注意到瑟萊絲特已經轉身往大門走了。在心臟病發作與我媽回來之後，梅芙對我妻子的熾烈怒火似乎熄滅，遺忘了。瑟萊絲特如果來和我們一起吃飯，梅芙一定會非常開心，就像她也很樂意放瑟萊絲特回家一樣。我坐在廚房地板上拴螺絲，因爲我要給每一個櫃子底部裝上可以滑動的木製淺托盤，讓大小鍋子比較容易拉出來。凱文坐在我旁邊，幫忙遞螺絲給我，而那個夏天不停來去的瑟萊絲特捧著滿懷的花，停下來看我。

「我一直很想要這個。」她說，彷彿很懷疑我竟然知道有這種東西存在。

我放下電鑽。「眞的？妳告訴過我嗎？」

她搖頭，看看手錶。告訴孩子們說該走了。

日子就這樣一天天過去。梅芙回到歐特森公司，和過去一樣上班時間不定。我會說她不再像以前那樣擔心工作，但老實說，我覺得她從來也沒擔心過。凱文和小梅開學了，我越來越久才回簡金頓一趟。我們媽媽留下。她丟掉袖口綻線的墨綠色毛衣，梅芙幫她買了新衣服，客房換了新床單和新窗簾，她們也不再稱那個房間爲客房了。她們開車到費城聽音樂會，到費城自由圖書館看書。我媽在天主教慈善機構開設的食物銀行當志工，才過幾個星期，她就見到負責人。社區有很多要做的工作，她說。她可以擬訂一個計畫來完成。

秋末的一個星期五，梅芙和我媽一起煮雞肉和餃子。結果懂得做菜的竟然是我媽。廚房窄仄，溫暖，她們兩個很有效率地在裡面錯身穿梭。「你應該留下來的。」我掀開荷蘭烤肉鍋的蓋子，把臉埋進騰騰冒出的蒸汽裡時，我媽說。

我搖頭。「凱文有場比賽。我二十分鐘之前就該開車上路了。」梅芙用綁在腰際的擦碗巾擦擦她滿是麵粉的手。「到外面來一下，趁你還沒走，我要問問你排水溝的事。」

她穿上掛在門口的花格羊毛外套，她常說這是她的穀倉外套，雖然我很懷疑她有沒有進過穀倉。我們緩緩踏進暮色將近的凜冽陽光裡，紅色與金色樹葉飄落腳邊，我下回來得記得要耙乾淨。我們站在屋外牆角，端詳排水管從屋頂開始鬆脫的地方。

「這要到什麼時候才結束？」梅芙仰頭問。

我以爲她講的是屋頂，所以也仰起頭。「什麼東西結束？」

「任性、懲罰。」梅芙雙手深深插進口袋。「我知道對你來說一定很不好受，但你如果想聽眞話，我可以告訴你，我一想到這件事就覺得很不舒服——我的心臟病讓你很難受；我們媽媽回來，也讓你很難受。」

我很意外，但馬上就開始捍衛自己。過去六個月來，爲了梅芙，我的生活天翻地覆，但我很努力把對我媽的感受埋在心裡。若說我有什麼改變，那肯定是我個性變好了。「我擔心妳，就只是這樣。我必須確定妳沒事。」

「嗯，我很好。」

說來不可思議，梅芙和我向來無所不談，但我們之前竟然從未談過這事。因爲我們再也沒有機會獨處。我們這位活力充沛的媽媽總是可以在我倆之間找到空間，安坐下來，把我們的對話導向慈善廚房和對貧窮生活的追懷思念。「妳覺得現在這樣很好？」

梅芙看著外面的馬路。我不知道我們到外面來是要討論我們現在的生活境況，所以也就沒穿外套。現在我覺得冷。「時間是有限的，」梅芙說，「我現在更了解這個道理了。我從十歲就希望媽媽回來，而她現在回來了。我可以用這些時間來生氣，或者我也可以用這些時間來覺得自己是天底下最幸運的人。」

「就只有這兩種選擇嗎？」我眞希望我們能上車，開到荷蘭大宅，就我們兩個人，靜靜坐上一分鐘，雖然我們再也不這麼做了。

梅芙轉頭看排水溝，點點頭。「應該是。」

除了歐特森先生的明快決定和梅芙的康復之外，我想不出來這整件事情有任何幸運之處。我媽之所得，絕對是我之所失。「她知道她離開之後，我們發生什麼事情了嗎？妳對她提起過安德莉亞，說她是怎麼把我們掃地出門的？」

「天哪，她當然知道安德莉亞的事，難道你以爲我們整個夏天都在玩牌嗎？我把我們發生的事情，全都告訴她了，我也知道她發生了什麼事。說來神奇，你只要對某人有興趣，就可以了解她的一切。順便告訴你，我們談話的時候也沒瞞著你，別以爲我們排擠你。每次她一開口，你就找理由離開房間。」

「她有興趣的，可不是我。」

梅芙搖搖頭。「長大吧。」

對四十五歲的人這麼說，實在是太可笑了，所以我笑起來，但馬上止住笑聲。我們已經很久沒吵架了。「好吧，要是妳這麼了解她，那就告訴我，她爲什麼要離開。可別說她是因爲討厭壁紙。」

「她想要——」梅芙住口，吐了一口氣，冷空氣裡凝結的白色霧氣讓我想起煙。「她想要幫助人。」

「除了她家人以外的人。」

「她犯了錯。你就不能理解嗎？她很羞愧，想掩飾隱藏，所以她從印度回來之後，也不和我們聯絡，你知道的。她就是怕我們會用你現在這種態度對待她。她一心相信，你對她這麼殘酷，是她罪有應得。」

「我並不殘酷，相信我，但她**確實**罪有應得。犯錯又不是等木板風乾再去鋪地板這種問題。拋棄自己的子女去幫助印度窮人，代表你是個自戀狂，希望得到陌生人的崇拜。我常看著凱文和小梅，心想，誰會對他們做這種事？什麼樣的人會離開自己的兒女？」我覺得這些話似乎已經在嘴裡憋太久了，打從我踏進心臟科加護病房等候室，看見我媽的那一刻起就一直憋著。

「男人！」梅芙幾乎是用吼的，「男人不時拋棄自己的子女，而全世界卻爲他們拍拍手。佛陀離開，奧德賽離開，誰在乎他們的兒子啦？他們啓程展開偉大的旅程，去做他媽的他們想做的事，幾千年之後，我們還在歌頌他們。我們媽媽離開，然後回來，而我們平安無事。我們不喜歡，但我們熬了過來。你不愛她或不喜歡她，我都不在乎，但你必須好好待她，不爲別的，就只因爲我希望你這樣做。這是你欠我的。」

她雙頰泛紅，當然可能是因爲天氣冷的緣故，但我也不由得擔心起她的心臟。我沉默不語。

「給我聽好，我受夠悲慘的事了。」她說完就轉身回屋，留我一個人站在漫天飛舞的落葉裡，思索我欠了她什麼。不管怎麼算，我都欠她一切。

所以我下定決心要改變。從我天生的個性和年紀來看，改變似乎很不可能，但我清清楚楚知道，如果不改變，我會失去什麼。這就像當年的化學課捲土重來。重點不在於我喜不喜歡，重點是我必須這麼做。

第十八章

梅芙和我媽買了票要去費城美術館看畢卡索展，說她們看完展之後接我很方便，所以我就搭火車去。我一踏進車站就看見她們，正在擔心兩隻從敞開的門飛進來，困在裡面出不去的鳥。我姊還沒看見我之前，我就先看見她。她挺拔健壯，頭往後仰，手指天花板，讓我媽看見鳥停在哪裡。她心臟病發剛滿一年——健康平安的一年，她倆共度的一整年。

「你沒在火車上勾搭上什麼人吧？」我走向她們，梅芙問，這個陳年老玩笑讓我想起她以前多常到車站來接我，而且每次都要用力抱我。

「一路非常無趣。」我親吻她倆。

走向停車場時，我媽告訴我說是她開車來的。梅芙完全康復之後，就啓動了我媽的自我改造計畫。過去六個月，我媽開了兩眼的白內障，摘除三個基底細胞瘤（一個在左邊太陽穴，一個在左耳上端，一個在右鼻孔），還有極爲可觀的牙科工程。梅芙說這是內務大清掃。帳單由我支付。起初梅芙和我爭，但我告訴她，如果她希望我表現得更好，那就得讓我做得更好一些。但我什麼也沒對瑟萊絲特說。

「你不知道，能再次看得清楚是什麼感覺。」我們媽媽說，「那個東西——」她指著電話線桿，「六個月前，我會跟你說那是棵樹。」

「從某方面來說，那也確實是樹。」梅芙說，坐進我們這輛休旅車的後座。

我媽戴了一副巨大的賈姬式太陽眼鏡，是她的眼科醫師送的禮物。「席維茲醫師說我的白內障會那麼嚴重，都是因爲我從不戴太陽眼鏡。而我又一直住在陽光那麼強的地方。」

梅芙打開皮包，開始找她的太陽眼鏡。我們媽媽把車開出停車場，穿過迷宮也似的費城街道。坐她開的車，我並沒有太大的信心，但她穩穩開進車流之後，就開始加速。她和梅芙還在聊畢卡索，他畫的諾曼第和巴黎，他對人物和光線的掌握。她們彷彿在聊她們共同認識的一位朋友。

「我們應該去巴黎。」梅芙對我們媽媽說。這位向來什麼地方也不肯去的梅芙。

我們媽媽同意。「現在正是時候。」她說。

我每回搭火車到費城，都會想起我的化學課，想起莫利斯·強告訴我的，如果不先掌握好第一章，就不可能理解第二章。我們媽媽回來之後，梅芙下足工夫，一路追溯到源頭，直到搞清楚來龍去脈。但對我來說，情況卻恰恰相反，要是我只把她當成此刻眼前所見的她——一位開著富豪汽車的老太太——就會覺得她很不錯。她活力充沛，隨時準備伸出援手，而且很愛笑。她看來像是某人的媽媽，如此一來，我就不必面對她是我媽的事實。或者，換個方式說，我就可以把她當成是梅芙的媽媽。這樣對我們三個來說，都是行得通的好方法。

我沒怎麼注意聽她們聊印象畫派，只專心看著周圍的車輛，注意他們和我們的相對車速，計算車輛之間的距離。我們已開出市區，一路上並沒什麼驚險情況發生。我很慶幸我的兒女對開車都沒什麼興趣。住在紐約的諸多好處之一，就是有滿街的計程車，隨時準備載他們到任何地方去。「妳車開得很好。」最後我對我媽說。

「我一直都在開車的。」她說，那副可笑的太陽眼鏡面對著我。「過去那幾年，我眼睛雖然看不清楚，也都還是在開車。天曉得，我在紐約開車，在洛杉磯開車。我也在孟買開車，在墨西哥城開車。我真心覺得墨西哥城最慘。」她打方向燈，自然流暢地變換車道。「你們知道嗎，是你們爸爸教我開車的。」

「我們三個總算有個共同點啦。」梅芙說。

我十五歲的時候，他在教堂停車場教過我幾次。那是我們在星期天延挨著不回大宅的諸多方式之一。「他在布魯克林教你開車?」

「噢，天哪，不是。那個年代，布魯克林的人才沒有車呢。我是搬到鄉下之後，才學開車的。你們爸爸有天晚上回家之後說：『艾娜，我給妳買了輛車，來吧，我教妳怎麼開。』他讓我在車道上來來回回開了幾趟，就叫我開到馬路上。兩天後，我就拿到駕照了。當年馬路上車子沒這麼多，你不必擔心會撞到誰。」

這是我對我媽的又一個新發現：她很喜歡講話。「不過，」我說，「兩天還是很快。」

「這是你們爸爸的作風。」

「確實是他的作風。」梅芙說。

「收到那輛車，我感激得不得了。我甚至不覺得花掉那麼多錢很不應該。那是輛斯圖貝克的冠軍，非常棒的老冠軍。當時這裡整片都是農地。那邊——」她指著長達一整條街的公寓大樓一樓店面，「是牧牛的草地。我沒住過鄉下，這裡太安靜，讓我好緊張。妳剛開始上學，」她對梅芙說，「我整天就坐在大房子裡等妳回來。要不是有毛毛和珊蒂，我早就瘋了，雖然她們也逼得我有點抓狂。妳別告訴她們喔。」

「當然不會。」梅芙往前靠，頭夾在前座的兩個座位之間。

「我很喜歡她們，但是她們**什麼事**也不讓我做。她們老是跑在我前面，搶先洗東西或拿東西。我僱用喬塞琳，是因爲我怕珊蒂會因爲我沒僱用她妹妹就不做了，結果喬塞琳把做菜的工作全包了。我唯一在行的就是做菜，可是她們連煮飯都不肯讓我動手。不過，有了車子之後，有段時間情況好多了。我早上送妳去上學之後，就開車到費城，找住在軍事基地的朋友，或者開到聖母無原罪教堂幫忙，直到放學時間。就是在那段時間，我和慈愛會的修女成了好朋友。她們很有趣。我們開始送二手衣。修女和我一起開車接收別人不要的東西，然後我把衣服帶回家，洗乾淨，修補好，再送回教堂。我們剛搬進大宅的時候，屋裡有很多衣服，原本都是范胡貝克家的東西。有些已經破到無藥可救，但有些珊蒂和我還是可以修補好。我們整理了很多大衣，喀什米爾羊毛、皮毛之類的。你們絕對不敢相信我們找到什麼東西。」

我想起毛毛的鑽戒。

「我一直很好奇，那些衣服後來怎麼了。」梅芙說。

「你們爸爸常說我住在車上，」我媽說，繼續講她的。「他以前總是要我開車載他去收房租。你們知道他很不喜歡開車。我在後座堆滿一罐罐燉菜。他們有很多人都一貧如洗。有一天我們去到某一家，兩個房間裡擠了五個小孩，媽媽在哭。我告訴她：『妳不必付我們房租！妳應該看看我們住的是什麼房子。』就這樣。」我媽笑起來，「他氣瘋了，再也不要我陪他去。然後他每個星期回家都說，他們問爲什麼沒看見我。他說他們只是想要他們的燉菜。」

在我的記憶裡，我爸很愛開車。不過這也沒什麼重要。

車開到有停車標誌的路口，我們媽媽看看左邊，看看右邊。「看看這條街，蓋滿房子。以前這裡只有三棟房子。」

開過兩條街之後，她左轉，然後再左轉。我忙著注意她怎麼開車，沒發現她開往哪裡。我們這時已經到了艾爾金公園，她正朝范胡貝克街開去。

「妳回來之後，到過這裡嗎？」我問，但我這個問題問的其實是梅芙。**妳帶她回來這裡嗎**？已經有好多年的時間，我們不再接近荷蘭大宅，再次回到這個街坊，感覺好怪，彷彿我們出現在不該出現的地方，被逮個正著。

我們媽媽搖頭，「住在這附近的人，我已經都不認識了。你們還認識這裡的鄰居嗎？」

梅芙看著窗外。「以前認識。現在也都不認識了。以前丹尼和我有時候會開車過來，停在大宅前面。」這聽來像招供，但究竟要招供什麼呢？我們有時候坐在車裡講話。

「你們回到大宅？」

「我們回到這條街。」梅芙說，「我們只是開車經過。我們幹麼這麼做？」她問我，非常之天眞無邪地問。「爲了懷念舊時光？」

「你們去看過你們繼母嗎？」我們媽媽問。

我們去看過**安德莉亞**嗎？我們有沒有登門拜訪？梅芙和我媽談到安德莉亞的時候，我並沒有參與。我不想參與。想起往日，讓現在的我難以保持君子風度。我知道我們媽媽並沒料想到安德莉亞會踏進我們的生活，但離開你的子女，也就是丟下他們去碰運氣。

「一次也沒有。」梅芙心不在焉說。

「可是爲什麼呢？如果你們開車過來，如果你們這麼想看這棟房子？」我們媽媽放慢車速，停了下來。她停的位子不對，還要再過一條街，才是布斯鮑家。

「我們不——」我努力搜尋合適的語彙，但梅芙幫我把話說完。

「不受歡迎。」

「長大成人之後？」我們媽媽摘掉太陽眼鏡。她看看我，然後看看我姊。摘掉腫塊的地方凸起，泛紅。

梅芙想了想，搖搖頭。「一樣。」

時值晚春，是除了秋天之外，范胡貝克街最美的時節。我搖下車窗，花瓣、嫩葉與青草的香味瀰漫車內，讓我們微微失神。我是因爲這樣才覺得頭暈的嗎？我暗忖著，梅芙有沒有可能還在置物箱裡擺包香菸。

「那我們應該去，」我媽說，「就去看看，打聲招呼。」

「我們不應該去。」我說。

「看看我們三個，被一棟房子搞亂了人生，簡直是瘋了。我們把車開進車道，看看誰住在那裡。說不定現在房子已經是別人的了。」

「並沒有。」梅芙說。

「這樣對我們都好。」我們媽媽說，開動車子。很顯然的，她覺得這是一種精神試煉。對她來說，不算什麼。

「別去。」梅芙說。她的語氣不緊張，也不急迫，彷彿知道事情必然如此發展，除非跳下車，否則怎麼也制止不了。我們繼續前進，前進，再前進。

我們媽媽是什麼時間離開的？在半夜？她提著行李走進暗夜裡？她和我們爸爸說再見了嗎？她到我們房間探視熟睡的我們了嗎？

她把車子開進椴樹中間的缺口。車道似乎沒有我記憶中那麼長，但房子看來還是和以前一模一樣：陽光充足，繁花盛放，閃閃發光。早在唸裘特的時候我就知道，這世上到處有更大的房子，更雄偉、更荒謬的豪宅，但沒有任何一棟像荷蘭大宅這麼美。車輪碾過車道的細石礫，發出熟悉的喀啦喀啦聲，車停在門階前，我想見當年爸爸有多麼志得意滿，我姊有多想在草地上奔跑，而我媽獨自仰望這麼多的玻璃，不懂這幢博物館爲何會矗立在這偏遠的鄉間。

我媽呼了口氣，摘掉架在頭頂上的太陽眼鏡，放在前座之間的中控台上。「我們去看看吧。」

梅芙沒解開安全帶。

我媽轉身看她女兒。「妳老是說過去的已經過去，我們得放手讓一切過去，不是嗎？這會對我們有好處的。」

梅芙別開臉，不看大宅。

「我在孤兒院工作的時候，常常有人回來。有些人年紀和我一樣大呢。他們就這樣走進來，在廳堂之間走來走去，探看每一個房間，和院裡的孩子聊天。他們說這樣做對他們自己有很大的好處。」

「這裡又不是孤兒院，」梅芙說，「我們也不是孤兒。」

我媽搖搖頭，然後看著我。「你要跟我來嗎？」

「噢，不要。」我說。

「去吧。」梅芙說。

我轉頭看她，但她不肯看我。「我們不必待在這裡。」我對我姊說。

所以我就聽她的話，因爲她在測試我的忠誠度，而這層層疊疊的忠誠又複雜得難以剖析。另一方面也因爲我很好奇，我承認我很好奇，就像那些印度孤兒一樣好奇。我想去看看往昔。我下車，再次站在荷蘭大宅門口，我媽站在我身邊。有那麼一瞬間，天地間似乎就只有我們兩個，我和艾娜。我以前從不相信會有這麼一天。

「我是說眞的，」她說，「你和她一起去吧，我在這裡等。」

至於接下來的發展，我們連等都不必等。我們才剛走到門階前，安德莉亞就出現在玻璃門裡面。她身穿有金釦的藍色斜紋呢套裝，抹了口紅，腳上一雙低跟鞋，彷彿正要出門去見葛奇律師。她一看見我們，就抬起雙手，拚命拍玻璃，嘴巴張得圓圓的，開始哀號。我在深夜的急診室裡聽過這樣的聲音：一把刀子從身體裡拔出，有個孩子死了。

「那是安德莉亞。」我對我媽說，刻意強調這是個蠢到極點的主意。我們爸爸的第二任妻子是個嬌小的女人，眼前的她，甚至比以前、比我記憶裡的她更瘦小。但她拚命敲打玻璃，宛如戰士掄起戰鼓一般。在尖叫和敲玻璃的聲音裡，我也聽見她手上戒指的聲音，那金屬敲在玻璃上的特殊聲響。我們都愣住了，站在門外的我們兩個，以及坐在車裡的梅芙，等待著大宅的整面玻璃牆碎裂成千萬把刀，然後安德莉亞會化身爲地獄怒火，朝我們撲來。

有名留長辮，身穿悅目粉彩色兒科護士服，身材壯碩的西班牙裔女人迅速走到門邊，抓住安德莉亞雙手，把她往後拉。她看見我們兩個站在休旅車前，高高瘦瘦，長相神似。我媽留著一頭灰色短髮，滿臉皺紋，異常鎮靜的目光似乎可以穿透一切，點點頭彷彿在說：**放心，我們不會再往前**。於是這女人打開門。她顯然是要開門問我們是誰，但還沒機會開口，安德莉亞就貓也似的竄了出來。瞬息之間，她已衝過露台，朝我奔來，彷彿要直接穿過我胸前似的。身體猛力撞上我，把我肺裡的空氣全擠壓出來。她臉埋進我襯衫裡，一雙纖瘦的手臂攬住我的腰。她放聲哭號，窄細的背部因哀慟而繃緊。不到半秒鐘，梅芙就下車。她抓住安德莉亞的肩膀，想把她從我身上拉開。

「天哪，」梅芙說，「安德莉亞，別這樣。」

但誰也制止不了她，她緊抓我不放，像是示威活動裡把自己銬在圍牆上的抗議者，我感覺得到她的心跳，她不順暢的呼吸。安德莉亞第一次來大宅那天，我和她握過手，此後除了在窄小的廚房擦身而過，或聖誕節被強迫擠在一起拍照之外，我們從未有過任何的肢體接觸，在婚禮上沒有，在葬禮上當然也沒有。我低頭看著她的頭頂，她一頭金髮往後梳，在頸背用個髮夾夾住。我看見她頭髮分線處長出的細小白髮，聞到她身上香粉的味道。

我媽一手搭在安德莉亞背上。「康洛伊太太？」她說。

梅芙貼著我站。「這在搞什麼？」

那名西裔女人膝蓋顯然有問題，一跛一跛地走下台階，靠近我們。「夫人，」她對安德莉亞說，「夫人，妳得回屋裡去。」

「妳能讓她別再抓著他嗎？」梅芙問，她手搭在我肩上，聲音嘹亮，非常忿怒。但我們旁若無人。

「你，」安德莉亞說，大喘一口氣，讓自己可以呼吸。她哭得像世界末日。「你，你。」

「夫人，」那女人走近我們，又說。她僵硬的膝蓋，讓我想起我們爸爸。他下樓梯的時候也像這樣。「妳爲什麼哭？妳的朋友來看妳了。」她看看我，想確認自己的說法，但我不知道我們究竟來這裡做什麼。

「我是艾娜．康洛伊。」最後我媽說，「他們是我的孩子，丹尼和梅芙。康洛伊太太是他們的繼母。」

聽到這個消息，這名西裔女子綻開大大的微笑。「夫人，看，家人！妳的家人來看妳了。」

安德莉亞的額頭磨擦我胸骨下方，彷彿可以從那裡爬進我身體裡面。

「夫人，」西裔女子拍拍安德莉亞的頭說，「快和妳的家人進來吧。進來坐坐。」

把安德莉亞弄回屋裡是個大工程。她有著像藤壺一般攀住不放的堅強意志力。我抬起她爬上一個台階，接著又一階。她不重，但緊緊抓在我身上，讓我幾乎無法行動。她的鞋子從穿著褲襪的腳上滑落，我媽彎腰撿起。

「我以前夢過一次這個場景。」梅芙對我說，我開始笑。

「我媽想來拜訪。」我越過安德莉亞頭頂，對那位西裔女子說。她是管家、護士，還是舍監，我不知道。

西裔女子拖著她有問題的膝蓋，快步向前，搶在我們前面進屋。「醫生！」她對著樓上喊。

「別！」安德莉亞對著我的襯衫說，我知道她在說什麼：**別叫，別跑！**

我把她抬上最後一個台階。爲了這麼做，我必須用手環抱她的背，才辦得到。眼前這樣的時刻，實在是遠遠超出我天生的想像力範圍。

「她以爲是你們爸爸回來了。」我媽說，空著的那手遮住眼睛，躲避午後反射的陽光。「她以爲你是西里爾。」她踏進玄關，繞過大理石桌面的圓桌，兩把法式扶手椅，鏡框有金色章魚腳的鏡子，有船在兩道彩繪金屬波浪上搖擺的咕咕鐘。

在我的夢裡，歲月對荷蘭大宅絕不留情。我確信在我離開之後的這些年，大宅肯定變得衰頹，昔日的富麗堂皇只殘留斑駁光禿的景象。然而，根本沒有這樣的情景發生。大宅看起來和我三十年前離去時一模一樣。我和安德莉亞緊緊扣在一起踏進屋裡，糊開的深色睫毛膏和著淚水，暈染我的襯衫。也許有幾件家具調整了擺放位置，換過布墊，甚至換新了，誰會記得呢？屋裡依舊有眞絲窗簾和黃色的絲面椅子，高達天花板的玻璃書櫃裡依舊滿滿的荷蘭文書籍，一本本永遠沒有人翻讀的書。就連香菸銀盒也還在，擦得晶亮，擺在茶几上，和范胡貝克夫婦生前一樣。爲了讓緊扣我不放的安德莉亞坐上沙發，我也想辦法坐下。她縮在我臂膀下，瘦小的身軀緊貼我的肋骨。她不哭了，開始發出輕微的嘖嘖聲。她再也不是我所認識的那個安德莉亞了。

梅芙和我媽默默走進屋裡，兩個人看著她們從未打算再次見到的東西：織錦長椅、中國宮燈，繫住窗簾的藍色與綠色厚重真絲流蘇繩。就算我曾經見過她倆同時出現在這個房間裡，那也是遠在我有記憶之前。我可以伸手從口袋裡掏出手帕給安德莉亞，但也會想起，教我隨身攜帶手帕的，不是梅芙或珊蒂，而是安德莉亞。她擦擦臉，耳朵貼在我胸口，傾聽我的心跳。我媽和我姊走到壁爐前面，站在范胡貝克夫婦畫像下面。

「我討厭他們。」我媽平靜地說，手裡仍然拎著安德莉亞的鞋。

梅芙點頭，眼睛瞪著那兩雙盯著我們度過年少時光的眼睛。「我愛他們。」

就在這時，諾瑪跑下樓梯，說：「伊妮茲，對不起，對不起，我正在和醫院講電話。怎麼回事？」她跑過玄關。諾瑪老是跑來跑去，而她媽媽不時叫她別跑。現在有誰讓她停下腳步不跑了？是站在台夫特藍瓷壁爐架前的我媽和我姊？還是坐在沙發上、把她媽媽像常春藤似纏在身上的我？家人來訪了。

如果是在街上碰見，我絕對認不出她來。說不定我也真的在街上碰過她。但在這個房子裡，認出她來一點問題都沒有。諾瑪比她媽媽高很多，也結實許多。她戴著小小的金邊眼鏡，說不上來她究竟是要模仿約翰．藍儂，還是泰迪．羅斯福。濃密的褐髮往後梳，隨便紮了束馬尾。我們離開大宅已經三十年，但我還是認得她。許許多多個夜晚，她叫醒睡得正熟的我，想把她做的夢告訴我。「諾瑪，這位是我媽媽，艾娜．康洛伊，」我說，然後看著我媽，「諾瑪是我們的姻親妹妹。」

「我是你們的繼妹。」諾瑪說。她看著屋裡，宛如戲劇人物登場的我們，但目光不斷回到梅芙身上。「天哪，」她說，「我太對不起妳了。」

「諾瑪搶走我的房間。」梅芙對我媽說。

諾瑪眨眨眼睛。她穿黑色長褲，粉紅上衣，衣服沒有綴飾，身上也沒戴飾品，沒有任何會讓自己引人注目的東西，這身打扮讓她看來不像她媽媽的女兒。「我指的不是房間。」

「那個有窗台座位的房間？」我媽問，突然想起她多年前和女兒一起住過的地方。

梅芙仰頭看天花板，看著那稱之爲「卵簇飾」的天花板飾條。「其實呢，她得到整棟房子。我的意思是，她媽媽得到整棟房子。」

我眼中的諾瑪彷彿回到八歲，那間臥房的重量仍然讓她不勝負荷。「眞的很對不起。」她說。

這麼多年之後，她還睡在那個房間裡嗎？她還住在這幢大宅，睡在梅芙的床上？

梅芙看著她。「我開玩笑的。」她輕聲說。

諾瑪搖搖頭。「你們離開之後，我好想你們。」

「在妳媽把我們趕走之後？」梅芙雖然不想這樣對諾瑪講話，但她克制不了自己。她已經等得太久了。

「從那時開始，」諾瑪說，「一直到幾分鐘之前。」

「妳媽媽還好嗎？」艾娜問她，彷彿我們並不知道安德莉亞情況不好。也許她只是想改變話題。諾瑪和梅芙之間的心意交流，是我媽所不能理解的。她當時人並不在這裡。

茶几上有盒衛生紙，要是安德莉亞心智正常，絕對不會讓衛生紙出現在客廳的。諾瑪走近，抽起一張衛生紙。「是原發漸進性失語症，再不然就是普通的阿茲海默症。我不確定，但也無所謂，因爲不管是哪一種，我們都無能爲力。」諾瑪最不擔心的就是她媽媽的情況，至少眼前的狀況是如此。

「是妳在照顧她？」梅芙問。我眞的以爲她會對著地毯吐口水。

諾瑪指著那位留髮辮的女子。「主要是伊妮茲負責。我幾個月前才剛搬回來。」

伊妮茲微笑。那不是她媽媽。

艾娜上前，蹲在安德莉亞面前，把鞋套回她腳上，然後坐在沙發上。於是我爸這位嬌小的遺孀就被夾在我們兩人之間。「妳女兒回家來了，眞好。」她對我繼母說。

嘴裡還嘖嘖作響的安德莉亞第一次正眼看我媽，指著掛在范胡貝克夫婦肖像對牆的那張畫像。「我女兒。」她說。

我們轉頭，所有的人都轉頭看，那是我姊的畫像，就掛在一直以來的老位置。梅芙當時十歲，烏黑的頭髮垂在紅色大衣上，背景是觀測室的壁紙，想像中的燕子在粉紅玫瑰之間優雅穿梭。梅芙的藍眼睛色澤深亮。看著這幅畫像的人都會好奇，她以後會成爲什麼樣的人。

她是個很了不得的孩子，整個世界展現在她面前，星光閃閃。

梅芙繞過我們坐的沙發，走到畫像前，面對曾經是她自己的小女孩。「我一直以爲這幅畫會被丟掉。」

「她很喜歡這幅畫。」諾瑪說。

安德莉亞用力點頭，指著畫像：「我女兒。」

「不是。」梅芙說。

「我女兒。」安德莉亞又說，然後轉頭看著范胡貝克夫婦。「我爸媽。」

梅芙站在那裡，彷彿想讓心中的念頭慢慢沉澱。我們像被魔咒鎮住似的，看著她雙手穩穩抓住畫框兩邊，把畫像從牆面拿下來。畫框很大，塗黑色亮光漆，無疑是要搭配她的黑髮，但畫像本身的大小只與十歲小孩的半身等高。她用力扯了好一會兒，才把吊線從釘子上扯了下來，諾瑪連忙幫忙撐住畫布背面。畫像終於離開牆面。

「好重。」諾瑪說，伸出雙手幫忙。

「我拿下來了。」梅芙說。壁紙留有一個顏色稍暗的長方形，顯示畫框原本掛的位置。

「我要送給小梅。」梅芙對我說，「這看起來很像小梅。」

安德莉亞把我的手帕攤平在她腿上，然後又開始摺，把四個邊角往內摺。

梅芙停下來，看著諾瑪。她雙手抱著畫框，傾身親吻諾瑪。「我應該回來看妳們的，」她說，「妳和小光。」

梅芙說完就走出大宅。

我以爲我站起來跟著我姊出去，安德莉亞可能會驚慌狂亂，或者採取某些暴力行動，不讓梅芙把畫帶走。但沒有，她沉浸在我那條手帕所帶來的快樂裡。我站起來的時候，她身體略微失去平衡，但馬上就歪向另一邊，靠在我媽身上，像棵需要支架的植物。我媽伸出手臂攬著她，有何不可呢？梅芙已經走了。

我在門口輕輕擁抱諾瑪。我從來不知道梅芙曾經想起這兩個女孩，但說來也不無道理。我們的童年如同一場火災，屋裡有四個孩子，卻只有兩個逃了出去。

「我要再待一會兒。」我媽對我說。看見兩位康洛伊太太坐在一起，實在很好玩——雖然「好玩」也不是正確用語——嬌小的那個打扮得像個娃娃，高大的這個看起來還是讓人聯想起死神。

「妳想待多久都行。」我說。我是認真的，待到天長地久都行。我會和我姊在車裡等。

我走出大宅正面的玻璃門，踏進這個美好春日的午後。從這個角度看世界並不奇怪，也沒讓我眼裡的世界顯得不同。梅芙坐在駕駛座，畫像擺在後座。車窗打開，她在抽菸。我坐進車裡，她把整包菸遞給我。

「我對你發誓，我不再抽菸了。」她說。

「我也是。」我拿出火柴。

「這一切都是眞的嗎？」

我指著襯衫前襟的污漬，是唇膏和睫毛膏的印子。

梅芙搖搖頭。「安德莉亞瘋了。這是哪門子的正義？」

「我覺得我們剛才好像登陸月球了。」

「還有諾瑪！」梅芙看著我，「我的天哪，可憐的諾瑪。」

「至少妳拿到安德莉亞女兒的畫像啦。要是我，可不會這麼鎮靜。」

「我一直以爲她已經把畫給燒了。」

「她愛這棟房子，也愛這棟房子裡所有的東西。」

「只除了一樣。」

「這個嘛，她把我們趕走了呀。所以一切都很完美。」

「一切都很完美！」她說，「你敢相信嗎？我不知道我究竟期待什麼，但我沒想到在我們離開之後，大宅看起來竟然比以前更棒。我總是想像，沒有我們，這房子就會死掉。我不知道，我以爲房子會垮掉之類的。房子會因爲哀悼而死嗎？」

「只有高貴的房子會。」

梅芙笑起來。「那麼這房子不夠高貴。我有沒有告訴過你這位畫家的事？」

我知道這位畫家的事，但不是全部。我想知道完整的故事。「說來聽聽吧。」

「他叫西蒙，」她說，「住在芝加哥，但老家在蘇格蘭。他很有名，至少我覺得他很有名啦。我當時十歲。」

「這幅畫畫得很好。」

梅芙轉頭看看後座。「沒錯，很漂亮。你不覺得和小梅很像嗎？」

「畫得和妳很像，而小梅長得像妳。」

她抽一口菸，頭往後仰，閉上眼睛。我看得出來，我們兩個有同樣的感覺，就像差點溺水而死，結果在最後一刻被撈出水面。我們在沒料到自己能活下來的情況之下，活了下來。「爸那段時間很愛給我們驚喜。他請西蒙從芝加哥來替媽媽畫一張畫像。西蒙預計待兩個星期。這幅畫像準備掛在牆上，大小應該要和范胡貝克夫人的畫像一樣。西蒙以後會再來一趟，替爸爸畫像。原本的計畫是這樣的。完成之後，掛在壁爐上的就會是康洛伊夫婦的兩張畫像。」

「那范胡貝克夫婦的畫像怎麼辦？」

梅芙睜開一隻眼睛，對我微笑。「我太愛你了，」她說，「我當時也是這樣問的。范胡貝克夫婦會到三樓的大宴會廳去跳舞。」

「是誰告訴妳的？」

「西蒙。不必說你也知道，西蒙和我有很多時間可以聊天。」

「妳是說，我們媽媽不肯花兩個星期的時間，穿晚禮服站在那裡讓人畫肖像？」我們媽媽，窮人的好姊妹，瘦得皮包骨，腳穿網球鞋的她。

「她不肯，也不能。而她一拒絕，爸就說那也不能只畫他自己的畫像。」

「因為他總不能和范胡貝克夫人一起掛在壁爐上吧。」

「沒錯。問題是畫家人都來了，而且爸也已經預付了一半的費用。你年紀太小，坐不住，沒辦法好好坐下來畫一張肖像，所以最後就決定畫我。西蒙得在車庫裡重新裁剪帆布，繃畫架。」

「妳坐了多久？」

「不夠久。我愛上他了。我想，如果有個人專注凝視你兩個星期，你大概不可能不愛上他吧。爸很生氣，因為白花了錢，也因為又一次想討好媽媽沒成功。而媽也不知道是生氣還是窘困，或她那段時間常有的不知什麼情緒。反正他們兩個彼此不講話，也不和西蒙講話。他一走進來，他們兩個就走出去。但西蒙一點都不在意，他只要可以畫畫就行了，畫的是誰，對他來說並不重要。他唯一在乎的是光線。在那個夏天之前，我從來沒注意過光線的問題。整天坐在光裡，就是一種天啓。我們一直到天黑之後才吃飯，那時就只剩下我們兩個人，喬塞琳會把我們的晚餐留在廚房。有一天西蒙對我說：『妳有紅色的衣服嗎？』我告訴他說我冬天的大衣是紅色的。他說：『去拿妳的大衣來。』那口音聽起來像：『取拿尼的打衣來。』我跑到我的杉木衣櫃去拿出大衣，穿上，他看著我說：『女兒，妳應該永遠只穿紅色。』他叫我女兒。要是他肯帶我走，我絕對毫不猶豫就和他一起回芝加哥。」

「那我就會非常非常想念妳。」

她又轉頭看著畫像。「看見我臉上的表情沒？那是我看著西蒙的表情。」她抽了最後一口菸，把菸蒂丟到窗外。「他離開之後，所有的事情都失控了。說不定我坐在觀測室的那兩個星期裡，情況就已經失控了，只是我太快樂，所以沒發現。媽媽不肯再住在大宅裡。我眞的相信是這樣。要是她必須住豪宅，畫肖像，肯定會發瘋。」

「但她現在待在裡面，好像自在得很。」我轉頭看大宅，但窗裡沒有人回望我們。我丟掉香菸，咳嗽，然後我們兩個又各點了一根菸。

「因爲現在那裡面有讓她可以憐憫的人。她住在這裡的時候，唯一能憐憫的對象，就只有她自己。」她吸一口菸，然後用力吐出肺裡的煙。「那很難忍受。」

梅芙說的當然沒錯，雖然這個看法並沒有發揮任何撫慰的作用。我們媽媽終於從屋裡出來，和畫像一起坐在後座，整個人似乎都變了。她還沒開口，我就在她身上感覺到前所未見的使命感。我知道情況改變了。我們媽媽要回去工作了。

「伊妮茲簡直是聖人，」她說，「好貼心。諾瑪僱用過好幾個人，她是唯一一個待超過一個月的人。諾瑪從唸醫學院開始，就住在帕羅奧圖*。她從加州遙控所有的事情，但她說整個亂成一團，所以她必須搬回來照顧媽媽。」

「我們猜想也是。」我們各自抽了最後一口菸，然後像丟飛鏢似的，把菸蒂丟到草地上。梅芙把車開出車道，轉上范胡貝克街。我們沒再回頭看。

「諾瑪本來要把媽媽送進安養院，但安德莉亞不肯離開大宅。」

「我可以把她拖出房子。」梅芙說。

「她在大宅外面覺得很不自在，但她也不喜歡大宅裡有人。打掃的人、修理工人，都讓她覺得不舒服。諾瑪很爲難。」

「她是醫生？」我問。大宅裡顯然有位醫生。

「她是小兒腫瘤科醫生。她告訴我說，都是因爲你。顯然她媽媽看你上了醫學院，不肯服輸，所以非要她也唸醫學院不可。」

可憐的諾瑪。我從沒想到會有其他人也被迫加入競賽。「她妹妹呢？小光現在呢？」

「她是瑜伽教練，住在班夫。」

---

* Palo Alto，位於美國加州舊金山灣區，為史丹佛大學所在地。

「小兒腫瘤科醫生離開史丹佛來照顧媽媽，然後瑜伽教練留在加拿大？」梅芙問。

「我想是這樣沒錯。」我們媽媽說，「我只知道小女兒不肯回家來。」

「小光，加油。」梅芙說。

「諾瑪需要人幫忙。諾瑪和伊妮茲都需要。諾瑪剛開始在費城兒童醫院工作。」

我說我認爲她們肯定還有一大筆錢。大宅一點都沒變，安德莉亞哪裡都沒去。

「安德莉亞管錢比洛克斐勒還厲害。」梅芙說，「相信我，錢還在她手裡。」

「我覺得錢不是問題。她們只是得找個可以信任的人，一個能讓安德莉亞覺得自在的人。」

梅芙突然踩煞車。事出突然，讓我以爲是在我視野不及之處發生了碰撞，我還以爲梅芙緊急煞車救了我們一命。梅芙和我都繫了安全帶，但後座的媽媽和畫像猛力往前衝撞前座椅子。

「聽我說，」梅芙猛然轉頭，脖子上的筋拉得緊緊的，撐住她的頭。「妳不能再回那裡去。今天是因爲妳很好奇，所以我們陪妳去。沒下次了。」

我們媽媽甩甩身體，看自己是不是受傷了。她摸摸鼻子，手指上有血。「她們需要我。」她說。

「**我**需要妳。」梅芙拔高嗓音說，「我一直都需要。妳不能再去那個房子。」

媽媽從口袋裡掏出衛生紙，壓在鼻子下面，然後把畫像擺正，用單手繫好安全帶。我們後面那輛豐田開始按喇叭。「我們回家再談。」她已經下定決心，但還必須想辦法讓她的兒女理解。

隔天梅芙本來打算載我去火車站，但路上車不多，而且她很生氣，結果就一路開到紐約。「什麼服務，寬恕、和平，全是**屁話**。我不准她在我家和安德莉亞家來來去去。」

「妳是要叫她離開嗎？」我想辦法控制自己，不流露出一絲熱切的語氣。我提醒自己，這是梅芙的媽媽，梅芙的喜悅。

她被這個想法嚇到了。「這樣她就會搬去那裡。你也知道她們希望她搬去。她一直說安德莉亞和她在一起很自在，說安德莉亞爲什麼需要幫忙，好像我他媽的關心安德莉亞舒不舒服似的。」

「讓我和她談談吧，」我說，「我會告訴她，這樣有礙妳的健康。」

「我已經告訴過她了。順便告訴你，這也有礙**你的**健康。一想到她爲了安德莉亞回那裡去，不——」她沒往下說。

前一天發生的種種，讓我們忘了把丢在後座的畫像拿下車。「拿去送給小梅吧。」她把車停在我家前面說。

「不，」我說，「這是妳的。等小梅長大，有她自己的房子之後，再送給她吧。妳得再保存一陣子。擺在妳的壁爐架上，想念西蒙吧。」

梅芙搖頭。「我不要那棟房子裡的任何東西。我告訴你，那只會讓我比現在更抓狂。」

我看著畫像裡的小女孩。他們應該讓她永遠是畫裡的這個小女孩。「那妳得答應我，以後要拿回去。」

「我會的。」她說。

「我們找個停車位，妳和我回家，親手送給小梅。」我們這時併排停在路上。

梅芙搖頭。「這裡哪來的車位，拜託。」

「噢，別這樣。別鬧了，妳人都來了。」

她搖搖頭，看起來一副快哭的模樣。「我累了。」然後她又說了一次**拜託**。

所以我沒再逼她。我走到車子後面，拿出畫像和我的行李袋。天開始下雨，所以我沒站在路邊目送她離開。我也沒揮手。我找出鑰匙，急著要把畫像拿進屋裡。

後來我們談了很多，包括我媽每日報告的安德莉亞、諾瑪與大宅的情況，以及這件事如何讓梅芙徹底崩壞。她談起歐特森公司的事，我談起某棟我想買，但得要賣掉我不想賣的某幢房子才買得起的大樓。我告訴她說，那幅畫像讓小梅很興奮。「我們掛在客廳，就在壁爐上。」

「我每天都在你家客廳？」

「太棒了。」

「瑟萊絲特不在意？」

「看起來太像小梅了，所以瑟萊絲特不在意。除了小梅自己，每個人都以爲那是小梅。只要有人問起，她就說：『那是我和我姑姑的畫像。』」

在我們三個造訪荷蘭大宅的兩個星期之後，我媽天還沒亮就打電話給我，告訴我說，梅芙死了。

「她在嗎？」我問。我不相信她說的話。我要梅芙來接電話，自己告訴我。

瑟萊絲特在床上坐起來，看著我，「怎麼回事？」

「她在這裡，」我媽說，「我和她在一起。」

「妳沒叫救護車？」

「我會叫。我只是想先告訴你。」

「別浪費時間和我講電話！快叫救護車。」我嗓音破啞。

「噢，丹尼。」我媽說，然後開始哭。

第十九章

梅芙過世之後那段時間的事，我不太記得。我只記得在告別彌撒上，歐特森先生和家人坐在一起，掩臉哭泣。他的哀慟是一條既深且闊的河，和我的哀慟一樣。我知道我應該在儀式結束之後過去找他，我應該想辦法安慰他，但我心中沒有任何安慰可言。

第二十章

我唯一想說的就只有我姊的故事，但還有一些其他的事情也可以說說。三年後，瑟萊絲特和我在律師事務所處理離婚手續的細節時，她告訴我，她不想要房子。「我從來就不喜歡那棟房子。」她說。

「我們的房子？」

她搖搖頭。「那不是我喜歡的類型。沉重、老舊，太陰暗了。你不必去思考這些問題，因爲你整天不在家。」

我想給她驚喜。我帶她參觀每一個房間，讓她以爲這是我打算買下來出租的房子。我告訴她說這房子可以隔成兩個單位。甚至四個單位，但是，當然得要再耗費一番工夫才行。好勝的瑟萊絲特把小梅抱在胸前，在樓梯上上下下，看看浴室，檢查水壓。當時我沒問她是不是喜歡這個房子。我可以問，但我沒問，只把房契交給她。在我心中，這是我極其少數的浪漫舉動之一。「這是我們的房子。」我說。

我身上的每一個細胞都想要丟下正在進行的程序，到大廳去打電話給我姊。這樣的衝動一再出現，從未停止。

當然，說來諷刺，梅芙過世之後，我其實是個更稱職的丈夫。沉浸在悲慟之中的我把重心轉向家人。我第一次全心全意待在他們身邊，眞正定居紐約，妻子和兒女成爲讓我在這世界安穩定著的錨。但我向來半開玩笑打趣的那句話卻成爲事實：瑟萊絲特討厭我的每一件事都怪在我姊頭上，少了我姊承擔罪名，她不得不思索，她嫁的究竟是個什麼樣的人。

我們媽媽留在荷蘭大宅照顧安德莉亞，多年來，我始終無法原諒她。儘管我身上多多少少都還留有科學訓練的影響，但我卻不由得相信爸爸在我們小時候告訴我的說法：梅芙生病是因爲我們媽媽離家，要是我們媽媽回來，梅芙就會死。再蠢的念頭一旦成眞，就會在心裡迴旋不去。我很自責，因爲我不夠警覺。我時時刻刻想著我姊。我不再理會我媽。

但有一天，在離婚很久，久到足以讓怨偶再次成爲朋友之後，瑟萊絲特請我幫忙載一車東西到她娘家，我答應了。就連諾克羅斯家也慢慢喪失活力了，他們失去最後一隻不聽話的拉布拉多犬之後，改養一隻名叫英奇，與人很親近的小獵犬。我把東西載到他們家，坐了一會兒，懷想起往日，於是開車到荷蘭大宅，想或許可以停車在對街，待個一分鐘。

但不管那些年阻礙我們走進車道的障礙是什麼，如今都已不復存在了。我走近大宅，按了門鈴。

來開門的是珊蒂。

我們就這樣在午後的陽光裡，靜靜站在玄關。和上次一樣，我暗暗期待大宅終於衰頹破敗。但我再次發現這房子和我記憶裡一模一樣。看見大宅被如此細心照料維護，我很氣惱。

「我才剛來沒多久。」珊蒂拉著我的手，有點歉疚地說。她濃密的白髮依舊用大髮夾夾得整整齊齊的。「可是我很想你媽。我一直想著梅芙，想她會希望我怎麼做。大家都不年輕了。」

「我很高興妳在這裡。」我說。

「我只是偶爾在午餐時間過來。有時候可以幫忙做點事。其實這樣對我也好。我幫諾瑪擺在後院的養鳥器添飼料。諾瑪很愛鳥，是從你爸身上學來的。」

我抬頭看看高聳的天花板，看見水晶吊燈。「好多鬼魂。」

珊蒂微笑。「我就是因爲那些鬼魂才來的。我在這裡會想起喬塞琳，想起我們以前在這裡的情形。我們當時都很年輕，你知道。那時的我們都還在最好的狀態。」

喬塞琳兩年前過世。她得了流感，等大家發現病況有多嚴重，已經來不及了。瑟萊絲特陪我來參加葬禮。諾克羅斯夫婦也來了。順便一提，喬塞琳從未原諒我媽，雖然她對這件事的態度比我好。「她把你們丟給我們帶大，但你們又不能變成我們的孩子。」她有一回對我說，「我怎麼能原諒這種事情呢？」

珊蒂和我一起走進廚房，我坐在小桌子旁，等她煮咖啡。我問起安德莉亞。

「一頭沒有牙齒的野獸。」她說，「她什麼都搞不清楚。諾瑪其實可以讓她搬離開這裡，賣掉房子，但我們總是覺得安德莉亞隨時會死，既然照顧她這麼多年了，到最後關頭再把她弄走，又有什麼意義？」

「除非這不是最後關頭。」

珊蒂嘆口氣，從冰箱拿出一小盒牛奶。這冰箱是新的。「誰知道呢？我想起我老公。吉米心臟感染的時候三十六歲，沒有人知道是怎麼回事。然後是梅芙，她明明比我們其他人加起來都強壯。就算有糖尿病，梅芙也應該可以活到一百歲。」

我以前並不知道珊蒂丈夫的死因，也不知道他的名字。我並不知道是什麼原因要了梅芙的命，雖然可能性有很多。我想起很多年以前，在感恩節晚餐上，瑟萊絲特的弟弟泰迪問我是不是必須執行解剖。我執行過很多次大體解剖，但我絕對不容許任何人對我姊做這樣的事。「她最起碼應該活得比安德莉亞長才對。」

「但人生就是這樣。」珊蒂說。

和她一起待在廚房裡，讓我感覺到一絲安慰。爐子、窗戶、珊蒂，以及時鐘。小桌子上，有個壓花玻璃奶油碟擺在我倆之間，這是我布魯克林外婆的遺物。碟裡有半塊奶油。「看看這個。」我說，手指摸摸奶油碟邊緣。

「你不該對你媽那麼凶的。」珊蒂說。

這不是我向來對小梅說的話嗎？「我不覺得我對她很凶。」我們人生交會的時間不長，我媽和我。我也不覺得這對我倆來說，算得上多少損失。

「她是個聖人。」珊蒂說。

我對她微笑。沒有人比珊蒂待人更好。「她不是聖人。照顧根本不認識你的人，並不會讓你成為聖人。」

珊蒂點頭，啜了口咖啡。「我想，像我們這樣的人大概很難理解。老實告訴你，有時真的很難忍受，至少對我來說是這樣。我只希望她能和我們一樣。但想想那些聖徒，我想不起來有哪一位是讓自己的家人得到幸福的。」

「大概吧。」我連聖徒有哪些都不記得了，遑論他們的家人。

珊蒂的小手貼在我手上，捏了捏。「上樓去打聲招呼吧。」所以我上樓到我爸媽的房間。心想，爲什麼膝蓋受傷的人會買一棟有這麼多樓梯的房子。樓梯平台有張小沙發和兩把椅子，以前諾瑪和小光喜歡抱著她們的娃娃坐在這裡，因爲可以看見有誰進出。我看看我房間的門，再看看梅芙房間的門。其實並不困難。我有種感覺，一切困難的事情都已經發生過了。

安德莉亞躺在窗邊的病床上，我媽坐在她旁邊，小口小口舀著布丁。我媽還是留短髮，但頭髮已經白了。我不禁好奇，要是安德莉亞知道餵她吃東西的是她丈夫的第一任妻子，而且還是以前身上經常有蝨子的第一任妻子，心裡會怎麼想。

「他來了！」我媽說，對我綻開微笑，彷彿我穿門而入得正是時候。她俯身對安德莉亞說：「我就說吧。」

安德莉亞張開嘴巴，等待湯匙。

「我剛好在附近。」我說。從某個角度來說，她離開多年回來之後，我們不也一直都在附近嗎？我現在看得出來她和梅芙有多像，或者應該說，梅芙如果還在世，會和她有多像。梅芙的臉會變成像她這樣。

我媽對我伸出手。「過來，這樣她才看得見你。」

我走近病床，站在她旁邊。我媽摟著我的腰。「說句話吧。」

「嗨，安德莉亞。」我說。碰到眼前這個狀況，再大的怒氣也不得不平息，至少在我來說是如此。安德莉亞小得像個孩子，一綹綹細細的白髮散落在粉紅枕頭上，臉上沒有妝彩，唇色暗沉，像個敞開的洞。她抬眼看我，眼睛眨了幾下，露出微笑。她伸出手上的小爪，我握住。我頭一次發現她和我媽戴的婚戒是一樣的，細細一圈，不比鐵絲來得粗的金戒指。

「她看見你了！」我媽說，「你看。」

安德莉亞在笑，如果這樣的表情也可以稱之爲微笑的話。再次見到我爸，她很開心。我俯身，親吻她倆的額頭，先親一個，再親另一個。對我又沒什麼損失。

安德莉亞布丁吃夠之後，就蜷縮臂腿，開始睡覺。我媽和我坐在空壁爐前的椅子上。

「妳睡在哪裡？」我問，她指著我背後的床。那是她以前和我爸睡的床，也是跌斷腿的范胡貝克太太躺著等待死亡來臨的床。

「她有時候晚上會糊塗起來，想要起床。我必須待在這裡才能幫她。」她搖搖頭。

「我得告訴你，丹尼，我在這裡醒來，可以感覺到——這個房間和大宅——甚至在還沒睜開眼睛之前就感覺到了。每天早上，在那短短的一瞬間裡，我都是二十八歲，梅芙在走道對面她的房間裡，還是小寶寶的你，睡在我旁邊的搖籃裡，我覺得我只要一翻身，就會看見你爸爸。那感覺眞好。」

「妳不在乎這棟房子了？」

她聳聳肩。「我很久以前就不再在乎自己住什麼地方了。反正，我覺得這樣對我也好。這讓我學會謙卑。**她**教我學會謙卑。」她頭朝後一點，就像梅芙以前常有的動作。「你必須去服侍那些需要你服侍的人，而不只是讓你覺得自己是在做善事的那些人。安德莉亞是我的苦行，爲了彌補我所有的過錯。」

「她看起來大概撐不過這個星期了。」

「我知道。我們已經這樣說好幾年了。但她一直讓我們意外。」

「諾瑪還好嗎？」

我媽微笑。「諾瑪實在沒話說。她很認眞工作，治療那些生病的孩子，下班回家還要照顧媽媽。她從來沒有怨言。我想，在她成長的過程裡，她媽媽應該也沒讓她太好過。」

「她媽媽現在肯定也沒讓她太好過。」

「這個嘛，」我媽說，看著我的眼神無比親切，「你也知道媽媽都是什麼樣子的。」

我突然發現到我有多麼少待在這個房間裡。只有我爸一個人住的時候，我很少進來，而在他和安德莉亞一起住的那些年，我一次也沒踏進來過。這個房間比梅芙的臥房大，有著龐大台夫特藍白瓷壁爐架的壁爐是大師傑作，然而，安德莉亞說的沒錯，有窗台座位的那個房間比這裡好。因爲那裡面對後院，光線比較柔和。「我有個問題。」我說，我什麼時候問過她任何問題？除了很多年前我們在醫院等候室的幾次尷尬相遇之外，我們什麼時候獨處過？

「問吧。」她說。

「妳爲什麼沒帶我們一起走？」

「去印度？」

「去印度，沒錯，或者其他任何地方。要是妳覺得對妳來說，這房子是這麼可怕的地方，難道妳不擔心，對我們來說，這裡也可能是個可怕的地方嗎？」

她坐著思索了一會兒。或許她是試著回憶自己當時的感覺。畢竟已經是那麼多年以前的事了。「我覺得對你們來說，這是很棒的地方。」最後她說。「這世界上有這麼多孩子一無所有，而你和你姊姊擁有一切——你們爸爸、毛毛、珊蒂和喬塞琳。你們擁有這棟房子。我很愛你們，但我知道你們會平安無事。」

或許珊蒂說的沒錯，她是個聖人，聖人毫無例外的，都會被自己的家人鄙視。我無法判斷哪一種生活比較好，是和安德莉亞一起生活，還是跟在我們媽媽背後穿過孟買的大街小巷。機率是一半一半，不相上下。

「反正，」她彷彿事後想起似的說，「你爸也絕對不會讓你們走。」

此後情況再次改變。唯一不變的就是情況的變動不居。我發現自己回到艾爾金公園。沒有人叫我別去。我對我媽的怒火熄了，煙飛灰滅。怒火再也沒有容身之處了。留在我心裡的並不是愛，然而是某種感覺——或許是熟悉感吧。我們在彼此身上找到某種程度的安慰。有時候小梅會跟我一起來，儘管她非常之忙。小梅唸紐約大學，已經替自己的人生做好通盤的規畫。凱文在達特茅斯，所以我們很少見到他。他只比小梅小一歲，但人生規畫卻落後她二十年，我們都是如此。到艾爾金公園，小梅可以一次見到奶奶和外公外婆，而且她迷上了荷蘭大宅。她像個鑑識組刑警那樣仔細勘察整個地方，甚至可能用上金屬探測器和聽診器。她從地下室開始，一路往上探查。我不敢相信她找到了什麼：聖誕裝飾品、成績單，還有裝滿一整個鞋盒的口紅。她找到三樓衣櫃後面通往閣樓低矮空間的小門。我都已經忘記有這個地方存在了。梅芙的一箱箱書還擺在那裡，其中一半是法文書，還有寫滿數學公式的筆記本，我沒見過的娃娃，她唸大學時我寫給她的信。吃晚飯的時候，小梅即席唸了其中一封。

「親愛的梅芙：昨天晚上安德莉亞說她不喜歡蘋果蛋糕。大家明明都最愛蘋果蛋糕，但現在喬塞琳再也不能做了。喬塞琳說沒關係，她會在家做好，切片偷偷帶來。」小梅竟然學得來我十一歲的口氣，「上星期六，我們去三十七個地方收租金，然後在地下室的洗衣機裡收到總共二十八塊半的兩毛五分硬幣。」

「這是妳編的吧？」我問。

她揮揮手裡的信。「我對天發誓，你眞的就是這麼無聊，下一頁也是呢。」

諾瑪笑起來。我們四個在廚房裡：我、諾瑪、小梅和我媽，擠在藍色小桌旁。我忽然想起，我爸總是把從洗衣機與烘乾機收到的硬幣擺在餐廳那張餐桌的祕密抽屜裡，要是誰臨時需要零錢，我們就去那裡抓一把。「過來一下。」我說。我們四個一起走到那間嚇人的餐廳。我摸著桌緣底下，找到抽屜。抽屜已經扭曲變形，我想辦法撬開，裡面滿滿的兩毛五硬幣。這是個藏金庫。

「我從來不知道！」諾瑪說，「不然早就被小光和我掃蕩一空了。」

「我住在這裡的時候，他還沒這個習慣。」我媽說。

小梅的指尖滑過一個個硬幣。說不定他並不是留著這些錢給任何人隨意取用。說不定他只留給梅芙和我用。

早晨，我望向窗外，看見我女兒在游泳池裡，躺在黃色救生筏上，黑色頭髮飄在她後面，宛如一叢叢海藻，一條長腿不時踢著池牆，讓救生筏漂開。我走到外面，問她睡得好不好。

「我還在睡。」她說，伸起濕淋淋的手臂遮住眼睛。「我好愛這裡。我要買下這棟房子。」

安德莉亞在幾個月前終於過世，我們一直在討論如何處置荷蘭大宅。連葬禮都沒回來參加的小光對諾瑪說，就算房子燒成灰燼，她也不在乎。錢還有很多。依據附近街區的劃分，這幢房子如果出售，土地勢必要重新規畫。房子本身很可能要拆除，內部的裝潢傢飾個別出售：壁爐架、雕花飾板、餐廳天花板上鍍金的鏤刻花葉，每一件的價值都抵得上一幅畢卡索。拆屋賣地，或由我們自己開發改建，會讓這個地方的價值翻倍，甚至三倍。

「但這麼一來，我們就得殺了這幢房子。」諾瑪說，我們都不知道這樣究竟是好事還是壞事，除了小梅。

「這不適合當人生的第一棟房子。」我告訴我女兒。

小梅一伸手，又把自己推離跳水板。「我請諾瑪等我，只要幾年就好。我和這個地方有一種心靈相通的感覺。」小梅現在有了經紀人。她拍了幾部廣告片，在兩部電影裡演出小角色，但其中一部頗受矚目。小梅會親口告訴你，她必將飛黃騰達。「她說她會把房子再留一段時間。」

諾瑪和小光都沒有小孩。諾瑪說她無法想像自己把童年強加於另一個人身上，特別是她愛的人。我想身爲小兒腫瘤科醫師，恐怕只會讓更加強化她的這個想法吧。「我很快就會把房子給凱文或小梅。」她說，「這是你們的房子。」

「不是我的房子。」我說。

我們找了時間把事情攤開來談，諾瑪和我：童年、我們的父母、遺產繼承、醫學院、信託基金。諾瑪已經決定要回帕羅奧圖。她要回原來的醫院復職，並且也通知租了她房子好幾年的房客。她說她開始明白，她有多懷念她自己的生活。有天晚上，喝過幾杯葡萄酒之後，她說她也許應該當我妹妹。「我當然不是梅芙，」她說，「永遠也不會是梅芙，但我可以是你比較沒有那麼親的妹妹，像是第二段婚姻的同父異母妹妹。」

「我本來就覺得妳是我爸第二段婚姻的同父異母妹妹。」

她搖搖頭。「我是你沒有血緣關係的繼妹。」

我媽繼續住在荷蘭大宅。她說她只是負責管理房子，免得浣熊又跑進大宴會廳築窩。她讓珊蒂搬進來一起住。珊蒂臀部得了黏液囊炎，一爬起樓梯總是不停嘆氣。安德莉亞過世後，我媽又開始到處去。她每次都只離開一小段時間，但總是說還有很多事情可以做。差不多就在這段時間，她開始告訴我她以前在印度的事，又或者應該說是我開始注意聽她講。她說她想做的就只是爲窮人服務，但管理孤兒院的修女卻總是讓她打扮得漂漂亮亮，換上乾淨的紗麗，去參加宴會，向人募款。「當時是一九五一年。英國人離開了，美國人顯得非常洋派。誰邀請我去宴會，我都去。結果我的特殊天分就是向有錢人募款。」所以她就繼續這麼做，替窮人去卸下有錢人肩上的負擔。她終此一生都在做這樣的工作。

毛毛搬去聖塔芭芭拉和女兒住，但還是會回來探訪。每次回來，她都想睡在車庫樓上那個舊房間。

諾瑪答應要留著荷蘭大宅，等小梅完成她的使命。而小梅在拍完她的第四部電影之後，達成了這個目標。她以驚人的自信，迎上成功的浪潮。小梅老是告訴我們說總有這麼一天，但等這一天眞正來臨時，我們仍然驚訝得說不出話來。她還這麼年輕。我們不能做什麼，只能做好準備。

小梅聽從經紀人的建議，在成排的椴樹後面加蓋一道高高的黑色鐵牆，車道盡頭也裝上大門，門上有個可以通話的小盒子，要是你不知道密碼或不認識保全，就必須先通報。我不由自主地想，安德莉亞肯定會愛死這個裝置。

小梅從紐約帶來梅芙的畫像，掛在原本掛的那個空位。她沒有太多時間可以待在艾爾金公園，但只要人在，她就會辦堪稱社交傳奇的宴會，至少她是這麼告訴我的。

「這個星期五過來吧，」她說，「你和媽，還有凱文。我要讓你們看看。」

小梅說話的口氣常讓人覺得她只是在說大話，但事實上，她總是說到做到。我唯一遺憾的是，毛毛和諾瑪無法到場。這是個六月的夜晚，大宅所有的窗戶再度全部敞開。年輕人——小梅向我保證，他們都是赫赫有名的人——搭乘深色車窗的黑色轎車抵達，爬上樓梯，到三樓的大宴會廳跳舞，站在窗邊眺望星星。瑟萊絲特提早來，幫小梅的助理做好準備。沒人相信這位身高一般的金髮女子是小梅的媽媽。

「告訴他們！」小梅對我說，於是我一遍又一遍解釋。小梅的遺傳基因似乎完全漠視了瑟萊絲特的外貌特徵，但個性卻複製了瑟萊絲特的韌性。

凱文站在門邊，彷彿唯有如此才不會錯過任何事情。我很希望他有朝一日能繼承我的事業，但他卻開始唸醫學院。一輩子聽人叨念如果當醫生應該會好得多，還是有影響的吧。

珊蒂和我媽在宴會上待了一會兒，但沒久留。我開車載她們回梅芙在簡金頓的舊房子，那裡比較安靜。再回到荷蘭大宅時，車道已停滿車子，所以我停在馬路上，步行穿過大門。整幢大宅亮晃晃的，是我從未見過的模樣，每一層樓的每一扇窗戶都流洩出金色的燈光，露台邊緣一整圈裝在玻璃杯裡的蠟燭閃爍生輝，而音樂——我告訴過小梅，音樂不可以太大聲——是支小樂團搭配一名有著低沉寧靜嗓音的女歌手。她的歌聲如此清晰、低沉且哀傷，我想像所有的鄰居都傾身靠在窗邊聆賞。我聽不清楚任何一句歌詞，只聽見旋律和著有人跳進泳池的尖叫聲。我打算進去找瑟萊絲特，看她願不願意和我一起開車回紐約。我們已經太老了，不適合這樣的宴會，雖然我們其實也沒這麼老。紐約是我們唯一可能安睡的地方。

我看見在院子遠遠的角落，也就是椴樹接到樹籬的地方，有個人坐在戶外木椅上抽菸。那椅子遠離大宅，在燈光照射不到的範圍，我只能從陰影之中更爲深暗的輪廓裡看出來，那裡有個人，有把椅子，還有菸頭一閃一滅的小小橘色火光。我告訴自己說那是我姊。梅芙討厭宴會。她會走到外面來。我靜靜站在那裡，彷彿稍微一動就可能嚇走她。我有時會讓自己沉溺在這樣小小的幻想裡，相信只要我夠專注，就會看見她坐在荷蘭大宅外面的暗處。我很想知道，要是她看見這一切，會怎麼說。

笨蛋，她會這麼說，然後吐出小小的煙圈。

椅子上的那個人搖搖頭，伸直一雙長腿，沒穿鞋的腳趾往前頂。然而，神奇的是，那幻影依舊存在，我仰頭望著滿天星辰，讓自己不要看得太清楚。梅芙把菸蒂丟在草地上，站起來迎向我。在接下來的一秒鐘裡，那仍然是她。

「爹地？」小梅喊我。

「告訴我，妳沒抽菸吧？」

她從暗處朝我走來，身上是一件看似白色襯裙，卻綴滿珍珠的禮服。我的女兒，我漂亮的女兒。她伸臂摟住我的腰，頭靠在我肩上一會兒，黑色的頭髮蓋住她的臉。「我現在沒抽，」她說，「我剛戒掉。」

「好女孩。」我說。這個話題我們可以等到明天早上再談。

我們就這樣站在草地上，看著年輕人從落地窗走進走出，宛如飛向燈火的飛蛾。「我的天哪，我好愛這裡喔。」小梅說。

「這是妳的房子。」

她微笑。儘管是在黑暗裡，仍然看得見她的微笑。「很好，」她說，「快帶我進去吧。」

譯後記

我們終究必須與愛、與恨、與記憶和解

李靜宜

有「日本安徒生」之譽的童話作家小川未明曾寫過一篇以姊弟為主題的故事〈到港的黑人〉。

一對姊弟失去父母，在茫茫人海中相依為命，盲眼的弟弟擅吹笛，漂亮的姊姊便隨笛聲翩翩起舞，賣藝維生。姊弟兩人相互扶持的深情，贏得眾人的憐憫。某日，有個大財主派人請姊姊到他家一趟。姊姊推辭不掉，只好吩咐弟弟在原地等候，保證一個鐘頭之後就回來。但過了約定的時間，姊姊遲遲未回，心急的弟弟怕姊姊忘了他，於是吹起笛子，希望姊姊聽到笛聲就歸來。此時，一隻經歷喪子之痛的白鳥恰巧飛過，被這優美哀淒的笛聲深深吸引，得知弟弟被姊姊拋棄，便勸說弟弟變成一隻白鳥，與牠一齊展翅飛向南方。日暮時分，匆匆歸來的姊姊不見弟弟蹤影，著急四處尋覓，但日復一日，再也找不到弟弟。過了許久之後，姊姊在港口遇見剛下船的黑人，黑人說他在遙遠異國見過一名與她長得一模一樣的女子，日日伴著弟弟的笛聲歌唱起舞。姊姊不禁悲從中來，想：「這世上竟然還有另一個我。」她知道就是那名女子帶走了弟弟，連忙問如何到那裡去。但黑人告訴她，那個地方遠在大洋彼端，船即使航過驚濤駭浪靠岸，還得攀過重重高山荒嶺。她是絕對不可能到得了的。

也有弟弟的我，第一次讀到這個故事時心想，這大概是所有姊姊的夢魘吧，被親愛的弟弟拋棄？就像童話中這位美麗的姊姊，僅只一念之間，就失去了她一生竭力保護的弟弟。又或者，我們每一個人都時時揣著恐懼，擔心被自己心愛的人背棄，甚至終至背叛所愛？一如盲眼男孩以爲自己被姊姊拋棄，最終卻成了背叛姊姊的人。

安．派契特的《倖存之家》充滿了童話色彩。有宏偉華麗的城堡，有一夕坐擁城堡的灰姑娘，有惡毒的繼母，有善良的神仙教母，還有一對被逐出家門相依爲命的姊弟。甚至在小說裡，也多次提到大家耳熟能詳的童話故事：〈漢彌賽與葛麗泰〉〈格林童話裡的

《糖果屋》）、《小公主》《胡桃鉗》。然而，《倖存之家》並非迪士尼那「王子與公主終於過著幸福快樂生活」的童話，而是小川未明那映照人心恐懼的生之悲歌。

高踞山丘頂端的荷蘭大宅，是故事上演的場景，也是貫穿整部小說的隱喻。大宅前後均爲玻璃牆，「站在車道上，你的目光可以拾門階而上，穿過玻璃大門，跨過玄關長長的大理石地板，越過觀測室，望見大宅後方花園裡忘我隨風款擺的紫丁香。」（十六頁）屋裡的一舉一動，昭然若揭。但是，在這屋裡來來去去的眾人，心裡背負著什麼樣的愛恨懊悔，卻是誰也無法理解的。

白手起家的西里爾爲妻子艾娜獻上豪宅作爲愛的見證，得到的回報是妻子轉身離去。艾娜坐擁財富，卻擺脫不了「貧窮是美德」的宗教訓示，不惜拋家棄子去服務窮人。被母親遺棄、又失去父愛的梅芙，犧牲自己人生的一切，以恨爲武器，保護弟弟丹尼。童年回憶迥異於姊姊的丹尼，竭力滿足姊姊的期待，以自己的方式默默守護姊姊。一個原本應該是和樂圓滿的「美國夢」典範家庭，卻不堪現實的一擊，晶亮耀眼的玻璃牆粉碎墜落，一片片銳利碎片折射出從愛到恨光譜之間的種種色澤亮度，迷亂刺眼，虛實莫辨。

整部愛恨錯綜的作品裡，最揪心折人的，莫過於梅芙與丹尼的姊弟之情。姊弟倆先是被母親遺棄，接著遭逢父喪，最後爲繼母趕出家門，靠著彼此的愛與忠誠相依爲命，藉由回憶滋養的恨意對抗外在的風雨，最終成爲密不可分的共同體，活在越縮越小的世界裡，無法探頭看見眞實的人生。

丹尼的妻子瑟萊絲特就曾這樣說丹尼和姊姊梅芙：「你們兩個簡直像漢賽爾與葛麗泰，不管長到幾歲，都還手拉著手穿過黑暗森林。整天不停回憶往事，你們不累嗎？」（二八八－九頁）

但是瑟萊絲特不懂的是，童話故事裡的葛麗泰與漢賽爾姊弟歷經艱辛，終於掙脫巫婆魔掌，找到回家的路。而在眞實的人生裡，梅芙和丹尼眞的能找到回家的路嗎？即使眞的找到所謂的「家」，黑暗森林裡的一切，能不在他們人生中留下永恆的陰影嗎？

梅芙和丹尼不時開車到荷蘭大宅前，坐在車裡，看著大宅，談起他們往昔的回憶，也討論他們現實生活中種種重要的問題。因爲，對他們來說，所謂的家早就已經消失，如今他們所擁有的，就只是停在大宅前面的這輛車，就只是停放這輛車的這一小方空間。「我們變了，是在車子變成我們老家的那個時候……我們的回憶儲存在范胡貝克街，但已不在荷蘭大宅裡了。如果有人要我明確告訴他們說我的老家在哪裡，我會說我家就在這幢房子前面的這一小塊柏油路面上。」（二八六頁）讀到丹尼的這句話，我不禁落淚。

天地何其遼闊，他們卻只能擁有一個反覆摺疊縮小到可以收進一小輛車子空間裡的人生！

愛是眞的，恨或許也是眞的。但我們總是透過濾鏡回望往昔，於是記憶並不全然可靠，而靠記憶滋養的恨意，更未必眞實。耽溺在恨意裡，只會讓人生永遠停格在某個瞬間，再也無法往前走。就像梅芙與丹尼，明知道該放下過往的一切，繼續向前，但卻像燕子與鮭魚一樣，無助地受制於遷徙的習性，一次又一次回到悲劇開始的起點，假裝自己失去的不是他們的媽媽，不是他們的爸爸，而是這幢大宅。假裝是大宅裡的某人奪走他們所擁有的一切，他們只要繼續恨著這個人，那麼他們兩人所賴以生存的世界就永遠不會改變。

然而，我們只能選擇愛或者恨嗎？愛與恨之間，難道沒有其他的可能性嗎？

幾年前曾參加一場很特別的婚禮。

國外長大的新郎新娘把慣常莊重的婚禮辦成一場別開生面的同樂會，來賓輪流上台致詞敬、敬酒，甚至以歌唱、舞蹈獻上祝福，歡鬧非常。

新娘弟弟舉杯致詞，「警告」姊夫要好好善待姊姊。這時，出乎所有人意料的，新娘竟起身抱著弟弟痛哭，謝謝他成爲她生命中最重要的人。這恣意流露的眞情，讓之前並不認識新娘、更不明所以的我，也跟著紅了眼眶。

後來才聽說，新娘姊弟童年時期隨父母遷居海外，沒過多久，爸媽離婚，尚未完全融入異國環境的姊弟倆，猶如置身荒野，相依爲命，度過一整個慘淡的童年與青春期。

譯讀《倖存之屋》期間，那突如其來痛哭的一幕不時躍然眼前。很爲姊姊慶幸，因爲她似乎已經走出陰影，找到幸福的方向。但我更惦念那位弟弟，暗暗期待他也能像丹尼一樣，揮別記憶，迎向自由的未來。

我們終究必須與自己的愛恨記憶和解，才能找到眞正屬於自己的人生，不是嗎？

The Eurasian Publishing Group
圓神出版事業機構
用心與你對話・視野無限寬廣
寂寞出版社
Solo Press
www.booklife.com.tw
reader@mail.eurasian.com.tw
Soul 044

倖存之家

作　　者／安・派契特 Ann Patchett
譯　　者／李靜宜
發 行 人／簡志忠
出 版 者／寂寞出版股份有限公司
地　　址／臺北市南京東路四段50號6樓之1
電　　話／（02）2579-6600・2579-8800・2570-3939
傳　　真／（02）2579-0338・2577-3220・2570-3636
總 編 輯／陳秋月
資深主編／李宛蓁
責任編輯／朱玉立
校　　對／李宛蓁・朱玉立
美術編輯／金益健
行銷企畫／陳禹伶・朱智琳
印務統籌／劉鳳剛・高榮祥
監　　印／高榮祥
排　　版／陳采淇
經 銷 商／叩應股份有限公司
郵撥帳號／ 18707239
法律顧問／圓神出版事業機構法律顧問　蕭雄淋律師
印　　刷／祥峰印刷廠
2022 年 1 月 1 日　初版
2022 年 10 月　　4刷

定價 480 元　　ISBN 978-626-95323-2-2

生命若非一場夢，至少應該是一齣啞劇，故事中所有的殘酷荒誕，總在布幕之後流淌著，爲了在萬物的無意義中找尋眞義，天地之間，沒有比雕塑文字的美和機智更有效的反擊了。

——《氤氳之城》

國家圖書館出版品預行編目資料

倖存之家／安・派契特（Ann Patchett）著；李靜宜 譯.
-- 初版. -- 臺北市：寂寞出版股份有限公司，2022.01
416 面 ；14.8×20.8 公分. --（Soul系列；G0200044）
譯自：The Dutch House.
ISBN 978-626-95323-2-2（平裝）

874.57　　110019357